© 2020 por Gilvanize Balbino
© iStock.com/SIphotography

Coordenadora editorial: Tânia Lins
Coordenador de comunicação: Marcio Lipari
Capa e projeto gráfico: Equipe Vida & Consciência
Preparação: Janaina Calaça
Revisão: Equipe Vida & Consciência

1ª edição — 1ª impressão
3.000 exemplares — março 2020
Tiragem total: 3.000 exemplares

**CIP-BRASIL — CATALOGAÇÃO NA PUBLICAÇÃO
(SINDICATO NACIONAL DOS EDITORES DE LIVROS, RJ)**

F413c

     Ferdinando *(Espírito)*
     Cheguei. E agora? / Gilvanize Balbino ; pelos espíritos
Ferdinando e Saul. - 1. ed., reimpr. - São Paulo : Vida &
Consciência, 2020.
     288 p. ; 21 cm.

     ISBN 978-85-7722-656-6

     1. Espiritismo. 2. Morte. 3. Vida eterna. I. Balbino,
Gilvanize. II. Saul. III. Título.

19-61602   CDD: 133.9
                               CDU: 133.9

Todos os direitos reservados. Nenhuma parte desta edição pode
ser utilizada ou reproduzida, por qualquer forma ou meio, seja ele
mecânico ou eletrônico, fotocópia, gravação etc., tampouco apro-
priada ou estocada em sistema de banco de dados, sem a expressa
autorização da editora (Lei nº 5.988, de 14/12/1973).

Este livro adota as regras do novo acordo ortográfico (2009).

Vida & Consciência Editora e Distribuidora Ltda.
Rua das Oiticicas, 75 – Parque Jabaquara – São Paulo – SP
CEP 04346-090
editora@vidaeconsciencia.com.br

CHEGUEI.
E agora?

GILVANIZE BALBINO

Pelos espíritos Ferdinando e Saul

QUEM É FERDINANDO (ESPÍRITO)?

Ferdinando é o nome utilizado pelo espírito que se apresentou a Gilvanize Balbino em 1979 e assumiu a responsabilidade espiritual de seu trabalho mediúnico. Sua missão com a médium é relembrar e divulgar a genuína mensagem do Cristo, propositadamente esquecida nesses dois mil anos que nos separam de sua estada em nosso planeta.

QUEM É SAUL (ESPÍRITO)?

Saul atuou em todas as suas encarnações na condição de um respeitável médico, experimentando vivências na Grécia, Roma e Espanha. Em cada uma delas, não poupou esforços para auxiliar o próximo com amor, respeito e dedicação.

Responsável pelos grupos socorristas oriundos da Cidade de Jade, ele sempre buscou unir os conhecimentos médicos aos ensinamentos de Jesus, alicerce de sua vida.

Saul aproximou-se da médium **Gilvanize Balbino**, trazendo consigo a missão de instruir, acolher e auxiliar o próximo. Ao iniciar os trabalhos com a escrita, solicitou, a princípio, que sua identidade fosse preservada.

A identidade do espírito foi revelada em razão de diversas solicitações tanto do mundo físico quanto do espiritual. O objetivo de Saul assinar os livros era não incitar conclusões personalistas no meio religioso, causando confusões infundadas que não trazem valor doutrinário.

Aqui, Saul apenas deixa sua marca por meio de um valoroso trabalho apostólico.

"Levai, pois, vida de autodomínio e de
sobriedade, dedicada à oração."

1 Pedro 4,7

AGRADECIMENTO

No íntimo do meu coração, gostaria de pedir licença para agradecer...

A Deus, "inteligência suprema, causa primária de todas as coisas"[1].

A Jesus, que foi, é e será o exemplo vivo de sabedoria e do amor celestial sobre todos nós.

Aos benfeitores espirituais da Cidade de Jade, que iluminam todo o trabalho que exerço como médium.

Aos espíritos Ferdinando e Saul, pela enorme paciência diante de minha pequenez.

A meu amigo Sergio Manzini, que sempre está pronto a estender a mão em favor do bem.

A Marcelo José, pelo amor, carinho, pela admiração e, especialmente, pela presença e pelo apoio incansável ao longo do período de elaboração deste livro e de todo o trabalho espiritual que exercemos em nome de Jesus.

Finalmente e não menos importante, a Allan Kardec, codificador da doutrina espírita e à sua esposa Amélie

---

1 Nota da médium: O que é Deus? "Deus é a inteligência suprema, causa primária de todas as coisas". KARDEC, Allan. **O Livro dos Espíritos**. Parte I – Das Causas Primárias. Deus. Capítulo 1, questão 1.

Gabrielle Boudet, que, de joelhos, por ela guardo respeito, amor e gratidão e deixo aqui a resposta de Allan Kardec ao Espírito Verdade[2], que, sem nenhuma pretensão, apenas reproduzo: "Espírito Verdade, agradeço os teus sábios conselhos. Aceito tudo, sem restrição e sem ideia preconcebida. Senhor! Pois que te dignaste lançar os olhos sobre mim para cumprimento dos teus desígnios, faça-se a tua vontade! Está nas tuas mãos a minha vida; dispõe do teu servo. Reconheço a minha fraqueza diante de tão grande tarefa; a minha boa vontade não desfalecerá, as forças, porém, talvez me traiam. Supre a minha deficiência; dá-me as forças físicas e morais que me forem necessárias. Ampara-me nos momentos difíceis e, com o teu auxílio e dos teus celestes mensageiros, tudo envidarei para corresponder aos teus desígnios."

Com carinho,
Gilvanize Balbino.

---

2 Nota da Médium: KARDEC, Allan. **Obras Póstumas**. A Minha Primeira Incitação no Espiritismo.

BREVE RELATO

"O que aprendestes e herdastes, o que ouvistes e observastes em mim, isso praticai. Então o Deus da paz estará convosco."

Filipenses 4,9

Leitores amigos, envolvido pela luz da fé em Jesus e pela alegria de poder retornar às suas mãos, agradeço ao Senhor este instante e rogo que Ele nos abençoe. Em torno do assunto "vida após a morte", muitas teorias e muitos fatos já foram relatados dentro do segmento espírita, assim como das doutrinas não espíritas, entretanto, as dúvidas são inúmeras, e muitos filhos de Deus continuam atravessando a vida física, esquecendo-se de que um dia a morte lhes será uma verdade, talvez a única verdade que acompanhe cada um do berço até o túmulo.

Muitos, apesar do conhecimento de que a morte não representa o fim — como foi disseminado ao longo da história —, chegam aqui apresentando dúvidas e despreparo, o que ocasiona tempo de refazimento e dedicação dos benfeitores espirituais.

Não podemos nos esquecer de que os encarnados também possuem uma contribuição marcante nos processos de desencarnação, quando entendem e aceitam que a morte representa apenas uma mudança de estado evolutivo de cada um, que, sem dúvida, é necessário para o crescimento e aprendizado pessoal dos filhos de Deus.

Enquanto alguns chegam aqui com seus medos interiores, na Terra, os encarnados apegados sofrem com o momento da despedida, dificultando, por vezes, a libertação entre todos.

Abrir mais um grandioso trabalho de meu eterno amigo Saul é uma bênção de que não posso prescindir, assim como estar ao lado dele para compor estas páginas é um presente celestial que agradeço de joelhos.

Seguindo as diretrizes superiores que regem nosso trabalho, acreditamos que Saul possui um vasto conhecimento sobre o assunto e reúne todas as condições para desenvolver este trabalho, sendo assim, com muito respeito e muita compreensão, ele selecionou, entre os milhares de "acolhimentos" que realizou ao longo de sua jornada, algumas reflexões sobre as questões que envolvem os problemas relacionados à vida após a morte.

Não poderíamos, no entanto, tratar a questão da "vida após a morte" sem usar como suporte a obra do grande educador e codificador da doutrina espírita Hippolyte Léon Denizard Rivail[3], conhecido pelo pseudônimo de Allan Kardec, que respeitosamente reconhecemos como principal agente cristão dos tempos atuais.

---

3 Nota da Médium: Lyon, 3 de outubro de 1804–Paris, 31 de março de 1869, educador, autor e tradutor francês, sob o pseudônimo de Allan Kardec.

Nestas páginas, a preocupação de todos nós foi embasá-las especificamente em *Le Livre des Esprits*[4], porque entendemos que neste livro o leitor também poderá esclarecer suas dúvidas e saber que a doutrina espírita (a "terceira revelação") é tal qual um grande coração, que nos une a Deus e nos acolhe com amor, incentivando a evolução e o trabalho constante em benefício da humanidade.

Desta forma, Saul, na posição de um trabalhador incansável do bem, aceitou com bondade os desígnios das esferas superiores e reuniu aqui casos verídicos de filhos de Deus que deixaram a vida física e adentraram a vida espiritual sem compreender a mudança de estado quando retornam ao mundo espiritual.

Leitor amado, talvez, quando chegar ao final deste livro, você concluirá que as máximas do Evangelho continuam sempre atuais. "[...] E não vos conformeis com este mundo, mas transformai-vos, renovando a vossa mente, a fim de poderdes discernir qual é a vontade de Deus, o que é bom, agradável e perfeito [...]"[5]. Entretanto, para que isso ocorra, é importante levar o Mestre Amado Jesus Cristo no coração e aproveitar a oportunidade para estudar a doutrina espírita e aprender que "[...] toda a Lei está contida numa só palavra: Amarás a teu próximo como a ti mesmo"[6], pois, sem a instrução dos céus, somos apenas sofrimento.

Ferdinando
São Paulo, agosto de 2019.

---

4 *O Livro dos Espíritos.*

5 Nota do autor espiritual (Ferdinando): Romanos 12,2.

6 Nota do autor espiritual (Ferdinando): Gálatas 5,14.

REENCONTRO

"Aquele que vem do alto está acima de todos, o que é da terra é terrestre e fala como terrestre. Aquele que vem do céu dá testemunho do que viu e ouviu, mas ninguém acolhe seu testemunho. Quem acolhe seu testemunho certifica que Deus é verdadeiro."

João 3,31-33

Amigos em Cristo, quando meu mais que amigo, meu irmão Ferdinando, me chamou e me disse que as esferas superiores haviam solicitado que eu grafasse estas páginas, acreditei, em um primeiro momento, que não conseguiria, pois não sou escritor; fui médico em todas as minhas encarnações pretéritas.

Entre um enorme sorriso, Ferdinando, percebendo minha hesitação, com respeito e carinho disse: "Amigo eterno, consciente da importância deste trabalho, estarei ao seu lado e serei honrado em apoiá-lo nestas páginas, para que sejam regidas e suportadas pelo Evangelho de Jesus e pela doutrina espírita".

Minha emoção foi grande e não contive as lágrimas.

Pela primeira vez, grafaria e dividiria todos os méritos de um trabalho com a assinatura de meu mais que amigo, meu irmão em Cristo, Ferdinando, a quem devo respeito, gratidão e eterna amizade, entretanto, jamais poderia hesitar e, com fé e o auxílio de muitos confrades, aqui estou novamente em suas mãos e em seus corações.

Sem a pretensão de fazer juízo de valor de histórias alheias, selecionei casos verídicos de filhos de Deus que, ao se desprenderem do corpo físico por meio da desencarnação, chegaram ao mundo espiritual cheios de dúvidas, medos e, em alguns casos, mesmo conhecendo a amada doutrina espírita, despreparados para enfrentar a simples mudança de endereço, ou seja, a mudança do mundo físico para o espiritual.

Visando não perturbarmos os corações envolvidos nestes casos verídicos, escolhemos as histórias de pacientes internados em hospitais no Brasil, em Unidades de Tratamento Intensivo (UTI), para que os leitores se ambientassem em cenários controlados e, por vezes, dentro de um código padronizado de acolhimento no plano espiritual.

Adotamos, ainda, um protocolo para recolhimento dos recém-chegados de forma mais padronizada, respeitando as individualidades de cada filho de Deus, pois assim as mensagens estruturadas sobre os casos em questão, especificamente para este livro, pudessem ser claras e efetivas.

Também é importante registrarmos que todos os chamados de socorro foram atendidos pela equipe amada, que me acompanha na Cidade de Jade[7] e é composta por amigos benevolentes, que trabalham incessantemente em favor do próximo.

Por que o nome deste livro é "Cheguei. E agora?"? Entre todas as frases emitidas pelos filhos de Deus ao chegarem ao mundo espiritual, afirmo que essa é uma das mais pronunciadas ao longo das jornadas de retorno dos filhos de Deus.

Na estrutura deste trabalho, eu, ao lado de Ferdinando, meu eterno irmão e mestre em Cristo, busquei manter os preceitos do Evangelho de Jesus, assim como os nobres ensinamentos de *O Livro dos Espíritos*, codificado pelo inesquecível Allan Kardec, que trouxe ao chão o grande arcabouço de instrução chamado doutrina espírita.

Cabe a mim ressaltar que o fato de utilizarmos esse procedimento médico não quer dizer que todas as desencarnações se processem da mesma maneira, pois cada situação é regida pelas regras dos céus, respeitando todas as leis que comandam as vidas individuais dos filhos de Deus.

Para tanto, salientamos que, visando respeitarmos as definições de nossos superiores, todos os locais e nomes citados nestas histórias verídicas foram, por motivos óbvios, preservados, e qualquer associação que porventura venham fazer é apenas fruto de semelhança.

Sem querer mais me prolongar neste prelúdio, encerro-o rogando a Jesus que nos abençoe, assim como a você, amigo leitor, que, ao entrar em contato com estas páginas,

---

7   Nota do autor espiritual (Saul): Jade é uma cidade espiritual (socorrista), onde habitam filhos de Deus que já se encontram desvencilhados do corpo físico.

Nota da Médium: os detalhes da Cidade de Jade foram relatados nos livros *Os Anjos de Jade* e *Um Amanhecer para Recomeçar*, ditados pelo espírito Saul e psicografados por Gilvanize Balbino.

reforce a fé na instrução que sempre será o meio mais seguro de chegar a Deus e colocar em prática o aprendizado dos céus sobre amor, caridade e reforma interior.

Saul
São Paulo, agosto de 2019.

SUMÁRIO

Capítulo 1 – Difícil libertação do apego.............17

Capítulo 2 – A chegada de um espírita.............29

Capítulo 3 – Do estado de coma para um
recomeço na vida terrena.............43

Capítulo 4 – O acidente de moto: momento
de resgate do passado.............62

Capítulo 5 – Mediunidade, conduta e ética.............74

Capítulo 6 – A chegada do executivo.............89

Capítulo 7 – Passado dogmático, reajuste
no presente.............102

Capítulo 8 – Até breve, meu filho.............117

Capítulo 9 – Mãezinha, por que você partiu?.............131

Capítulo 10 – Frágil escolha, grande tributo.............145

Capítulo 11 – Um simples despertar.............162

Capítulo 12 – Do arrependimento à consciência
para a libertação.............173

Capítulo 13 – Difícil apego, luta e libertação.............191

Capítulo 14 – Filhos do tempo. Novo começo.............202

Capítulo 15 – Reflexão sobre a perda de
entes queridos.............231

Galeria dos personagens.............233

Encarte.............242

CAPÍTULO 1

Difícil libertação do apego

"Que sucede à alma no instante da morte? 'Volta a ser Espírito, isto é, volve ao mundo dos Espíritos, donde se apartara momentaneamente.'"[8]

Naquele dia, no invisível, na Cidade de Jade, Saul caminhava no corredor que conduzia à sala de recuperação. Junto a ele estavam os amigos médicos Felipe e Almério. Quando adentrou o recinto, uma enfermeira imediatamente lhe entregou os prontuários. Ele agradeceu carinhosamente e, em seguida, disse:

— Amigos, não podemos perder tempo. Vamos! Temos muito trabalho a fazer. Há um caso bem especial para tratarmos e que requer de nós muita dedicação e paciência.

— Por qual iniciaremos? — perguntou Almério.

— Pelo caso de um homem chamado Antônio, que está no hospital há sete meses pelo tempo da Terra. Entre os infortúnios de severa doença física, um câncer sacrificou seus dias. Além disso, ele também sofre com

---

8 KARDEC, Allan. **O Livro dos Espíritos**. Parte II – Do mundo espírita ou mundo dos Espíritos. Da Volta do Espírito, Extinta a Vida Corpórea, à Vida Espiritual. Capítulo 3, questão 149.

questões espirituais, o que muito tem dificultado nosso trabalho. Entretanto, a Providência Divina definiu que hoje será o dia de retorno dele.

— Antônio é o caso daquele executivo muito abastado — disse Felipe —, que viveu intensamente para os prazeres da matéria. Ele não acreditava em nada, tampouco na continuidade da vida.

— Sim — tornou Saul. — Ele mesmo. Antônio casou-se com uma mulher que também compartilha de suas ideias materialistas, e, desta união, nasceram dois filhos. Um jovem que já se desgarrou da família e que, ao terminar os estudos fora do país, decidiu permanecer na Inglaterra. O Senhor, com intensa compaixão, lhes deu a companhia de Renata, uma jovem na condição de filha mais nova. Completamente contrária às ideias do pai e da mãe, ela iniciou os estudos espíritas, e, em razão de sua intervenção e dos amigos de nosso mundo, nós fomos requisitados para acolhê-lo.

— As preces de Renata suplicando compaixão ao pai foram intensas, por isso os dias de hospital foram maiores do que o previsto pelos médicos — disse Felipe.

Após uma breve pausa, Saul suspirou e complementou:

— Meu caro, foi-se o tempo que lhe foi concedido para rever seus passos no chão e abrir o coração para o Senhor. Infelizmente, sua esposa manteve-se alheia aos propósitos da filha, que não abandonou o pai um só minuto.

— Os dias de UTI não o ajudaram nesse desenlace? — perguntou Almério.

— Facilitaram, mas o apego à matéria é maior que a vontade de se libertar. A intervenção de sua mãe Dulce, uma nobre trabalhadora de outra morada espiritual, contudo, foi importante nesse caso. Ela solicitou ajuda, e nós fomos convocados a auxiliá-la com esta passagem tão delicada e sofrida para seu coração materno — após uma breve pausa, continuou: — Não percamos mais tempo. Sigamos o quanto antes.

***

Tempo depois, chegaram a um hospital renomado na cidade de São Paulo. Em um leito da UTI humanizada lá estava Antônio em coma.

Após as saudações, Dulce, entre outros benfeitores presentes, aproximou-se de Saul e disse:

— Meu amigo, estou muito feliz com sua presença e a de sua equipe amorosa e não saberei expressar a enorme gratidão que tenho por todos — com os olhos brilhantes, Dulce prosseguiu: — Há dias, estamos aqui tentando desprender os laços fluídicos do corpo físico do meu filho, mas não tivemos sucesso. Entrego o caso às suas mãos laboriosas, nas quais confio, e sei que sairemos daqui vitoriosos.

Nesse ínterim, no mundo físico, uma mulher trajando um vestuário insinuante com requinte de excessos adentrou o recinto. Era Lana, esposa de Antônio. Demonstrando indiferença, ela disse em voz alta:

— Não aguento mais esta situação! Estou acabando com minha vida e quero voltar a viver a noite e as festas. Por que não morre logo? Ainda bem que me livrei de você! Vou aproveitar o dinheiro que me deixou ao lado do grande amor de minha vida, o homem que viveu ao meu lado ao longo de nosso casamento sem que você soubesse.

Saul e os benfeitores expandiram-se em luz para dissipar as trevas do ambiente. Enquanto o corpo físico do homem estava inerte, entubado e sendo monitorado por aparelhos, no mundo invisível o cenário era triste.

Almério permanecia aplicando passes no corpo físico que estava ligado a ele por frágeis linhas energéticas, que, com dificuldade, se afrouxavam.

Mesmo em coma, Antônio ouvia, via e percebia os movimentos no seu quarto. Ao ouvir as duras palavras da esposa e alheio à presença daquela equipe iluminada que estava ali para acolhê-lo na trajetória de retorno, ele gritava:

— Maldita! Você jamais se livrará de mim. Não dividirei o dinheiro que conquistei ao longo de minha vida! Logo, logo sairei deste hospital, e aí verá o que acontecerá com você.

Aos olhos dos benfeitores presentes, Antônio era digno de compaixão. Sem imaginar que estava quase em estado temporário de morte, ele agia como se estivesse vivo, lutando internamente com a inevitável situação.

De súbito, Renata, filha de Antônio, adentrou o recinto após cumprimentar brevemente a mãe. Ela aproximou-se do pai e, amorosamente, acariciou-lhe o rosto. Beijando a face do genitor, perguntou:

— Paizinho, como passou o dia? Espero que esteja se sentindo melhor hoje. Sei que o Senhor não o abandonou e não permitirá que sofra mal algum. Tenho fé de que ficará bem sob a proteção dos anjos dos céus. Trouxe um livro especial para ler para você.

Assistindo àquela demonstração de amor, Lana interveio:

— Você é uma tola! Depois que começou a ir àquele centro espírita, frequentado por pessoas de classe social inferior à nossa, transformou-se em uma beata aficionada nessa história de vida após a morte e na tolice de que ninguém morre — e, apontando agressivamente para Antônio, prosseguiu: — Olhe seu pai! Está um morto-vivo. Quando ele morrer, acabou! Não existe vida após morte. Quando morremos, apenas morremos.

— Mãe, não fale assim! Apesar de ele estar nessa condição, ainda pode nos ouvir. Neste momento, devemos nos manter ao lado dele em oração, trazendo-lhe palavras de conforto e amor. Não devemos manter uma conversa assim. Deus está conosco e amparando nossos corações.

— Ora, não me venha com essa conversa de Deus!

— visivelmente perturbada, Lana esbravejou: — Acredito que esteja louca! Agora, você imagina que ele nos ouve! Não entendeu que seu pai está morrendo e que morrer é o fim? Não existe nada além do corpo, tampouco Deus!

As lágrimas marcaram as faces de Renata. Lana, com fúria, pegou a bolsa e saiu em breve despedida.

Diante da inflexibilidade da mãe, Renata buscou um assento próximo do pai, abriu o Evangelho e leu:

— *Pelas palavras: Bem-aventurados os aflitos, porque eles serão consolados, Jesus indica, ao mesmo tempo, a compensação que espera os que sofrem e a resignação que nos faz bendizer o sofrimento, como o prelúdio da cura. Essas palavras podem, também, ser traduzidas assim: deveis considerar-vos felizes por sofrer, porque as vossas dores neste mundo são as dívidas de vossas faltas passadas, e essas dores, suportadas pacientemente na Terra, vos poupam séculos de sofrimento na vida futura. Deveis, portanto, estar felizes por Deus ter reduzido vossa dívida, permitindo-vos quitá-las no presente, o que vos assegura a tranquilidade para o futuro.*[9]

Em uma breve pausa, Renata olhou o pai, sedado e inerte, não omitiu a lágrima tímida e orou:

— Senhor Jesus, respeito a opinião de minha mãe, mas não posso concordar com a afirmação de que nosso Deus não existe. Ele é nosso Pai e perdoará o pensamento ensandecido de minha mãe. Agora, com o coração cheio de fé e esperança, suplico por meu paizinho.

"Rogo que seja feita a Sua vontade e que eu saiba aceitar seus desígnios. Perdoe nossas faltas, em especial as de meu pai. Suplico-Lhe que Seus anjos tenham misericórdia do espírito de meu pai e que o acolham com compaixão, sem permitir que as sombras sejam mais fortes que a luz."

Ao ouvir a prece da filha, Antônio não se conteve e, sem se ausentar do lado do próprio corpo, chorou convulsivamente tocado pela doce voz de Renata.

Neste momento, sob a orientação de Saul, os benfeitores aproximaram-se e, expandindo uma luz azulada, envolveram Antônio, enquanto Felipe e Almério realizavam os procedimentos para o desprendimento no corpo inerte.

Os médicos do mundo espiritual promoviam passes intensos sobre a região cerebral, pineal e sobre o coração do moribundo, finalizando o procedimento sobre os rins, nos quais os finos laços fluídicos foram se

---

9 Nota do autor espiritual (Saul): KARDEC, Allan. **O Evangelho Segundo o Espiritismo**. Bem Aventurados os Aflitos (Motivos de Resignação). Capítulo 5.

rompendo com leveza. Consequentemente, o inevitável ocorreu: a morte física.

Neste momento, no mundo físico, os aparelhos anunciavam a parada cardíaca. Imediatamente, o médico de plantão e as enfermeiras correram e retiraram Renata do recinto.

Após esgotarem todos os procedimentos, o médico anunciou a morte de Antônio. Ao terminar as anotações nos prontuários, orientou as enfermeiras presentes e saiu da UTI para informar a família da ocorrência.

Neste momento, Saul aproximou-se com carinho de Antônio, que assistia àquele cenário sem ter consciência do que acabara de ocorrer, e disse:

— Meu amigo, seu sofrimento chegou ao fim. A vida para aquele corpo terminou, mas a vida para seu espírito continua.

Antônio não escondeu o medo mesclado ao desespero. Confuso, ele comentou:

— Ora, logo despertarei e voltarei para minha casa. Tive apenas um mal súbito.

Amorosa, Dulce aproximou-se do filho. Ao vê-la, Antônio não conteve as lágrimas e recebeu o abraço afetuoso.

— O que está acontecendo comigo?

— Filho, você não pertence mais a este mundo. Agora, sua realidade é entre os mortos.

— Não, não aceito isso. O que me diz? Estou morto? Não sabia que a vida continuava e que continuávamos vivos depois da morte do corpo — em desespero, ele suplicou: — Alguém, por misericórdia, me socorra! E quanto à minha filha?! Ela precisa de mim! Preciso me vingar de minha esposa! Essa mulher não merece perdão, pois me traiu sem nenhuma compaixão!

Expandindo-se em amor, Dulce respondeu:

— Sim, a vida continua, Antônio, e você retornou ao nosso mundo.

— Cheguei. E agora?

Dulce expandiu-se em amor, e Saul, com sabedoria, intercedeu:

— Sim, chegou. Agora, apenas receba o amor maternal e aceite sua condição. Sua filha foi uma bênção em sua vida e por ela você encontrou a luz. Renata já está encaminhada nos trabalhos e estudos na casa espírita que frequenta e está bem amparada. Quanto aos sentimentos de vingança, deixemos o Senhor agir sobre todas as questões. Você precisa de cuidados, e por essa razão nós estamos aqui estendendo nossas mãos a seu favor. Agora, contudo, você deve pensar em Jesus e esquecer o que passou.

— Para onde iremos? — perguntou Antônio.

— Seguiremos daqui para uma morada espiritual intermediária[10], onde você ficará por aproximadamente trinta dias do tempo terreno para que possamos promover os procedimentos de desenlace mental e preparar seu corpo espiritual para que se adapte à nova realidade. Depois, seguiremos para a Cidade de Jade.

---

10   Nota do autor espiritual (Saul): Para estes relatos, a morada espiritual intermediária é uma espécie de colônia na pátria espiritual situada perto da atmosfera terrestre. Neste local, são direcionados os recém-chegados para receberem o auxílio preliminar focado na adaptação à nova realidade, ajustes no perispírito para a libertação das impressões que trouxeram da Terra, entre outros procedimentos. Somente após esses procedimentos, o espírito poderá ser removido para uma cidade espiritual onde iniciará sua nova jornada.

Aquebrantado, Antônio não conseguiu resistir aos passes de Felipe e de Almério e mergulhou em um torpor profundo.

Enquanto Dulce acomodava o filho para ser retirado do recinto, um trabalhador chamado Lino, que atuava como residente na ala hospitalar para apoiar os benfeitores de muitas moradas espirituais que por ali passavam para recolher os assistidos, disse contrariado:

— Estou aqui há muitos anos, mas confesso que não consigo compreender a bondade de seus corações. Como um homem como esse recebe tamanha dedicação e tanto amor? Perdoem-me, mas, pelo que pudemos acompanhar, ele não merecia ser acolhido dessa forma.

Cheio de compaixão, Saul interveio:

— Meu amigo, todos nós carregamos um passado cheio de acertos, erros, equívocos, débitos, entre muito mais. Deus, em Sua infinita misericórdia, oferece todas as oportunidades de transformar as trevas íntimas em luz. Se o Senhor assim faz, quem somos nós para julgarmos quem quer que seja?

"Neste caso, Renata foi preparada para reencarnar nesta família com uma missão de acender a fé nesses corações. Ela foi e seguirá sendo o pilar-mestre de toda a transformação que esses filhos de Deus necessitarão.

"Antônio foi um homem voltado à matéria, mas recebeu a bênção de ter sido alguém que, dentro de sua concepção de amor ao próximo e ao longo da vida, realizou diversas doações a entidades filantrópicas, sem que ninguém soubesse. Independente de suas razões, essa atitude foi um gesto que não podemos omitir."

— Surpreendeu-me com essa informação, pois jamais imaginei que ele fosse capaz de ajudar alguém.

— Meu amigo — continuou Saul —, não nos cabe julgar Antônio. Ninguém é totalmente sombra. Lembremos que somos criações de Deus em Sua mais perfeita obra, entretanto, estamos em processo constante de evolução. Se aqueles que auxiliamos experimentam uma rude tempestade interior, busquemos a oração e o trabalho, pois certamente amanhã o sol nascerá glorioso, nos oferecendo uma nova oportunidade de sermos úteis e de continuarmos — colocando a mão sobre o ombro de Lino, ele prosseguiu: — Meu caro, deixemos o Senhor conduzir os caminhos de seus filhos e que sejamos nós apenas os emissários e facilitadores de sua obra, que trabalham em silêncio, aceitam as leis do alto e entregam sempre nas mãos do Altíssimo nossos pensamentos e corações.

— Já ouvi falar muito de você, Saul — comentou Lino envergonhado. — Hoje, pude constatar que é muito fiel aos propósitos celestiais, assim como aqueles que o acompanham. Perdoe-me a insensatez, pois sou apenas um aprendiz que necessita muito de instrução e paciência.

— Caro amigo — interveio Saul com um sorriso discreto —, não me exalte. Apenas me dedico ao trabalho e, como um trabalhador, necessito de muito aprendizado. Devemos, sim, nos oferecer grandes oportunidades de trabalho e evolução.

Sem demora, Saul despediu-se com um sorriso e, na companhia de sua equipe, recolheu o recém-chegado. Seguiram, então, para uma morada intermediária, onde ofereceriam, em curto intervalo de tempo, o auxílio necessário para Antônio, assim como para seus amores que ficaram no chão.

Reflexão

"Não podemos crer[11], no entanto, que todo sofrimento suportado neste mundo denote a existência sempre de prova, mas nem sempre a prova é uma expiação de uma determinada falta. Muitas vezes são simples provas buscadas pelo Espírito para concluir a sua depuração e ativar o seu progresso. Assim, a expiação serve de prova, mas nem sempre a prova é uma expiação. [...] Provas e expiações, todavia, são sempre sinais de relativa inferioridade, porquanto o que é perfeito não precisa ser provado."[12]

---

11 Nota da Médium: Para maior clareza, substituímos o texto "Não há crer" por "Não podemos acreditar".

12 KARDEC, Allan. **O Evangelho Segundo o Espiritismo**. Capítulo 5, item 9.

"Esses tais são falsos apóstolos,
operários enganadores, disfarçados
de apóstolos de Cristo [...]."

2 Coríntios 11,13

CAPÍTULO 2

A chegada de um espírita

"A alma, após a morte, conserva a sua individualidade?
'Sim; jamais a perde. Que seria ela, se não a conservasse?'"[13]

Naquele dia, na Cidade de Jade, Saul aguardava a chegada de Francisco, Felipe e Paulo, que o acompanhariam em uma nova tarefa de auxílio no direcionamento do desenlace de um homem.

Ao chegarem, Saul recepcionou-os com enorme alegria. Francisco perguntou:

— Meu amigo, qual será a tarefa emergencial a qual fomos convocados?

— Trata-se do desenlace de um homem chamado João, o qual dedicou muitos anos de sua encarnação à doutrina espírita. Ele foi presidente de uma instituição e importante divulgador do espiritismo.

— Ah, então, será uma tarefa muito fácil — disse Francisco! — Ele é espírita e conhecedor de todos os

---

13 KARDEC, Allan. **O Livro dos Espíritos**. Parte II – Do mundo espírita ou mundo dos Espíritos. Da Volta do Espírito, Extinta a Vida Corpórea, à Vida Espiritual. Capítulo 3, questão 150.

conceitos, entre outros, sobre a continuidade da vida, as leis, a pluralidade das existências.

— Não se precipite em suas conclusões — interrompeu Saul. — Não devemos perder tempo, pois o dirigente Virgínio[14], da instituição espírita a qual era presidida por João, nos aguarda. Ele solicitou nossa ajuda a Ferdinando, pois o momento é de grande atenção.

Assim, a equipe de Saul retirou-se e seguiu para o destino, a UTI de um renomado hospital na cidade do Rio de Janeiro.

***

Imediatamente, expandindo-se em luz e alegria, Virgínio abraçou Saul e repetiu o gesto com os amigos que o acompanhavam. Instantes depois, o benfeitor, com uma feição preocupada, mas plácida, comentou:

— Saul, quanta felicidade ter você e todos os amigos de Jade aqui! Confesso-lhe que já estava desistindo deste caso até que me encontrei com Ferdinando e compartilhei o que estou passando. Ele, então, com grande misericórdia, solicitou que você me ajudasse. Infelizmente, não foi permitido que alguém mais auxiliasse nesta empreitada. Somente eu poderei fazê-lo — apontando para um senhor com um semblante preocupado, prosseguiu: — E José, pai do assistido, que tenta com todas as forças ajudar o filho, mas sem sucesso. Agora, contudo, me sinto mais confiante com a presença de vocês. Seja qual for o resultado que obtivermos neste

---

14 Nota do autor espiritual (Saul): Por razões óbvias, o nome desse benfeitor foi preservado, assim como todos os citados ao longo desta história.

trabalho, já é uma alegria compartilhar alguns instantes ao seu lado, Saul!

— Ora, amigo! — exclamou Saul. — Faremos todo o possível para apoiá-lo no que for necessário.

Ainda carregando as impressões de sua última vida na França, Paulo perguntou:

— Amigos, estou curioso para saber quem é o assistido e conhecer um pouco de sua história.

Suspirando, Virgínio disse:

— No plano espiritual, eu era responsável por todos os trabalhos executados na instituição espírita da qual João era presidente. Ao longo dos anos, mesmo sendo conhecedor das leis que regem o espiritismo, a vaidade lhe invadiu o coração. Ele acabou utilizando a doutrina para se promover e se esqueceu dos princípios mais básicos de amor ao próximo e de dar sem pedir nada em troca.

"O tempo passou, e ele se esqueceu de nós, colocando-se como centro de todos e de tudo. A atitude de João enfraqueceu o grupo de trabalhadores, que se dispersou, propiciando, assim, a invasão de espíritos sem luz no lugar de nossa intervenção. As áreas sociais foram completamente esquecidas, entre outras atitudes muito distantes dos propósitos nos quais acreditávamos e pelos quais trabalhávamos.

"Consequentemente, os excessos de João o afastaram de seus amores e enfraqueceram sua saúde. Ele foi vítima de dois infartos do miocárdio, ambos superados, pois intercedemos de forma que ele se recuperasse na esperança de uma mudança de atitude. Isso, infelizmente, não ocorreu. Mais confiante e se sentindo protegido e fortalecido, João continuou exercendo o espiritismo em benefício próprio."

— Que triste ouvir esse relato — interrompeu Paulo com um semblante preocupado.

— Sim, amigo, muito triste. Mas, consciente de que nesta encarnação João não conseguiria suplantar sua vaidade, levei o caso às esferas superiores, que, também atentas às graves faltas cometidas, decidiram que não deveríamos mais interceder pela sua saúde. O círculo vicioso criado por ele sob os aspectos materiais estavam levando João a se endividar muito mais, então, visando ajudá-lo a não acumular mais débitos, foi decidido que nos afastaríamos temporariamente desse filho de Deus.

"Atuando com espíritos de baixa frequência, a instituição foi fechada, e um tempo depois João foi acometido de um terceiro infarto. Há três meses, ele está em uma luta árdua para permanecer num corpo debilitado, que agora experimenta uma grave infecção hospitalar.

"Nesse período de UTI, por meio da indução do sono e apoiado pelas medicações, atraímos João até nós e tentamos despertá-lo do sono inebriante, o qual está acometido, mas, devido à sua afinidade com a baixa frequência, ele não nos percebe. Nosso objetivo é que ele não carregue mais tantas faltas. Queremos ajudá-lo nesse desenlace para que não se perca nas trevas."

Saul aproximou-se do leito. A cena era digna de comiseração. Enquanto o corpo de João funcionava ligado a aparelhos e sob o efeito de grande dosagem medicamentosa, ele permanecia ao lado do próprio corpo como uma sentinela alucinada vigiando a si mesmo. Ao lado dele, havia espíritos inteligentes, mas sem condições morais para auxiliá-lo. Eles eram fruto de sua sintonia e afinidade.

— Veja, Saul... — disse Virgínio. — A situação é crítica, e não temos muito mais tempo, pois, em breve, os laços fluídicos se romperão.

— Devemos nos manter em prontidão — afirmou Saul.

Enquanto os procedimentos médicos eram executados no campo físico, os benfeitores calmamente aguardavam os instantes derradeiros para, enfim, executarem a missão pela qual estavam ali.

Tempo depois, os laços fluídicos foram rompidos e, de pronto, ali estava João, liberto do corpo que estava em sofrimento. Ele permanecia sob os efeitos físicos, resultado daquele derredor instante, e perguntou:

— Cheguei. E agora?

Virgínio e a equipe de Saul aproximaram-se, fazendo-se ver pelo recém-chegado. Com imensurável carinho, Virgínio disse:

— Meu filho, com o coração feliz, venho em nome de Jesus oferecer-lhe ajuda e direcionamento para a luz.

Com os olhos brilhantes, João olhou o cenário com curiosidade e ressalva. Analisando minuciosamente os benfeitores em cada gesto e lançando um olhar de desprezo, respondeu com ironia:

— Ora, não venha tentando me enganar! Sei muito bem quem são. Não passam de "falsos profetas" tentando me ludibriar.

— Meu filho...

Antes de Virgínio terminar a frase, João interrompeu-o com vaidade e ira:

— Me respeite! Com quem pensa que está falando? Sou presidente de uma instituição espírita, divulgador e comunicador influente da doutrina espírita, renomado palestrante e dono de editoras, entre muito mais. Quem pensa que é, falso profeta, para me chamar de filho?

Neste momento, José, pai de João, interveio:

— Eu posso chamá-lo de filho, pois fui seu pai. Aqui estamos para lhe oferecer ajuda. Abrande seu coração, silencie sua mente e venha conosco.

— Meu pai, logo você que em vida me foi ausente, que nunca me ofereceu nada além de desprezo e que se separou de minha mãe quando eu e meu irmão éramos pequeninos!

— Filho, sei que não fui um bom pai e que cometi um erro ao me separar de sua mãe. Um erro que amargurei por muito tempo aqui. Desde minha chegada neste mundo, recebi muito auxílio, especialmente de Virgínio, que me concedeu a grande oportunidade de ser útil. Desde então, trabalho muito para o próximo e aprendo sobre o Cristo, sobre a importância de me dedicar ao trabalho e luto incessantemente para vencer minhas trevas íntimas. Meus filhos, contudo, foram tudo o que eu tive: o melhor amor e o melhor de mim. Apenas posso lhe suplicar perdão, filho.

Com um olhar de desprezo, João redarguiu:

— Eis a comprovação de que são, de fato, falsos profetas. Meu pai, aquele infame, jamais teria condições morais de estar aqui, ainda mais falando dessa forma. Ele deve estar em trevas mais profundas...

José chorava copiosamente diante daquela triste realidade e demonstração temporária de ignorância, mas não ousou contradizer o próprio filho.

Envolvido pela própria vaidade, João rompeu o silêncio e ordenou:

— Se, de fato, são quem dizem que são, apresentem-me agora mesmo suas credenciais.

— Perdoe-me. Credenciais? — Paulo perguntou espontaneamente.

— Sim, se são trabalhadores do Senhor, devem ter algum documento que comprove a função.

— Não, não temos credenciais tampouco algum documento que comprove quem somos — com serenidade, Saul prosseguiu: — Temos nossos corações e nossa fé em Jesus Cristo, que, na Sua bondade, nos suplica que estendamos as mãos para direcioná-lo aos céus. Você virá conosco a uma "morada intermediária" e lá receberá todo o auxílio de que tanto necessita.

Envolvido por uma luz acinzentada, João deu uma sonora gargalhada e retrucou:

— Você está completamente ensandecido em acreditar que irei para uma "morada intermediária"! Logo eu, que mereço ir diretamente para uma cidade espiritual, como foi prometida e descrita em tantos livros grafados pelas mãos de reconhecido médium[15]. Exijo somente o que me é de direito! Tanto fiz pela doutrina espírita que nada é mais justo que eu receba todos os benefícios de um trabalhador que chega ao plano espiritual como vitorioso e cumpriu dignamente sua missão.

— Não pense assim de nós — disse Virgínio com paciência. — Estamos aqui em nome de Jesus para ajudá-lo.

Após uma breve pausa, João continuou:

---

15 Nota da médium: Trata-se da vasta obra espírita do médium Francisco Cândido Xavier (Nascimento: 2 de abril de 1910, em Pedro Leopoldo, MG. Morte: 30 de junho de 2002, em Uberaba, MG).

— Vejam como não me deixo enganar, pois conheço profundamente o Evangelho! — imediatamente, ele iniciou uma citação: — *Guardai-vos dos falsos profetas, que vêm a vós com vestidos de ovelhas, e dentro são lobos roubadores. — Pelos seus frutos os conhecereis. Porventura os homens colhem uvas dos espinheiros, ou figos dos abrolhos? — Assim, toda árvore boa dá bons frutos, e a má árvore dá maus frutos. — Não pode a árvore boa dar maus frutos; nem a árvore má dar bons frutos. — Toda árvore que não dá bom fruto será cortada, e lançada ao fogo. Assim, pois, pelos seus frutos os conhecereis. (MATEUS, VII; 15-20). [...] E respondendo, Jesus lhes disse: Vede, não vos engane alguém; porque virão muitos em meu nome, dizendo: Eu sou o Cristo; e enganarão a muitos. — E levantar-se-ão muitos falsos profetas, e enganarão a muitos. E porquanto multiplicar-se-á a iniquidade, se resfriará a caridade de muitos. — Mas o que perseverar até o fim, esse será salvo. — Então, se alguém vos disser: Olhai, aqui está o Cristo; ou, ei-lo acolá, não lhe deis crédito. — Porque se levantarão falsos Cristos e falsos profetas, que farão grandes prodígios, e maravilhas tais, que (se fora possível) até os escolhidos se enganariam. (MATEUS, XXIV: 4,5; 11-13; 23-25)*[16].

Após concluir a citação, João desafiou:

— Façam pelo menos uma demonstração de poder. Façam, quem sabe, um milagre para eu ter certeza que são de fato seres iluminados!

Percebendo que nada poderia ser feito naquele momento, Saul abraçou Virgínio e disse:

---

16 Nota do autor espiritual (Saul): KARDEC, Allan. **O Evangelho Segundo o Espiritismo**. Falsos Cristos e Falsos Profetas (Conhece-se a Árvore pelos Frutos). Capítulo 21.

— Nobre amigo, o instante é de recolhimento. Nada podemos fazer agora. No tempo de Deus e com a autorização dos céus, voltaremos a este caso.

O cenário era triste. Inflexível, João permanecia em uma condição de juiz e conhecedor das leis.

— Eu ordeno: saiam daqui e me deixem em paz! Busquem a luz em alguma casa espírita terrena. Lá, poderão receber a evangelização e se libertar dessa deprimente condição de enganadores.

Sem terem mais o que fazer e respeitando a vontade de João, os benfeitores silenciaram para evitar contendas desnecessárias. Em virtude da sintonia de João, ele, aos poucos, não conseguiu mais ver os emissários da luz, acreditando que eles haviam partido sob suas ordens.

Nesse ínterim, o recinto foi invadido por uma legião de espíritos em condição digna de misericórdia. Devido às suas faixas vibracionais, não percebiam a presença de emissários do Senhor, que se mantinham em silêncio, vigilância e oração.

Entre eles, um líder destacava-se pela inteligência e postura digna de alguém que havia, durante suas vidas, recebido instruções e influência. O grupo presente comportava-se como se fossem anjos alados e apresentavam requintes. De repente, o líder disse:

— Meu caro, estamos aqui para conduzi-lo à mais alta posição, a uma cidade que está preparada para cantar louvores a seu favor. Você chegará como aqueles reconhecidos trabalhadores da boa causa e receberá todas as homenagens que merece. Não percamos mais tempo neste lugar, pois os falsos profetas[17] podem chegar.

---

17 Nota do autor espiritual (Saul): Referiam-se aos benfeitores de Jesus.

— Ainda bem que chegaram! — exclamou João. — Já não suportava mais o ataque que estava sofrendo desses seres inferiores. Os falsos profetas já estiveram aqui, e eu mesmo me encarreguei de expulsá-los, afinal: *Meus bem-amados, não acrediteis em todos os Espíritos, mas provai se os Espíritos são de Deus; pois muitos falsos profetas têm surgido no mundo. (João, Epístola I, cap. IV:1).*[18]

Sem perceber que estava diante dos reais falsos profetas, João, com um largo sorriso, prosseguiu:

— Tenho certeza de que meu gesto também será aplaudido quando eu chegar ao meu destino: à luz.

Apressadamente, João e o grupo partiram, deixando para trás uma história que poderia ter sido muito diferente. No momento certo, contudo, a misericórdia de Deus atuaria sobre aquele filho de Deus.

Perplexo, Paulo rompeu o silêncio e questionou:

— Como ele pôde ter abandonado tudo em virtude de uma falsa promessa de evidência diante do Senhor? Evidência esta que não existe aqui, pois, quando retornamos, não importa o que fomos, o que estudamos, o dinheiro que possuíamos, tampouco acreditarmos que, por termos servido a Jesus, somos suficientemente diferenciados.

— Meu amigo — disse Virgínio —, Jesus intercederá a favor de João na hora certa, e com fé seremos úteis a essa causa.

Neste momento, a atitude de Saul chamou a atenção de todos. Enquanto o líder daquele agrupamento recolhia João, ele percebeu que um dos seguidores influentes do grupo se curvara sobre os joelhos ao vê-lo.

---

18 Nota do autor espiritual (Saul): KARDEC, Allan. **O Evangelho Segundo o Espiritismo**. Falsos Cristos e Falsos Profetas (Não Acrediteis em Todos os Espíritos). Capítulo 21.

Com imenso carinho, Saul acomodou aquele homem, enquanto ele e Felipe lhe aplicavam passes para amenizar as impressões de dores no coração.

Não tardou para Virgínio e os demais se aproximarem.

— Ora! Quem é esse homem? — perguntou José, pai de João.

— Meu amigo, trata-se de alguém que precisava de nossa compaixão. Ele veio até aqui com o intuito de liderar um pequeno exército que nos afrontaria severamente, mas, enquanto os procedimentos de seu líder eram executados, me aproximei dele e, por meio de passes, esse homem conseguiu perceber minha presença. Quando se deparou comigo, ele fraquejou e suplicou piedade.

— Perdoe-me — disse Francisco —, mas ele não estava em nossos protocolos!

— Sim, ele estava em nossos protocolos — interveio Saul.

Atônito, Virgínio perguntou:

— Amigo, perdoe-me, mas também não sabia desse caso.

Com um sorriso tímido, Saul prosseguiu:

— Trata-se do filho de João, que desencarnou com doze anos, vítima de uma severa doença de nascença. Quando chegou aqui, foi levado a um hospital que lhe fez recobrar a maturidade mental e se livrar dos infortúnios de sua passagem temporária na Terra. Pouco depois, ele se transformou em um fiel trabalhador. Ao ver o pai se afinar com aquele agrupamento, não tardou a se entregar às sombras para ficar mais próximo de João.

— A partida do filho foi o que o fez se converter ao espiritismo — afirmou Virgínio. — O jovem era o único filho,

39

e João encontrou forças para prosseguir na doutrina, entretanto, acabou se perdendo ao longo do caminho.

— Por Deus! Meu neto! — correu José, abraçando-o com carinho.

— Virgínio, meu amigo, não se sinta vencido! — disse Saul. — O jovem que fez João se converter ao espiritismo logo nos auxiliará com o pai, para que ele inicie sua trajetória de retorno à luz de Jesus. Cabe a nós, portanto, trabalhar para que o jovem se recupere e volte a ser o trabalhador que foi um dia. Ferdinando, consciente da gravidade da situação, solicitou que eu intercedesse em favor deste jovem, mas que guardasse sigilo para que as atenções não se desviassem do principal objetivo, que é João.

— Saul, estou impressionado! — comentou Virgínio.

— Acreditei que o caso estivesse encerrado.

— Amigo, não está encerrado. Deus jamais abandona ninguém, e agora um novo planejamento em torno de João poderá ser realizado. Fique feliz, pois entrego em seus braços generosos este jovem... e lembremos sempre do Evangelho, em que é dito: *O amor é o sentimento que acima de tudo resume, de forma completa, a doutrina de Jesus, e os sentimentos são os instintos que se elevam de acordo com o progresso realizado.*[19]

Assim, aqueles emissários celestiais retiraram-se, deixando a certeza de que, mesmo que a alma preserve sua individualidade após a morte, deve sempre se lembrar de que o importante é aproveitar a oportunidade da reencarnação para se libertar do apego às coisas materiais, levando no coração a certeza de que a obra do

---

19 Nota do autor espiritual (Saul): KARDEC, Allan. **O Evangelho Segundo o Espiritismo**. Amar o Próximo como Si Mesmo (A Lei do Amor). Capítulo 11.

Senhor é um exercício constante do bem, sem esperar nada em troca.

Reflexão

"[...] A história da cristandade fala de mártires que se encaminhavam alegres para o suplício. Hoje, na vossa sociedade, para serdes cristãos, não se vos faz mister nem o holocausto do martírio, nem o sacrifício da vida, mas única e exclusivamente o sacrifício do vosso egoísmo, do vosso orgulho e da vossa vaidade. Triunfareis, se a caridade vos inspirar e vos sustentar a fé. [...]"[20]

---

20   Ibid., item 13.

"Este é meu mandamento: amai-vos uns aos outros como eu vos amei."

João 15,12

CAPÍTULO 3

Do estado de coma para um recomeço na vida terrena

"Que pensar da opinião dos que dizem que após a morte a alma retorna ao todo universal?

'O conjunto dos Espíritos não forma um todo? Não constitui um mundo completo?

Quando estás numa assembleia, és parte integrante dela e, não obstante, conservas sempre a tua individualidade.'"[21]

Naquele entardecer, Saul, acompanhado de Almério, Francisco e Felipe, chegou à UTI de um hospital de Belo Horizonte, em Minas Gerais.

Ao adentrarem o recinto, identificaram os leitos separados por cortinas e diversos aparelhos que mantinham os enfermos em condições assistidas. Alguns casos críticos aguardavam o momento do retorno e outros se recuperavam de doenças graves.

Enquanto no mundo físico médicos, enfermeiras e auxiliares de todas as espécies se revezavam para atender a todos os necessitados, no mundo invisível o

---

21 KARDEC, Allan. **O Livro dos Espíritos**. Parte II – Do mundo espírita ou mundo dos Espíritos. Da Volta do Espírito, Extinta a Vida Corpórea, à Vida Espiritual. Capítulo 3, questão 151.

movimento era muito maior. Benfeitores apoiavam seus assistidos, e muitos trabalhadores dedicavam suas horas para auxiliar os recém-chegados com amor e muita paciência.

Saul e seus amigos aproximaram-se de um leito comum, onde um homem maduro, que aparentava ter sessenta anos, estava para o mundo físico em coma devido a dois infartos sofridos havia vinte e dois dias. Enquanto isso, no ambiente físico, um prestimoso técnico de enfermagem terminava de realizar a higiene do corpo físico do paciente, de checar a medicação e ajustar os aparelhos, pois, em breve, o horário de visita se iniciaria.

Imediatamente, dona Lúcia, uma veneranda senhora, recepcionou Saul e seus amigos:

— Meu amado amigo! Que satisfação o senhor Ferdinando, da Cidade de Jade, ter autorizado sua participação neste caso! Seu generoso coração pode compreender a súplica de uma mãe em desespero, que vê um filho em sofrimento, mas que sente que suas forças não podem ajudá-lo. Que Jesus abençoe seu gesto!

— Ora, Lúcia! Meus amigos e eu estamos agradecidos pela oportunidade de sermos úteis.

Com simplicidade, Almério interveio:

— Gostaria de conhecer um pouco da história desse homem.

— Sim — disse Lúcia após longo suspiro. — Terei um enorme prazer em relatar brevemente os fatos que nos vinculam a este caso. Diante de nós está Abel, um fazendeiro muito abastado destas paragens. Ele dedicou a vida à criação de gado e construiu um pequeno império nesta encarnação. Casou-se com Virgínia, e dessa união nasceram três filhos: o primogênito Antenor, Olívio e Lucas, o caçula. Abel fez do trabalho a razão de sua vida e, por vezes, esqueceu-se da família.

— Podemos entender, então, que o excesso de trabalho o levou a este estado de saúde? — questionou Almério.

— Não somente isso — respondeu Lúcia. — Também a situação de Antenor e Olívio, dois dos três filhos de Abel.

— Ora! Mas o que aconteceu com eles? — perguntou Francisco.

— Para manter os negócios da família, Abel trouxe Antenor para ajudá-lo na administração das fazendas. Os dois homens eram respeitados pelos trabalhadores, e entre pai e filho uma forte amizade se estabeleceu. Não tardou, então, para que Olívio desenvolvesse um ciúme doentio da relação entre eles. Passado um tempo, Antenor causou-se com Jane, uma mulher ambiciosa, que buscou no dinheiro a facilidade para sua vida.

"Um dia, Antenor descobriu que Olívio e Jane mantinham um romance secreto. Destruído, ele quase cometeu um erro ao querer tirar a vida do próprio irmão. Isso só não aconteceu devido ao apelo de seu avô. Sem suportar o peso da traição, Antenor abandonou tudo e seguiu para a cidade de São Paulo, onde, desiludido, perambulou pelas grandes avenidas da metrópole."

Após dar um suspiro, Lúcia prosseguiu:

— Desesperados, Abel e Virgínia fizeram tudo para trazer Antenor de volta ao lar, mas sem sucesso, pois desconheciam o paradeiro do filho. Olívio uniu-se a Jane e, enquanto o pai se dedicava a encontrar Antenor, começou a administrar os bens da família e não demorou para realizar muitos negócios equivocados.

"Acreditando que Antenor havia morrido e já sem esperanças, Abel retomou a liderança dos negócios e deparou-se com as situações complexas que Olívio havia causado. Ele, então, afastou o filho dos negócios de uma maneira não amigável. No dia em que Abel descobriu tudo o que Olívio havia feito, foi conversar com o filho. Após uma severa discussão, Olívio, enfurecido, desferiu contra o pai golpes, que foram contidos por Virgínia, que o segurou para conter-lhe a fúria.

"Ao perceber que Olívio não possuía uma posição de evidência, Jane conheceu uma pessoa e partiu para os Estados Unidos. Como a vida é perfeita e não podemos buscar atalhos, infelizmente, Olívio envolveu-se em negócios escusos e, numa noite, ao sair de uma boate, levou um tiro. A bala alojou-se na coluna do rapaz, o que fez ele perder os movimentos da cintura para baixo. Os pais acolheram Olívio, que retornou ao lar buscando vencer as dificuldades de uma nova vida e a si mesmo. Abel, não suportando as terríveis situações que acometeram sua família, enfartou e agora tudo indica que desistiu de viver e não quer retornar."

— Senhora — interrompeu Felipe —, desculpe-me a intromissão, mas havia um filho caçula chamado Lucas, não? Onde ele está?

— Ele mora em São Paulo e seguiu a carreira de jornalista. Essa história aproximou-o dos pais, e, desde que tudo aconteceu, ele tem sido o grande apoio de Abel e Virgínia. Quando foi estudar nesta capital, Lucas conheceu o espiritismo, e é por meio dele que temos dado todo amparo ao coração materno que sofre resignado e em silêncio.

— Senhor, Abel está pronto para partir conosco? — perguntou Almério.

— Não, não é chegado o momento de seu retorno — respondeu Saul. — Por isso, nós estamos aqui para trazê-lo de volta à vida.

— Por que ele permanece aqui, então? — questionou Francisco.

— Porque não quer voltar e enfrentar as dificuldades familiares.

Neste momento, Saul aproximou-se de Abel, que estava temporariamente liberto do corpo físico mantido por aparelhos, e encontrou-o cabisbaixo e pensativo.

— Vejam! — comentou Lúcia. — De nada adiantam nossos esforços. Ele nem sequer percebe nossa presença. Não consigo pensar em algo que o desperte.

— Senhora — interveio Saul —, não se preocupe. Antes de vir para cá, Ferdinando e eu pensamos em uma estratégia que nos ajudará a termos êxito nesta história. Lucas será o meio que utilizaremos para que as leis do Senhor sejam respeitadas e para que Abel possa vencer o coma e voltar ao corpo físico para reorganizar a família, missão e objetivo de sua encarnação.

Sem demora, Saul e sua equipe saíram e rumaram para São Paulo. O destino daqueles benfeitores era uma instituição espírita, da qual Lucas participava assiduamente como voluntário na área educacional e social.

Mesmo com o pai no hospital, Lucas buscava revezar-se entre os cuidados com a família e o trabalho para o bem. Uma vez por mês, o rapaz saía de Belo Horizonte e voltava para São Paulo para apoiar os trabalhos e encontrar forças para continuar.

Naquela noite, Lucas e um grupo de voluntários organizavam-se para a distribuição de sopa a moradores de rua.

Neste ínterim, Saul e sua equipe aproximaram-se do benfeitor responsável pelo trabalho. Após uma breve explicação dos fatos, Saul solicitou que a rota daquela noite não fosse mantida.

O nobre amigo, com respeito, intuindo o dirigente que recebeu a informação com certa dificuldade, informou ao grupo de voluntários que, em regime de exceção, se dividiriam em três grupos para cobrir a costumeira região necessitada.

Depois de uma discussão de alinhamento de objetivos, os trabalhadores fizeram uma prece e em seguida saíram para o trabalho.

Ao chegarem ao destino, Lucas e cinco voluntários iniciaram a distribuição da sopa. Quando estavam finalizando a atividade, o rapaz notou que havia um novo necessitado no grupo e, ao se aproximar dele, não conteve as lágrimas ao ser surpreendido pela presença de seu irmão Antenor.

Com carinho, Lucas abraçou Antenor, que não escondia as marcas que a vida havia lhe atribuído. Com a barba por fazer e em estado digno de comiseração, ele retribuiu o abraço do irmão com afeto e lágrimas.

— Meu irmão, que Jesus seja louvado! — disse Lucas. — Você não imagina o quanto eu, papai e mamãe procuramos você por esta São Paulo.

— As ruas me ensinaram muita coisa — tornou Antenor —, mas o amor que tenho por vocês jamais se ausentou de meu coração.

48

— Respeito tudo o que aconteceu com você — retrucou Lucas —, entretanto, agora é momento de retomar sua vida e esquecer o que passou.

Saul derramava uma luz azulada sobre Antenor, que, enquanto recebia essa luz, não continha as convulsivas lágrimas.

— Lucas, eu parti porque não consegui perdoar Olívio. No fundo do meu coração, eu sabia que Jane não me amava, mas acreditei que poderia construir uma família. Sempre amei você e meu irmão, porém, nunca entendi o motivo de ele ter por mim tamanha ira.

— A vida foi para nós uma grande escola. Rogo ao seu coração compaixão, pois nosso irmão e nosso pai precisam de você.

Encobrindo o rosto com as mãos, Antenor continuou:

— Olhe para mim! Como posso voltar? A vergonha não me permite. Papai e mamãe jamais me perdoarão.

— Como nossos pais não o perdoarão? Todos os dias, eles vivem a esperança de vê-lo retornar para casa. Mamãe se mantém em oração, buscando aliviar a dor de sua partida e os fatos que acercaram nossa família. Desde que você partiu, uma tristeza tomou o coração de nosso pai. Ele esqueceu o que é sorrir, e a introspecção o faz viver em um mundo repleto de amargura — suspirando, Lucas secou uma lágrima tímida e prosseguiu:

— Nós o amamos e o que mais queremos é sua volta. Agora muito mais.

— Ora, por que fala assim? — perguntou Antenor.

— Os dias para nossa família não têm sido fáceis. Além de todos os fatos passados, nosso irmão Olívio está preso a uma cadeira de rodas, e nosso pai está em coma devido a dois infartos.

As lágrimas marcavam as faces de Antenor, que, entre soluços, disse:

— Isso não pode ser verdade! Sinto-me culpado pelo sofrimento de nossa família. Oh, Deus, se puder ouvir alguém como eu, rogo por meu pai, mas, mesmo consciente da situação de meu irmão, não consigo perdoá-lo.

Pensativo, Lucas retirou um livro da bolsa que carregava e disse:

— Desde que saí de Belo Horizonte e conheci a doutrina espírita, sempre carrego comigo *O Evangelho Segundo o Espiritismo* e gostaria de compartilhar com você uma citação: *1. Perdoai, para que Deus vos perdoe 1. Bem-aventurados os que são misericordiosos, porque obterão misericórdia. (Mateus, 5:7.) 2. Se perdoardes aos homens as faltas que cometerem contra vós, também vosso Pai celestial vos perdoará os pecados; mas, se não perdoardes aos homens quando vos tenham ofendido, vosso Pai celestial também não vos perdoará os pecados. (Mateus, 6:14 e 15.) 3. Se contra vós pecou vosso irmão, ide fazer-lhe sentir a falta em particular, a sós com ele; se vos atender, tereis ganho o vosso irmão. Então, aproximando-se dele, disse-lhe Pedro: "Senhor, quantas vezes perdoarei a meu irmão, quando houver pecado contra mim? Até sete vezes?" — Respondeu-lhe Jesus: "Não vos digo que perdoeis até sete vezes, mas até setenta vezes sete vezes." (Mateus, 18:15, 21 e 22.) 4. A misericórdia é o complemento da brandura, porquanto aquele que não for misericordioso não poderá ser brando e pacífico. Ela consiste no esquecimento e no perdão das ofensas. O ódio e o rancor denotam alma sem elevação, nem grandeza. O esquecimento das ofensas é próprio da alma elevada, que paira acima dos golpes que lhe possam desferir. Uma é sempre ansiosa, de sombria suscetibilidade e cheia de fel; a outra é calma, toda mansidão e caridade. Ai daquele que diz: nunca perdoarei. Esse, se não for condenado pelos homens, sê-lo-á por Deus. Com que direito reclamaria ele o perdão de suas próprias faltas, se não perdoa as dos outros? Jesus nos ensina que a misericórdia não deve ter limites, quando diz que cada um perdoe ao seu irmão, não sete vezes, mas setenta vezes sete vezes.*

"Há, porém, duas maneiras bem diferentes de perdoar: uma, grande, nobre, verdadeiramente generosa, sem pensamento oculto, que evita, com delicadeza, ferir o amor-próprio e a suscetibilidade do adversário, ainda quando este último nenhuma justificativa possa ter; a segunda é a em que o ofendido, ou aquele que tal se julga, impõe ao outro condições humilhantes e lhe faz sentir o peso de um perdão que irrita, em vez de acalmar; se estende a mão ao ofensor, não o faz com benevolência, mas com ostentação, a fim de poder dizer a toda gente: vede como sou generoso! Nessas circunstâncias, é impossível uma reconciliação sincera de parte a parte. Não, não há aí generosidade; há apenas uma forma de satisfazer ao orgulho. Em toda contenda, aquele que se mostra mais conciliador, que demonstra mais desinteresse, caridade e verdadeira grandeza de alma granjeará sempre a simpatia das pessoas imparciais."[22]

Neste momento, Saul aproximou-se de Antenor e, expandindo-se em oração, aplicou-lhe um passe sereno que se assemelhava a uma chuva iluminada de esperança e coragem.

---

22 Nota do autor espiritual (Ferdinando): KARDEC, Allan. **O Evangelho Segundo o Espiritismo**. Capítulo 10, item 4.

Compreensivo, Lucas disse:

— Nosso irmão Olívio não é mais o mesmo. A vida lhe ensinou por meio de duras lições, e acredite que ele também se culpa por todos os fatos que ocorreram em nossa família. A vida é uma escola para todos nós, e não estamos aqui pela lei do acaso, portanto, devemos entender que, como filhos de Deus, nosso Pai jamais nos abandonaria.

Tempo depois, Antenor disse entre lágrimas:

— Uma noite, eu estava desesperado e pensei em tirar minha vida em razão de tamanha desilusão, mas me lembrei de você. Seu credo, suas falas sobre a continuidade da vida, seu amor ao Cristo despertavam em mim uma mescla de medo e esperança.

"Acredite que, mesmo vivendo nestas condições, resisti e não me envolvi com os diversos vícios, pois sempre me lembrava dos ensinamentos de nosso pai e de nossa família. Meu irmão, saiba que neste mundo tão sofrido ainda há pessoas caridosas e que se preocupam com o próximo. Todas as noites, um grupo de espíritas nos serve uma sopa. Um dia, uma senhora, que se assemelhava a um anjo devido à sua bondade, aproximou-se de mim e, após conversarmos, me presenteou com estes livros. Entre eles, ela me entregou *O Evangelho Segundo o Espiritismo*. Em seguida, carinhosamente abriu o livro em uma página e leu: [...] *Se tendes amor, tereis colocado o vosso tesouro lá onde os vermes e a ferrugem não o podem atacar e vereis apagar-se da vossa alma tudo o que seja capaz de lhe conspurcar a pureza; sentireis diminuir dia a dia o peso da matéria e, qual pássaro que adeja nos ares e já não se lembra da Terra, subireis continuamente, subireis sempre, até que vossa alma, inebriada, se farte do seu elemento de vida no seio do Senhor. — Um Espírito protetor. (Bordeaux, 1861.)"* [23]

A emoção invadiu o coração daqueles filhos de Deus e, após um breve silêncio, Lucas, sem desistir do irmão, interveio:

— Deus atua de todas as formas, e não podemos ignorar o chamado que vem dos céus, por isso, lhe suplico que retorne comigo. Sempre estarei ao seu lado o apoiando, mas, por favor, volte comigo para Belo Horizonte.

Antenor entregou-se ao carinho do irmão e não ousou persistir naquela vida que escolhera temporariamente. Recolhendo os poucos pertences, ele acompanhou Lucas, buscando forças dentro do coração para enfrentar o amanhã desconhecido.

Sem perda de tempo, Lucas levou o irmão para casa, cuidou dele, oferecendo-lhe a dignidade do trato com a aparência. Com muita rapidez, o rapaz organizou a viagem de volta a Belo Horizonte.

Ao chegarem à cidade, seguiram para o hospital onde Abel estava internado. Antenor caminhava lentamente no corredor em direção à UTI, enquanto lágrimas marcavam suas faces emagrecidas. Nesse ínterim, sem imaginar o que a aguardava, Virgínia saiu por instantes do lado do marido para buscar algo para se alimentar, quando se deparou com os filhos.

— Mãe, Deus nos presenteou com alguém que tenho certeza de que preencherá nossos corações com muita alegria. Encontrei meu irmão Antenor!

---

23 Nota do autor espiritual (Ferdinando): KARDEC, Allan. **O Evangelho Segundo o Espiritismo**. Capítulo 8, item 19.

Antenor aproximou-se, e Virgínia, entre soluços e emocionada, abraçou o filho amorosamente, acolhendo-o sem julgamentos, mas com carinho e compreensão incondicionais. Suas lágrimas misturavam-se com a alegria que sentia:

— Meu amado filho, que Jesus abençoe seu coração! Por tantos dias, orei para que retornasse ao nosso lar. Roguei ao Senhor que o acolhesse onde estivesse e que Sua luz recaísse sobre você...

Sentaram-se em um banco, e, refeito, Antenor perguntou:

— Mãe, como está meu pai?

— Meus filhos, infelizmente, ele não apresentou melhora. O médico já me tirou a esperança e disse que deveríamos pensar em apenas manter os sinais vitais até que ele partisse.

— Mãe — disse Lucas —, devemos fazer tudo o que pudermos para que ele consiga enfrentar este momento obedecendo às leis que são superiores aos nossos desejos. Deus sabe das necessidades de cada um, e não tenho dúvidas de que papai precise experimentar esta situação para cumprir sua missão na Terra.

— Filho — interveio dona Virgínia —, não compreendo muito seu credo, mas respeito e compartilho de seus pensamentos. Conversei com o médico e pedi que fizessem tudo o que estiver ao alcance dos profissionais até Deus definir o futuro de seu pai. A nós caberão trabalho, fé e paciência.

Com humildade, Antenor secou uma lágrima e disse:

— Confesso que o credo de Lucas, o espiritismo, tem abrandado meu coração e pretendo conhecê-lo mais profundamente. Agora, faremos tudo para que as leis de Deus sejam cumpridas.

Enquanto isso, Felipe mantinha-se ao lado do corpo de Abel, realizando todos os procedimentos que lhe cabiam. Ele disse:

— Meus amigos, precisamos de muita vigilância para que os filhos de Deus que estão vinculados com as sombras não se aproximem neste momento, pois precisamos garantir que Abel esteja protegido e consiga vencer a desistência da vida.

Pouco tempo depois, dona Virgínia entrou no recinto acompanhada dos filhos. Não contendo as lágrimas, Antenor segurou as mãos do pai e orou:

— Senhor! Reconheço que não sou merecedor de um instante de Seu olhar, mas, diante de minha família, que sempre foi muito importante para mim, como um filho que retorna à casa suplico por meu pai. Rogo que Sua vontade seja soberana, mas também rogo por minha mãe e por meus irmãos, que necessitam de Sua compaixão...

Saul, que direcionava os passes para Abel, intensificou-os, fazendo-o despertar em espírito.

Com os olhos brilhantes, Abel identificou sua mãe, Lúcia, e não conteve as lágrimas. Com dificuldade para compreender o que acontecia, ele disse:

— Meus Deus, eu morri! Cheguei. E agora?

— Não, meu filho, você não morreu. Você continua vivo — esclareceu Lúcia.

Complacente, Saul interveio:

— Caro amigo, não estamos aqui para conduzi-lo ao mundo que habitamos, que é conhecido no chão como pós-morte.

— Não compreendo — disse Abel. — Desde que minha família se transformou em um campo de batalha, desisti de viver. Assisti a meus filhos se odiarem, e, quando Antenor partiu, um pedaço de mim foi com ele. Vi ser destruído em poucos dias tudo o que construí ao longo de minha vida. O que Olívio fez foi o pior golpe que recebi, mas jamais quis vê-lo em uma cadeira de rodas.

"O único que me consolava o coração era meu caçula Lucas, que se converteu ao espiritismo e sempre tinha para mim uma palavra de conforto diante de tamanha guerra. Por vezes, cheguei a acreditar que Deus havia colocado Lucas entre nós como um anjo apascentador de nossos corações, por isso orei todos os dias para que Deus me levasse para a morte. Agora, no entanto, você me diz que morri e que, mesmo assim, tenho de retornar?"

— Sim — respondeu Saul. — Suas tarefas no chão ainda não foram concluídas, Abel, e por amor à sua família é necessário que retorne ao corpo e desperte do coma. Antenor foi e é um grande amigo seu de muitas vidas, por isso existe essa grande afinidade entre vocês, mas Olívio é para ambos um resgate que necessita de amparo e luz. Portanto, para que os desígnios de Deus sejam cumpridos e o perdão reine novamente entre os seus, sua presença é importante.

— Como retornarei sem ter Antenor ao meu lado? — questionou Abel entre soluços.

Com imenso carinho, Saul permitiu que ele visse seus amores próximos ao leito. Em uma imagem emocionante, Abel, em um impulso, tentou abraçar Antenor, mas não foi possível.

— Por Deus, Antenor retornou! Senhor, que seja feita a Sua vontade!

Como uma mãe dedicada e valorosa, Lúcia permanecia, em espírito, ao lado do filho, garantindo que ele recebesse os passes dos amigos Felipe e Francisco e fazendo o corpo de Abel receber sinais até então não percebidos.

Aproveitando o momento, Saul enviou aos benfeitores presentes as ordens para intensificar os fluidos energéticos que ligavam Abel ao corpo. Consequentemente, os aparelhos físicos alarmaram, anunciando a necessidade da presença do corpo médico encarnado.

Imediatamente, duas enfermeiras e um médico plantonista aproximaram-se do leito, solicitando aos familiares que se retirassem com urgência da UTI.

Durante os procedimentos físicos, Abel surpreendeu os médicos ao despertar do coma. Uma junta médica foi formada para avaliar o quadro geral do paciente, e, após todas as avaliações necessárias, Abel retornou à vida.

Enquanto isso, Saul e sua equipe permaneceram ao lado do assistido para estabilizar o quadro de retorno não para o mundo espiritual, mas sim para a vida física.

A família de Abel foi notificada sobre a melhora do patriarca, contudo, a junta médica solicitou que o deixassem repousar sob os cuidados intensos que recebia.

Dois dias se seguiram, e Abel continuava a apresentar uma melhora surpreendente. No horário da visita, Virgínia entrou no recinto com o objetivo de preparar o marido para receber a visita do filho para que ele não tivesse um choque emocional, o que poderia causar infortúnios à saúde de Abel.

Após relatar com carinho as últimas ocorrências, Lucas aproximou-se do pai, e, em seguida, Antenor apresentou-se.

Emocionados, pai e filho abraçaram-se, e Antenor, com humildade, pediu:

— Pai, perdoe-me o egoísmo. Não consegui superar tamanha dor relacionada aos fatos que me acercaram o coração. Quando descobri a traição de Jane, me senti destruído, ainda mais ao saber que Olívio estava envolvido com ela. Não suportei e decidi partir. Acredite! Você jamais saiu de meus pensamentos e do meu coração. Ajude-me, pai, a resgatar a vida que desprezei, pois quero recomeçar ao seu lado e com seu apoio.

— Filho — disse Abel —, a felicidade de ter você comigo é indescritível. Não me peça perdão, pois não há nada para perdoar. É hora de recomeçar.

A alegria tomava aqueles corações, mas, tempo depois, Olívio adentrou o recinto acompanhado de um primo.

Uma tensão momentânea tomou os corações presentes, temendo que ocorresse algo inesperado e violento entre Antenor e Olívio. Enquanto isso, no invisível, Saul e sua equipe mantinham-se vigilantes para que o ambiente permanecesse envolvido por uma luz celestial.

Olívio aproximou-se do pai e, com poucas palavras, saudou-o entre lágrimas. Sem perceber, Antenor recebeu de Saul uma luz azulada, que o envolveu com uma paz intensa. Com respeito, ele olhou para o irmão e disse:

— Olívio, em nome de Deus, rogo que me perdoe.

Olívio não entendeu o gesto do irmão, mas, também envolvido pelas luzes que os benfeitores derramavam sobre aqueles corações, chorou intensamente. Virgínia segurou a mão de Olívio em um gesto carinhoso e maternal.

Após um breve momento de silêncio, Olívio levantou a cabeça, olhou para Antenor e disse:

— Meu irmão, sou eu quem precisa de seu perdão para poder continuar a viver. A vida me sentenciou graças aos meus atos. Jamais me imaginei limitado como estou devido às minhas decisões equivocadas. Perdi muito mais do que podia perder: dinheiro, paixão, destruição, mas, sobretudo, dignidade.

— Vamos recomeçar e esquecer — pediu Antenor —, por nós mesmos e por nossa família.

Saul, sua equipe e Lúcia ficaram admirando aquela cena indescritível. Em oração, agradeciam a Jesus pelo sucesso do recomeço, pois sabiam que aqueles corações necessitariam agora de coragem, fé e esperança para prosseguirem.

Reflexão

"[...] Equivale isso a dizer que o materialismo, com o proclamar para depois da morte o nada, anula toda responsabilidade moral ulterior, sendo, conseguintemente, um incentivo para o mal; que o mau tem tudo a ganhar do nada. Somente o homem que se despojou dos vícios e se enriqueceu de virtudes, pode esperar com tranquilidade o despertar na outra vida. Por meio de exemplos, que todos os dias nos apresenta, o Espiritismo mostra quão penoso é, para o mau, o passar desta à outra vida, a entrada na vida futura.

(O Céu e o Inferno, 2ª Parte, cap. I.)"[24]

---

24   KARDEC, Allan. **O Evangelho Segundo o Espiritismo**. Introdução. Item 9.

"[...] há um só Deus, e um só mediador entre Deus e os homens, Cristo Jesus, um homem, o qual se deu a si mesmo em resgate por todos."

1 Timóteo 2,5

CAPÍTULO 4

O acidente de moto: momento de resgate do passado

"Que prova podemos ter da individualidade da alma depois da morte?

'— Não tendes essa prova nas comunicações que recebeis? Se não fôsseis cegos, veríeis; se não fôsseis surdos, ouviríeis; pois que muito amiúde uma voz vos fala, reveladora da existência de um ser que está fora de vós.'"[25]

Naquele dia no Hospital Santa Casa da Compaixão, localizado na cidade de Minas Gerais, um benfeitor chamado Arlindo não escondia a feição preocupada.

Acompanhado de Almério e Felipe, Saul chegou, e, após as saudações, Arlindo disse:

— Amigo eterno, que Jesus abençoe a todos. Não imagina o quanto estava ansioso aguardando sua valorosa chegada.

— Meu caro — Saul retribuiu o carinho com respeito —, viemos o mais rápido possível, pois sei que o

---

25 KARDEC, Allan. **O Livro dos Espíritos**. Parte II – Do mundo espírita ou mundo dos Espíritos. Da Volta do Espírito, Extinta a Vida Corpórea, à Vida Espiritual. Capítulo 3, questão 152.

momento é delicado. Estamos aqui para ajudá-lo no que for necessário.

Com simplicidade, Felipe interveio:

— Poderia nos detalhar o caso?

— Sim — disse Arlindo. — Estamos diante de um jovem que sofreu um grave acidente de moto. Ele chegou aqui já faz um tempo e não consegue se desprender da Terra.

— Como foi o acidente? — perguntou Felipe.

Arlindo respirou fundo, buscando inspiração superior para prosseguir:

— Chovia muito naquela noite, quando Márcio deixou Cássia, a namorada do rapaz, em casa. No percurso de volta à residência de sua mãe, ele foi abordado por dois marginais e tentou esquivar-se daqueles homens. Infelizmente, não teve êxito. A moto deslizou em uma poça de óleo misturada com água, e Márcio perdeu o controle do veículo, chocando-se com um caminhão pesado. Ele perdeu muita massa encefálica...

— Estamos falando de uma morte prematura? — perguntou Almério.

— Não — respondeu Arlindo. — A programação estava estabelecida para que o retorno do rapaz ocorresse exatamente nesse período.

— Somos filhos de nossos passados — interveio Saul —, e Deus, sabendo de nossas necessidades, concede a cada um a oportunidade de retornar e construir uma nova história.

— Saul está correto — disse Arlindo. — Nesse caso, Márcio, que é apegado aos bens terrenos, permanece com a mente fixada na moto. Não conseguimos argumentar com ele para o desprendimento.

— Então, ele foi uma vítima? — perguntou Almério.

— Não — respondeu Arlindo. — Márcio também estava envolvido com muitos casos de furtos, inclusive de motos. Com isso, ele entrou em sintonia com muitos amigos que estão temporariamente longe da misericórdia do Senhor. Eles já estão aqui lhe cobrando o retorno e as faltas cometidas.

Neste momento, os benfeitores caminharam até perto de Márcio. Liberto do corpo, ele permanecia com um semblante ensandecido, resultado da influência direta daqueles que se afeiçoavam às suas atitudes.

Sem ter clareza das últimas ocorrências, Márcio, ao ver Saul, comentou:

— Até que enfim chegou alguém decente aqui! Não aguentava mais aquele homem — Márcio se referia a Arlindo. — Ele disse que eu não estava mais na Terra. Que absurdo! Não sabe o que diz.

— Meu jovem — interveio Saul com paciência —, sabe o que aconteceu com você?

— Sim — respondeu inseguro. — Caí da minha moto e cheguei a este hospital, mas parece que todos estão enlouquecidos. Eu falo, mas ninguém me escuta, e estou vendo meu corpo ali dormindo. Hoje, pela manhã, minha mãe disse que doará minha moto a uma instituição de caridade. Gritei, e ela me ignorou — atordoado, ele continuou: — Minha cabeça está confusa e sinto como se um turbilhão de pensamentos invadisse meu cérebro. Um turbilhão de pensamentos que não consigo conter.

Neste momento, Arlindo começou a aplicar passes em Márcio, e Magda, a mãe do rapaz, adentrou o recinto acompanhada do médico que assistia a seu filho.

— Senhora — disse o médico —, o caso de seu filho é muito crítico. Há dias, estamos tentando ajudá-lo, mas não poderemos fazer mais nada. A morte cerebral já é uma realidade.

— Doutor, o que me diz? Por Deus...

— Eu a deixarei aqui com ele e cuidarei de outro enfermo. Daqui a pouco, voltarei aqui para detalharmos os próximos passos. Por ora, fique com seu filho. Este momento é de vocês.

Magda não conseguia conter o choro, e as lágrimas lhe marcavam as faces, carregando ainda mais seu semblante cansado. Em uma demonstração de carinho, a mulher afagou os cabelos do filho, beijou-lhe a testa e, segurando firme a mão de Márcio, orou cheia de fé e resignação:

— Senhor, tenha misericórdia de meu filho. Sei que ele cometeu muitas faltas, mas sei que o Senhor é complacente e não o abandonará neste momento tão delicado. Sinto-me enfraquecida e não sei que decisão devo tomar. Auxilie-me nesta escolha, e que seja a melhor diante de sua vontade.

"Conceda-nos uma luz para que eu o faça chegar ao esplendor de Seu amor sem mais sofrimento. Tenho consciência de que não pude dar além do que dei a ele, o que o fez se envolver com aqueles amigos tão comprometidos com a vida sombria das drogas e dos furtos."

Cheio de compaixão, Saul aproximou-se daquela mãe e, concentrado em oração, levou sua destra na direção da testa de Magda. Em um profundo acolhimento celestial, envolvia a mente da mulher com uma luz azulada, branda e esclarecedora.

Pouco tempo depois, Magda, com o semblante sereno, acariciou as faces do filho, quando o médico retornou. Respeitando o momento delicado, ele examinou os aparelhos por algum tempo e depois perguntou:

— Senhora, o tempo não está mais a nosso favor e precisamos fazer algo...

Secando as lágrimas, ela olhou para o médico e respondeu:

— Que seja feita a vontade de Deus. Quero doar os órgãos de meu filho... Sinto que é o melhor a fazer por ele e pelas pessoas e que, de algum modo, Márcio viverá um pouco mais em todas as pessoas que com este gesto de bondade auxiliou.

No mundo espiritual, Márcio, ao ouvir as palavras da mãe, gritou:

— Mãe, o que você está fazendo?! Enlouqueceu?! Seu filho está vivo! Não está vendo? Não, não faça isso, por misericórdia! Alguém faça alguma coisa!

De súbito, um grupo formado por cinco jovens aproximou-se de Márcio. Completamente inebriados, tentavam envolver a mente do rapaz com baixa frequência mental, buscando levá-lo para um mundo sombrio e distante temporariamente de Deus.

Arlindo, Saul e os benfeitores presentes imediatamente se colocaram em prontidão sobre aqueles filhos de Deus e lançaram neles uma luz intensa. Os jovens não suportaram a chama de amor que era derramada sobre eles e, sem compreenderem o que ocorria, saíram imediatamente do recinto.

Abatido e desesperado, Márcio perguntou:

— O que estão fazendo comigo? Não entendo o que está acontecendo. Quero voltar para minha casa. Por favor, me ajudem.

— Filho — disse Arlindo —, neste momento, é preciso que entenda sua situação. Você não pertence mais ao mundo físico.

— Não entendo. Como não pertenço ao meu mundo? Estou vivo. O tempo todo, você fala comigo como se eu estivesse morto.

— A verdade é que você retornou ao mundo dos mortos — esclareceu Felipe. — Se desprendeu do corpo e agora está conosco.

Neste momento, Márcio começou a se deparar com a realidade. Após alguns instantes, recuperou-se do choque e perguntou:

— Cheguei. E agora?

— Meu jovem! — interveio Saul —, sim, você está morto, entretanto, o mais importante é que você não está só. Jesus e muitos corações amados intercedem a seu favor, e por isso todos nós estamos aqui para auxiliá-lo nesta trajetória de retorno. É preciso que deixe para trás o passado e siga conosco.

— Você deve estar ensandecido, pois continuo vivo! Como vou seguir, se minha mãe doou meus órgãos? Como viverei sem eles? Ainda sinto dor em minha cabeça, sinto meu coração bater em meu peito e o ar me faltar.

— Aqui, eles não são importantes — explicou Saul.

— Tudo o que sente são apenas impressões temporárias dos laços fluídicos que, aos poucos, são tratados para o desenlace total. Para que isso ocorra, precisamos retirá-lo daqui. Você será conduzido a uma morada transitória e lá receberá todo o amparo necessário para se sentir melhor.

— Não irei a lugar algum! Exijo que me levem para casa! — retrucou com imensa arrogância.

Percebendo que o momento era delicado, Saul procedia com uma sequência de passes, fazendo Márcio serenar brevemente. Saul limpou a mente do rapaz e forçou-o a ver a vida passada, que era a causa de seu retorno breve e ainda tão jovem. Aos poucos, imagens eram liberadas e controladas pelas mãos laboriosas do benfeitor:

— Filho — disse Saul —, sobre sua mente o passado retorna agora, então, você se recordará do tempo em que viveu nas cercanias de Paris. Você foi um homem honesto e trabalhador, que se casou com uma jovem chamada Augustine, mulher dedicada e amorosa. Desta união nasceram um menino e uma menina.

"Você, contudo, conheceu Justine, uma jovem cheia de encantamentos femininos, e logo uma forte paixão o levou a abandonar sua família em uma situação muito precária. Não demorou muito tempo para que seu primogênito adoecesse. Uma severa enfermidade infecciosa atacou-lhe os rins, e, com apenas três anos de vida, ele não suportou a doença e morreu.

"Tempo depois, sua filhinha caçula também adoeceu. Uma febre intensa consumiu seu corpo diminuto, levando-a ao óbito. Suportando o sofrimento que vivia após a passagem de seus filhos, Augustine, sem uma medicina que lhe propiciasse ajuda naquele momento, não imaginava que uma falha genética em seu coração se agravara. Todos os fatos que a acercaram naqueles anos, sem sua presença, Márcio, levaram a jovem também ao óbito."

— Meu Deus! — exclamou Márcio entre lágrimas. — Vejo as cenas e as sinto em mim tão vivas. Oh, Senhor! Como pude abandoná-los assim?

— O romance com a jovem Justine foi alicerçado em desavenças e infortúnios. Em uma noite, vocês dois se excederam na bebida, e, após uma severa discussão, Justine, completamente envolvida por seres sombrios e sem pensar nas consequências, suicidou-se se lançando no Rio Sena.

— Não pode ser! Ela morreu por minha causa!

— Após todos esses fatos e devido ao excesso de bebida, sua passagem foi prematura.

Chorando convulsivamente, Márcio suplicou:

— Senhor Saul, me ajude. O peso do remorso é muito grande em meu coração. Diga-me... como posso converter esse passado sombrio em luz?

— Filho! — disse carinhosamente Saul. — Aceitando o gesto de sua mãe! Seus órgãos serão doados para Augustine, que hoje está encarnada e aguarda um transplante de coração. Seu filho, também encarnado, nasceu com uma alteração genética, que fez as funções renais da criança ficarem comprometidas. Ele está na fila de receptores aguardando um rim. Sem esse transplante, ele poderá morrer e não cumprirá as tarefas que precisa realizar na vida.

— O que aconteceu com Justine?

— Devido aos excessos das vidas passadas, ela está com o fígado comprometido e também está na fila aguardando um doador.

— Senhor Saul, onde está minha filhinha?

— Meu caro, ela é dona Magda, sua mãe, que reencarnou com a grande missão reparadora do seu passado. Creia na vinha de Jesus. Nada, absolutamente nada, acontece pelas linhas do acaso. Sempre há uma causa para uma vida ou uma causa a ser reparada.

— Como pude ser tão egoísta? Não imaginava que tudo que aconteceu comigo era parte de um planejamento reparador.

— Sim — tornou Saul. — O que importa é aceitar sua nova condição e olhar para trás consciente da necessidade de transformação para a luz e imaginar que, amanhã, seu ato caridoso iluminará todos os corações envolvidos em sua história. Portanto, acalme seu coração, pois você terá muitas oportunidades de servi-los desde que se recupere, conheça os ensinamentos celestiais e trabalhe para que a beleza de servir seja em você o caminho de uma ou de mais vidas.

Como um menino, Márcio entregou-se serenamente aos braços amigos. Arlindo permanecia em trabalho para tratar dos últimos procedimentos, enquanto Felipe, ao lado dos demais benfeitores, retirou o assistido daquele local.

Pouco tempo depois, os trabalhos foram concluídos. Arlindo abraçou os amigos e, olhando para Saul, disse:

— Minha gratidão é eterna. Não teria conseguido sem ajuda dos Anjos de Jade. Sua presença aqui somente demonstra o quanto Jesus é benevolente com todos.

— Amigo — disse Saul —, não me exalte. Creia que Jesus é causa essencial de nossas vidas, que Ele jamais abandona os filhos de Deus e que não poderia deixá-los sós. O ato da doação dos órgãos é tarefa delicada, porém, não é impossível. O gesto de dona Magda, sem dúvida, contribuiu para que se cumprisse a vontade de Deus.

Poucos, contudo, sabem que o ato de doação de órgãos se assemelha muito à cadeia interligada entre o doador e os receptores. Ninguém está ausente de suas questões passadas, e aqueles que recebem os órgãos precisam muito de tratamento e compreensão, perdão e oração, pois, nesses casos, todos estão unidos por um passado e por um futuro libertador.

— Nosso trabalho foi árduo — comentou Arlindo.

— Tivemos o cuidado de não modificar o caminho planejado e a vontade superior nesse caso. A lista dos necessitados é grande, mas conseguimos que as três pessoas envolvidas nessa história fossem agraciadas pelos órgãos de Márcio.

— Guardemos esses filhos de Deus em nossos corações — pediu Saul. — Por ora, peço-lhes que sintamos a beleza do dever bem cumprido. Para tanto, recordo-me do eterno amigo Ferdinando e reproduzo suas palavras para dar graças ao Senhor: *Senhor Jesus... Diante dos obstáculos da vida, ainda nos encontramos ensurdecidos, mudos e cegados. Caminhamos desfalecidos, com o peito massacrado pelo egoísmo nutrido pela nossa ignorância. Contamos os dias passados e nos esquecemos de viver o presente construindo, hoje, sempre o melhor para o nosso futuro. Com o olhar voltado para nós mesmos, ignoramos o sol que desperta todas as manhãs com serenidade, apesar de trazer consigo o vulcão vivo de sua natureza. Duvidamos do seu auxílio, mas o Senhor sempre permanece ao nosso lado com bondade, transformando nossas ilusões em trabalhos consistentes e seguros. Diante de sua compaixão alcançamos a vitória e, diante de sua misericórdia, tocamos os céus sem nos esquecermos das responsabilidades que coroam nossas existências nas estradas do mundo, mesmo que elas pareçam árduas e difíceis. Levaremos conosco a certeza de que a glória de Sua sabedoria delineará as estradas de nossas vidas e que os ventos dos desalentos, desânimos ou tormentos não poderão destruir nossa fé, nosso trabalho e nossas esperanças...*

Reflexão

"Sabe que todas as vicissitudes da vida, todas as dores, todas as decepções são provas ou expiações e as aceita sem murmurar. Possuído do sentimento de caridade e de amor ao próximo, faz o bem pelo bem, sem esperar paga alguma; retribui o mal com o bem, toma a defesa do fraco contra o forte, e sacrifica sempre seus interesses à justiça."[26]

---

26 KARDEC, Allan. **O Evangelho Segundo o Espiritismo**. Capítulo 17, item 3.

"Por esta razão é que sem cessar agradecemos a Deus por terdes acolhido sua Palavra, que vos pregamos não como palavra humana, mas como na verdade é, a Palavra de Deus que produz efeito em vós, os fiéis."

1 Tessalonicenses 2,13

CAPÍTULO 5

Mediunidade, conduta e ética

"Em que sentido se deve entender a vida eterna?

'A vida do Espírito é que é eterna; a do corpo é transitória e passageira. Quando o corpo morre, a alma retoma a vida eterna.'"[27]

Na Cidade de Jade, o benfeitor Ferdinando terminou de orientar os trabalhadores Felipe e Francisco, visando encontrar Saul, que já estava auxiliando uma veneranda senhora chamada Rúbia, a qual acompanhava um processo de desencarnação em um hospital renomado da Terra na região do Rio de Janeiro.

Ao chegarem, encontraram Saul ao lado de Rúbia, que mantinha um olhar triste, mas os recepcionou carinhosamente dizendo:

— Meus filhos, agradeço a Deus e a Jesus, assim como a Ferdinando, que atendeu às minhas súplicas. Com o apoio de todos, teremos êxito neste caso, pois já acreditávamos vencidos...

---

27 KARDEC, Allan. **O Livro dos Espíritos**. Parte II – Do mundo espírita ou mundo dos Espíritos. Da Volta do Espírito, Extinta a Vida Corpórea, à Vida Espiritual. Capítulo 3, questão 153.

Com respeito, Felipe abraçou-a afetuosamente e tornou:

— Recebemos com muito júbilo esta tarefa, entretanto, Ferdinando não nos detalhou o caso e solicitou que nos inteirássemos aqui para que nenhum tipo de julgamento fosse pronunciado. Acatamos as recomendações, mas sabemos que temos muito a fazer. Com fé e em nome do Nosso Senhor Jesus Cristo, seja como for, a luz vencerá...

Com imenso carinho, Rúbia interveio:

— Nosso amado amigo Ferdinando foi muito prudente. Enfrentamos uma luta severa para tentar conduzir Marcos ao auxílio após a morte.

— Pelo que soubemos, ele é médium e tem a tarefa de trabalhar dentro da estrada espírita cristã. O que aconteceu com ele? — perguntou Francisco.

Após uma breve pausa, Rúbia respondeu amorosamente:

— Marcos levava consigo a missão de servir ao próximo, pois o pretérito lhe pesava sobre os ombros. Em uma vida passada, ele, na condição de médico, em vez de preservar a vida, utilizou a Medicina para tirar a vida de muitos por meio de abortos e procedimentos médicos não condizentes com a luz. Por meio da mediunidade, a encarnação de Marcos seria uma oportunidade de resgate e evolução.

"Nosso assistido, contudo, encantou-se com os prazeres terrenos enquanto gozava de saúde física e, entre os vícios do álcool e sexo em desvario, adoeceu aos trinta e poucos anos e acabou buscando o espiritismo pela estrada mais difícil: a da dor.

"Intercedemos a favor dele, que conquistou a cura pelas mãos laboriosas de nossos amigos. Em pouco tempo, a mediunidade de Marcos aflorou, e não demorou muito para que as manifestações mediúnicas iniciassem de forma intensa.

"A instituição seguia as regras doutrinárias e orientou-o a ingressar nas escolas, pois médium sem estudo é igual à frágil flor exposta a todas as intempéries físicas e espirituais. Infelizmente, Marcos ignorou todas as orientações e, sem controle, desenvolveu grande vaidade, acreditando-se melhor que todos os demais. Utilizando a mediunidade a seu favor, cobrava os assistidos pelos atendimentos que fazia, usando o trabalho espiritual em benefício próprio.

"Agora, estamos aqui para tentar trazê-lo à luz, mas ele se vinculou em pensamento a entidades sombrias, que estão associadas a Marcos por meio do passado dele. Não demorou para que fosse influenciado pelas sombras, o que o fez afastar-se de nós, pois os desvios morais de ontem afloraram no presente."

Neste ínterim, os aparelhos hospitalares anunciavam uma parada cardíaca. Médicos e enfermeiras tentavam fazer algo a favor de Marcos, mas tudo foi em vão. Minutos depois, o óbito foi anunciado.

***

No invisível, apesar da presença dos benfeitores, o recinto foi imediatamente invadido por um líder das trevas, que se posicionou ao lado de Marcos, que experimentava os últimos instantes da vida corpórea.

Pouco tempo depois, enquanto os procedimentos continuavam sobre o corpo de Marcos, Rúbia aproximou-se com carinho e disse:

— Filho, que o Senhor o abrace neste momento. Independentemente dos atos ocorridos, estamos aqui para auxiliá-lo nesta trajetória.

— Ora, o que me diz? Está ensandecida? A que trajetória se refere? Não passa de uma velha enfermeira. Sou um médium renomado, muito conhecido, e exijo ser tratado com diferenciação. Chame o médico responsável. Preciso ir embora.

Notando a dificuldade do momento, Saul uniu-se aos benevolentes trabalhadores do bem, que, juntos, começaram a emitir uma luz azulada buscando tranquilizar aquele coração. Ele disse:

— Amigo, chegou o momento de seguir um novo caminho. É necessário que abandone o corpo sem vida e venha conosco sem fazer exigências ou imposições, que são características da Terra. Esses pensamentos materiais não têm valor onde você está agora.

— O que me diz? Enlouqueceu? Seguir com vocês para onde? Estão ensandecidos! Apenas vim fazer uma pequena cirurgia e logo retornarei para minha linda casa.

— Não poderá voltar à sua casa, Marcos, pois a vida física chegou ao fim para você — afirmou Rúbia.

A realidade impunha-se aos pensamentos conflituosos e perturbados de Marcos, que, mesmo consciente de que algo havia ocorrido consigo e que poderia estar relacionado com a desencarnação, ele interveio descontroladamente:

— Cheguei. E agora? — após uma breve pausa e totalmente atormentado, ele prosseguiu: — Que absurdo!

Não, não pode ser! Eu me recuso a aceitar que morri. Jesus está sendo injusto comigo! Logo eu, que tanto dediquei meus dias a Ele, que sempre servi vocês! E agora que consegui conquistar meus bens terrenos me dizem que morri! Não pode ser...

— Filho — disse Rúbia —, esta é sua nova realidade. A matéria não faz mais parte de sua vida.

— Todos estão loucos. Exijo que devolvam minha vida, afinal, vocês me devem isso, pois os servi por meio da mediunidade, todos aqui me devem. Devolvam minha vida! É uma ordem!

— Filho! — interveio inutilmente Rúbia. — O que nos solicita é impossível. Creia que a benevolência superior agiu a seu favor. Seu retorno breve foi uma maneira de impedi-lo de contrair um número maior de dívidas, utilizando a mediunidade de forma desviada dos propósitos celestiais maiores entre eles, como está declarado no *O Evangelho Segundo o Espiritismo* que você conhece: *Restituí a saúde aos doentes, ressuscitai os mortos, curai os leprosos, expulsai os demônios. Dai gratuitamente o que gratuitamente haveis recebido. (S. MATEUS, 10:8) "Dai gratuitamente o que gratuitamente haveis recebido", diz Jesus a seus discípulos. Com essa recomendação, prescreve que ninguém se faça pagar daquilo por que nada pagou. Ora, o que eles haviam recebido gratuitamente era a faculdade de curar os doentes e de expulsar os demônios, isto é, os maus Espíritos. Esse dom Deus lhes dera gratuitamente, para alívio dos que sofrem e como meio de propagação da fé; Jesus, pois, recomendava-lhes que não fizessem dele objeto de comércio, nem de especulação, nem meio de vida.*[28]

Ensandecido e inconformado, Marcos continuou:

— Ora! Não me venham com esses preceitos doutrinários inúteis que servem apenas para iludir os recém--chegados à doutrina espírita, que ficam maravilhados com filosofias.

— Caro amigo — interveio Saul —, a mediunidade é disciplina séria na escola da vida e também a oportunidade de servir à causa cristã, aquela que Jesus fundamentou com ensinamentos e exemplos quando esteve na Terra. Por meio da mediunidade, se encontra o mecanismo preciso para a transformação dos filhos de Deus, mas, quando estão diante dos encantos temporários da matéria, fracassam e, em alguns casos, são vencidos pelas próprias sombras do egoísmo e principalmente da vaidade.

"Equivocam-se na interpretação doutrinária, mas o Evangelho continua sendo claro e atual: 'Dai gratuitamente o que gratuitamente haveis recebido'. Todos nós estamos vinculados ao passado, e nossas inferioridades nos levam a decisões erradas sobre nossa conduta. É necessário que os médiuns estejam sempre vigilantes, colocando o amor acima das trevas, estudando para se libertar da ignorância, que é chaga que ulcera o ser, trabalhando no exercício do bem para garantir a prática da caridade e, sobretudo, buscando na sua reforma íntima um meio de se conhecer e assim poder conhecer a Deus e ao seu próximo. Agora é a hora de você pensar em sua conduta e abraçar este momento como se fosse

---

28 Nota do autor espiritual (Ferdinando): KARDEC, Allan. **O Evangelho Segundo o Espiritismo**. Capítulo 26, item 1 e 2.

a grande oportunidade de sua redenção, em razão dos atos passados cometidos."

Antes de Saul terminar a reflexão, Marcos interrompeu-o cheio de ira:

— Palavras, apenas palavras de quem não vive na Terra. É fácil falar de amor e caridade sem precisar morar, se manter e viver entre competições e egoísmo — pensativo e influenciado pelo líder das sombras que estava ali presente, Marcos continuou com arrogância:

— Então, vamos negociar. Ficarei aqui, desde que eu seja conduzido a uma morada à altura de meu nível. Quero viver em uma morada semelhante à minha casa na Terra...

Neste momento, aquele líder das trevas tomou a palavra e, utilizando-se das fraquezas de Marcos, interrompeu:

— Venha comigo. Eu poderei lhe oferecer tudo isso e muito mais. Curve-se para mim e terá uma vida luxuosa neste mundo...

Envolvido pelo próprio ceticismo, Marcos logo tomou uma decisão difícil:

— Falam tanto de luz e conhecimento, mas escolhi meu caminho. Opto por ficar com quem me deu uma vida terrena que merecia. Quanto a vocês, me oferecem trabalho, trabalho e trabalho em nome do Cristo. Não quero nada de vocês e não preciso de nenhum de vocês que está aqui presente. Seguirei meu caminho...

Imediatamente, o recinto foi invadido por três entidades dignas de piedade, pois eram ignorantes e vinculadas às trevas. Envolvido por uma luz turva, Marcos recebeu tamanha influência que chegou a entrar em torpor e, sem que nada pudesse ser feito, foi retirado daquele local.

Os benevolentes trabalhadores do bem assistiram ao cenário com o coração cheio de compaixão. Com um semblante preocupado, Rúbia recebeu um afetuoso abraço de Saul.

Instantes depois, Saul disse:

— Não devemos nos crer vencidos pelas sombras. O que fizemos foi respeitar o livre-arbítrio de Marcos. Não abandonaremos nosso amigo. Temos de aguardar o instante correto para que possamos agir sob o amparo maior.

Neste momento, um homem chamado Pascoal perguntou com humildade:

— Perdoem-me a ignorância, mas o que assisti aqui me leva a crer que não há ensinamento suficiente para os médiuns dentro do Evangelho.

Com benevolência e respeitando a temporária falta de conhecimento de Pascoal, que ingressara pela primeira vez em uma missão de resgate ao lado de Rúbia, Saul disse:

— Meu caro, a doutrina espírita possui um vasto conjunto de ensinamentos sobre a mediunidade. Essa preocupação sempre esteve presente na obra codificada por Allan Kardec em *O Livro dos Espíritos*, *O Livro dos Médiuns*, *A Gênese*, *O Céu e o Inferno*, mas aqui relembro a passagem que tanto toca meu coração, que foi impressa em *O Evangelho Segundo o Espiritismo* e que reconheço como grande reflexão para todos os médiuns: *7. Os médiuns atuais — pois que também os apóstolos tinham mediunidade — igualmente receberam de Deus um dom gratuito: o de serem intérpretes dos Espíritos, para instrução dos homens, para lhes mostrar o caminho do bem e conduzi-los à fé, não para lhes vender palavras que não lhes pertencem, a eles médiuns, visto que não são fruto de suas concepções, nem de suas pesquisas, nem de seus trabalhos pessoais. Deus quer que a luz chegue a todos; não quer que o mais pobre fique dela privado e possa dizer: não tenho fé, porque não a pude pagar; não tive o consolo de receber os encorajamentos e os testemunhos de afeição por quem choro, porque sou pobre. Tal a razão por que a mediunidade não constitui privilégio e se encontra por toda parte. Fazê-la pagar seria, pois, desviá-la do seu providencial objetivo.*

"8. Quem conhece as condições em que os bons Espíritos se comunicam, a repulsão que sentem por tudo o que é de interesse egoístico, e sabe quão pouca coisa se faz mister para que eles se afastem, jamais poderá admitir que os Espíritos superiores estejam à disposição do primeiro que apareça e os convoque a tanto por sessão. O simples bom-senso repele semelhante ideia. Não seria também uma profanação evocarmos, por dinheiro, os seres que respeitamos, ou que nos são caros? É fora de dúvida que se podem assim obter manifestações; mas, quem lhes poderia garantir a sinceridade? Os Espíritos levianos, mentirosos, brincalhões e toda a caterva de Espíritos inferiores, nada escrupulosos, sempre acorrem, prontos a responder ao que se lhes pergunte, sem se preocuparem com a verdade. Quem, pois, deseje comunicações sérias deve, antes de tudo, pedi-las seriamente e, em seguida, inteirar-se da natureza das simpatias do médium com os seres do mundo espiritual. Ora, a primeira condição para se granjear a benevolência dos

bons Espíritos é a humildade, o devotamento, a abnegação, o mais absoluto desinteresse moral e material.

"9. A par da questão moral, apresenta-se uma consideração efetiva não menos importante, que entende com a natureza mesma da faculdade. A mediunidade séria não pode ser e não o será nunca uma profissão, não só porque se desacreditaria moralmente, identificada para logo com a dos ledores da boa sorte, como também porque um obstáculo a isso se opõe. É que se trata de uma faculdade essencialmente móvel, fugidia e mutável, com cuja perenidade, pois, ninguém pode contar. Constituiria, portanto, para o explorador, uma fonte absolutamente incerta de receitas, de natureza a poder faltar-lhe no momento exato em que mais necessária lhe fosse. Coisa diversa é o talento adquirido pelo estudo, pelo trabalho e que, por essa razão mesma, representa uma propriedade da qual naturalmente lícito é, ao seu possuidor, tirar partido. A mediunidade, porém, não é uma arte, nem um talento, pelo que não pode tornar-se uma profissão. Ela não existe sem o concurso dos Espíritos; faltando estes, já não há mediunidade. Pode subsistir a aptidão, mas o seu exercício se anula. Daí vem não haver no mundo um único médium capaz de garantir a obtenção de qualquer fenômeno espírita em dado instante. Explorar alguém a mediunidade é, conseguintemente, dispor de uma coisa da qual não é realmente dono. Afirmar o contrário é enganar a quem paga. Há mais: não é de si próprio que o explorador dispõe; é do concurso dos Espíritos, das almas dos mortos, que ele põe a preço de moeda. Essa ideia causa instintiva repugnância. Foi esse tráfico, degenerado em abuso, explorado pelo charlatanismo, pela ignorância, pela credulidade e pela superstição que

motivou a proibição de Moisés. O moderno Espiritismo, compreendendo o lado sério da questão, pelo descrédito a que lançou essa exploração, elevou a mediunidade à categoria de missão. (Veja-se: O Livro dos Médiuns, 2ª Parte, cap. XXVIII. - O Céu e o Inferno, 1ª Parte, cap. XI.)
"10. A mediunidade é coisa santa, que deve ser praticada santamente, religiosamente. Se há um gênero de mediunidade que requeira essa condição de modo ainda mais absoluto é a mediunidade curadora. O médico dá o fruto de seus estudos, feitos, muita vez, à custa de sacrifícios penosos. O magnetizador dá o seu próprio fluido, por vezes até a sua saúde. Podem pôr-lhes preço. O médium curador transmite o fluido salutar dos bons Espíritos; não tem o direito de vendê-lo. Jesus e os apóstolos, ainda que pobres, nada cobravam pelas curas que operavam. Procure, pois, aquele que carece do que viver, recursos em qualquer parte, menos na mediunidade; não lhe consagre, se assim for preciso, senão o tempo de que materialmente possa dispor. Os Espíritos lhe levarão em conta o devotamento e os sacrifícios, ao passo que se afastam dos que esperam fazer deles uma escada por onde subam."[29]

— Senhor Saul, perdoe-me a ignorância — disse Pascoal —, sou apenas um aprendiz. Enquanto estive vivo na Terra, queria ter tido o conhecimento mínimo de agora, mas entendo que não será tarde para me aprofundar nos estudos.

— O momento da desencarnação é tal qual o atravessar de um pórtico celestial e devemos estar preparados para atravessá-lo, entretanto, viver é uma oportunidade

---

29 Nota do autor espiritual (Ferdinando): KARDEC, Allan. **O Evangelho Segundo o Espiritismo**. Capítulo 26, itens, 8, 9 e 10.

para fazermos as lições de Deus serem verdadeiras em nossos caminhos. Também é a certeza de que poderemos servir ao Senhor como quem sabe que o trabalho liberta nossos corações dos vínculos com nossos erros — dos conhecidos e dos desconhecidos.

Saul fez uma breve pausa e, em seguida, envolvido por uma luz azulada e unindo-se em pensamento aos benfeitores da "Cidade de Jade", disse:

— Senhor Jesus, Mestre eterno, rogo de joelhos aos médiuns, aqueles que foram colocados nas estradas do trabalho em Seu nome, que reflitam a todos os instantes sobre suas condutas.

"Que compreendam que são o meio e não fim de seus trabalhos mediúnicos, pois tanto o começo, o meio e o fim chamam-se Cristo.

"Que cada vez que levantarem as mãos, na disciplina de doarem o passe, seja ele espiritual ou de tratamento e diversos, consigam entender que através de cada um há uma ordem superior agindo sobre seus assistidos que se chama Deus.

"Que respeitem as ordens superiores sobre as criaturas terrenas, entendendo que cada um é filho de Deus com falhas e virtudes assim como os próprios médiuns.

"Que os médiuns não são maiores que Deus ou que o Senhor, Mestre Jesus; são apenas um instrumento em razão do bem e do próximo.

"Que nenhum trabalho mediúnico jamais poderá servir ao próprio médium, mas sim à humanidade.

"Que a ética e o respeito sejam os pilares de sustentação de sua fé e que o alicerce seja sempre o Seu Evangelho.

"Que possuam os pés no chão, o coração no trabalho e no Senhor e mente voltada à razão, para que sempre exerçam a fé raciocinada sem dogmatismos e proselitismo.

"Que se reconheçam como trabalhadores e jamais como superiores diante daqueles que necessitam de cuidados para chegar a Deus. Que saibam que tudo que realizam não lhes pertence, mas àqueles que estão aos seus lados para apoiá-los nesta trajetória.

"Que dominem a vaidade, sem se acreditarem artistas, escritores, senhores da faculdade mediúnica.

"Que não vendam os benefícios que oferecem, pois os benefícios pertencem a Deus.

"Que busquem no estudo o alicerce de suas vidas, pois o estudo solidifica a lei de amor e busca apoiar o esforço contra as influências.

"Que na reforma íntima encontrem a libertação das atitudes infelizes e por vezes tão irracionais.

"Que na prática de qualquer tipo de mediunidade sempre conduzam as atitudes para o bem e jamais para seus desejos íntimos.

"Por tudo isso e muito mais, rogo ao Senhor que abençoe os médiuns, que, mesmo em qualquer situação, ainda são aprendizes de si mesmos e também filhos de Deus."

Reflexão

"Os médiuns são os intérpretes dos Espíritos; suprem, nestes últimos, a falta de órgãos materiais pelos quais transmitam suas instruções. Daí vem o serem dotados de faculdades para esse efeito. Nos tempos atuais, de renovação social, cabe-lhes uma missão especialíssima; são árvores destinadas a fornecer alimento espiritual a seus irmãos; multiplicam-se em número, para que abunde o alimento; há os por toda a parte, em todos os países, em todas as classes da sociedade, entre os ricos e os pobres, entre os grandes e os pequenos, a fim de que em nenhum ponto faltem e a fim de ficar demonstrado aos homens que todos são chamados. Se, porém, eles desviam do objetivo providencial a preciosa faculdade que lhes foi concedida, se a empregam em coisas fúteis ou prejudiciais, se a põem a serviço dos interesses mundanos, se em vez de frutos sazonados dão maus frutos, se se recusam a utilizá-la em benefício dos outros, se nenhum proveito tiram dela para si mesmos, melhorando-se, são quais a figueira estéril. Deus lhes retirará um dom que se tornou inútil neles: a semente que não sabem fazer que frutifique, e consentirá que se tornem presas dos Espíritos maus."[30]

---

30 KARDEC, Allan. **O Evangelho Segundo o Espiritismo**. Capítulo 19, item 10.

"Filhos, obedecei aos vossos pais no Senhor, pois isso é justo. 'Honra teu pai e tua mãe' — este é o primeiro mandamento com promessa — para que tudo te corra bem e tenhas longa vida sobre a Terra. E vós, pais, não deis a vossos filhos motivo de revolta contra vós, mas criai-os na disciplina e na correção do Senhor."

Efésios 6,1-4

CAPÍTULO 6

A chegada do executivo

"É dolorosa a separação da alma e do corpo?

'Não; o corpo quase sempre sofre mais durante a vida do que no momento da morte; a alma nenhuma parte toma nisso. Os sofrimentos que algumas vezes se experimentam no instante da morte são um gozo para o Espírito, que vê chegar o termo do seu exílio.

Na morte natural, a que sobrevém pelo esgotamento dos órgãos, em consequência da idade, o homem deixa a vida sem o perceber: é uma lâmpada que se apaga por falta de óleo.'"[31]

Naquele entardecer, Saul, acompanhado de Almério e Josué, chegou à UTI de um grande e renomado hospital de São Paulo.

Saul fora acionado para auxiliar Sibério, o benfeitor responsável pelo caso em questão, que imediatamente se aproximou e com respeito disse:

---

31 KARDEC, Allan. **O Livro dos Espíritos**. Parte II – Do mundo espírita ou mundo dos Espíritos. Da Volta do Espírito, Extinta a Vida Corpórea, à Vida Espiritual. Capítulo 3, questão 154.

— Amigo eterno, como me alegro em recebê-lo aqui e em reencontrar Almério e Josué. Agradeço a Jesus por terem abraçado minha súplica e, com desprendimento, virem ao nosso socorro com a benevolente aprovação de Ferdinando, meu irmão em Cristo.

— Recebemos seu chamado e tivemos autorização para aqui estarmos — com um semblante emocionado, Saul continuou: — Estou feliz em reencontrá-lo! Estar ao seu lado me remete ao passado, quando exercíamos a Medicina na Terra há tantas vidas longínquas. Agora me responda: qual é o cenário que temos? E o prognóstico?

— Nada bom. Mário é um homem muito conhecido, bem-sucedido e nem sequer completou seus sessenta e seis anos de idade. Devido à sua formação e à profissão que exercia — sempre voltadas à matéria —, ele acabou se afastando de Deus. Nós acreditávamos que, quando ele se casasse, encontraria um caminho para Deus, mas isso não aconteceu.

Após uma breve pausa e sem esconder o semblante preocupado, Sibério prosseguiu:

— A esposa de Mário compartilha dos mesmos propósitos materialistas. Utilizarei um termo que ele repetiu muitas vezes aqui e que é difundido na Terra. Ele se intitula de *workaholic*[32] e se orgulha muito disso.

"Desta união, nasceram dois filhos, que eram criados por empregados e recebiam todos os excessos: melhores colégios, melhores roupas, melhores viagens, mas não contavam com a presença dos pais. Devido à ausência dos genitores, os filhos cresceram despreparados para enfrentar a vida com razão, amor e equilíbrio.

---

32 Viciado em trabalho.

— Estamos diante de um caso muito complexo — afirmou Almério. — Com pesar, ouço suas palavras, Sibério, mas estou em oração para que os filhos de Deus saibam o quanto é importante o equilíbrio durante a vida física...

Com respeito, Saul interveio:

— Meus amigos, a reencarnação é escola regenerativa que ensina as difíceis lições de caridade consigo e com o próximo, entretanto, para cada nova experiência na Terra é elaborado um planejamento individual, buscando o melhor para a evolução de cada um. Ter conhecimento não significa conhecer Deus ou ser evoluído, assim como ter a matéria não significa felicidade, mas pode ser clausura e sofrimento.

Neste ínterim, o médico, no campo físico, avaliou o estado de Mário e anunciou que nada mais poderia ser feito. Aos poucos, os sinais vitais foram cessando, e o inevitável foi anunciado: Mário entrara em óbito.

Enquanto isso, no invisível, seres espirituais benevolentes tratavam com respeito e carinho o recém-chegado, apesar da evidente repulsa que Mário não poupava em manifestar. Preocupado, Sibério disse:

— Saul, observemos o estado mental de Mário. Ele está liberto do corpo físico, mas permanece como se estivesse vivo. Não percebe que não somos seres encarnados e nada lhe toca o coração.

Após alguns instantes, Mário abordou o grupo com arrogância e orgulho:

— Ei! Algum de vocês pode me passar a senha do *Wi-fi*[33]?

— Aqui não provemos tais tecnologias, pois elas pertencem à Terra — respondeu Almério.

---

33 *Wireless Fidelity*, que significa fidelidade sem fio ou rede sem fio.

— Entendo que um estagiário sem preparo como você nunca tenha ouvido falar de coisas como essas... — disse Mário, sem poupar a acidez nas palavras. — Este lugar, que vocês chamam de hospital, se assemelha a uma espelunca! Não há sequer uma rede de comunicação? Estou atrasado, pois tenho de fazer um *conference call*[34] com meus filhos. Sou muito ocupado e não posso perder tempo com coisas tão inferiores — após fazer uma breve pausa, Mário prosseguiu: — Por que ficam parados me olhando? Andem! Mexam-se, senão farei tudo para que sejam punidos com uma demissão! Exijo ser atendido por uma equipe de elite e não por esse bando de despreparados!

Neste momento, uma veneranda senhora aproximou-se. Era Marisol, a avó paterna de Mário, que, consciente da difícil situação em que se encontrava o neto, se colocou à disposição de auxiliá-lo. Com carinho, irradiando uma luz alva, ela disse:

— Meu filho, sei que você não me reconhecerá. Sou sua avó paterna e estou aqui para acolhê-lo em sua nova empreitada. Você não habita mais o mundo físico. Por meio de um acidente fatal, retornou à sua verdadeira morada, mas, por ora, terá de se submeter às leis de nosso mundo. Suas regras e lideranças não servem mais aqui. Filho, abra seu coração e aceite que a morte é sua verdade agora e que viverá conosco neste mundo. É necessário, contudo, que aceite a nova condição e pratique imediatamente a humildade.

Com um gesto de fúria, Mário lançou-se em direção à veneranda senhora tentando golpeá-la, contudo,

---

34 Reunião por telefone.

foi imediatamente contido pelos presentes. Em seguida, ele vociferou:

— Você está louca! Não existe vida após a morte. Apesar de ter sido educado no catolicismo em minha terra natal, não tenho religião nem acredito em Deus. Sou ateu. O trabalho foi minha meta e razão de viver. Durmo apenas três horas por noite e dedico as demais horas à estratégia de minha profissão, afinal, que Deus me daria uma vida próspera, de luxo, cheia de viagens e incontáveis imóveis para desfrutar com meus filhos?

— De que valeu tudo isso? — perguntou Saul. — O acidente que você sofreu em seu luxuoso meio de transporte não poupou sua vida. Para ter contato com seus filhos, que deveriam ser sua prioridade, você apenas utiliza aparelhos de última geração como se falasse com os profissionais que lidera. Sua esposa, que deveria unir a família, apenas assiste, ao longe, tudo entrar em desordem... Jesus, contudo, lhe deu a oportunidade de reverter essa situação.

— Cale-se, seu médico desclassificado! — interrompeu Mário. — Exijo-lhe um tratamento à minha altura e ao meu nível social. Meu convênio médico tem cobertura para que eu seja atendido pelos melhores especialistas do país. Amanhã mesmo, abrirei uma queixa formal, pois no momento em que mais necessito de atendimento, me direcionam a esses profissionais de origem duvidosa.

— Filho de Deus, abrande seu coração e escute agora Nosso Senhor Deus, que fala dentro de seu ser. Ele, o conhecedor de seus filhos, apenas lhe suplica que aceite sua nova condição — disse Saul.

— Ora! Não me venha com tolices. O que é Deus? Para mim, foi aquele que se formatou em religiões que tiraram a racionalidade dos homens, que criaram esse dogma chamado "Deus" que não faz o menor sentido — Mário continuou com arrogância: — Eu, por exemplo, me considero um homem bom, ajudo os outros, então, sou deus.

Com intensa humildade, Saul disse:

— Deus não está formatado por religiões. Citarei Allan Kardec para lhe responder: "Deus é a inteligência suprema, causa primária de todas as coisas".[35]

— Cale-se! Sabe com quem está falando? Quem é você para falar assim comigo? Você não passa de um médico medíocre e fracassado, que precisa fazer plantão em troca de míseros trocados. Se eu der um telefonema, certamente será demitido. Farei tudo para que seu diploma que, certamente foi comprado, seja cassado! Terei muito prazer em saber que ficará na miséria e caído na sarjeta. Tenho muita influência, e, a partir de hoje, você nunca mais exercerá a Medicina. Nem em um vilarejo de pobres e miseráveis você conseguirá trabalhar! — com ódio, ele gritou: — Agora, vamos! Tirem-me daqui! Quero ser transferido para meu hospital de confiança[36], pois lá serei mais bem atendido. Enfermeira! Traga-me meu terno! Preciso apenas de uma ducha e logo estarei pronto para honrar meus compromissos.

O caso de Mário requeria muito cuidado e muita atenção, pois, mesmo já habitando o mundo espiritual, ele agia de forma recorrente como se estivesse vivo na Terra. Em poucas oportunidades, a frase sempre pronunciada "Cheguei. E agora?" não havia sido dita, pois

---

35 Nota do autor espiritual (Ferdinando): KARDEC, Allan. **O Livro dos Espíritos**. Capítulo 1, questão 1.

36 Nota do autor espiritual (Saul): por questões de privacidade não citaremos o nome do hospital.

o estado mental do recém-chegado era crítico e ele estava enfermiço. Para os benevolentes trabalhadores, restava apenas a oração.

Enquanto Mário repetia recorrentemente cenas do cotidiano terreno, Saul, após uma breve pausa, aproximou-se da veneranda Marisol na tentativa de acolher aquele coração entristecido. Após receber um abraço afetuoso, ela disse chorando:

— Não compreendo tamanha ignorância. Ele não nos ouve e age como se estivesse vivo. Saul, perdoe--me pelos insultos. Ele não tem ideia de quem somos e tampouco de quem é você.

— Minha cara, não há nada a perdoar. Estou aqui apenas para auxiliar — em um gesto generoso, ele solicitou que Almério se aproximasse e disse: — Como você mesma citou, a ignorância de Mário está fazendo a mente dele entrar em um estado que chamamos de "mente cristalizada". Ou seja, após mortes súbitas, muitas pessoas, que não têm nenhum conhecimento sobre vida após a morte, congelam suas mentes e agem como se estivessem vivas. Elas não admitem a morte e continuam vivendo como se estivessem encarnadas. A mente dessas pessoas entram em um estado congelado, mas os pensamentos lhes são conflituosos. Elas enfrentam quadros mentais atormentados e sensações terrenas que não cabem mais em nosso mundo.

Com um semblante preocupado, Sibério perguntou:

— Saul, o que sugere para Mário?

— Faremos uma intervenção direta para que ele adormeça. Assim poderemos retirá-lo daqui e levá-lo para a ala da psiquiatria da Cidade de Jade. Lá, Mário receberá o apoio necessário para se libertar dessas impressões.

A mente dele está cristalizada nesta vida materialista, mas, com muito cuidado e amor, ele se libertará na hora certa. Devemos, contudo, nos lembrar de que a hora certa é a de Deus.

— O que mais poderíamos fazer? — perguntou Marisol.

— Você terá uma grande oportunidade de influenciar positivamente a esposa e os filhos de Mário para que eles despertem e se libertem do materialismo. É importante guiá-los para a realidade de Deus e incentivá-los a buscar o ensinamento cristão por meio da doutrina espírita para que, assim, sejam expostos ao aprendizado e, sobretudo, tenham condições de praticarem o amor ao próximo.

— Eles não sabem — interveio Sibério —, mas Mário perdeu os bens, por isso não conseguia dormir devido às preocupações. Os bens dele estão alienados por conta das dívidas contraídas. Saul, mais uma vez, você está correto. Eles precisarão recomeçar. Infelizmente, a esposa de Mário comunga com as futilidades terrenas, porém, confio em Jesus. Não podemos pensar em tempo, mas, sim, em oração, instrução e trabalho. Sigamos imediatamente! Deus não abandona ninguém, e nós não os abandonaremos.

Expandindo uma luz azulada, Saul aproximou-se de Mário e, com intenso amor, repousou serenamente suas mãos sobre as têmporas do enfermo, emitindo um passe suave que o levou imediatamente a um sono profundo, que, no entanto, não era sereno. Mário estava imerso em pesadelos constantes e sequenciais. Orientados por Saul, Almério e Josué retiraram o assistido do recinto e encaminharam-se para a Cidade de Jade, acompanhados de benevolentes trabalhadores do bem.

Enquanto isso, Sibério abraçou carinhosamente Marisol, que não escondia o pranto. Com respeito, Saul disse:

— É muito triste nos depararmos com constantes situações semelhantes. Os princípios familiares de amor, renúncia e perseverança foram substituídos pela finalidade material. O lar é um santuário em que a bondade celestial nos posiciona para que o serviço em nome de Deus possa ser exercido como um primeiro estágio de nossas vidas. Em convívio com as relações afetuosas, com as quais estamos envolvidos, encontramos pelas estradas das diversas reencarnações o cenário perfeito para o aprendizado e fortalecimento da fé.

Entretanto, não somente amores permeiam nossos corações. Adversários de ontem são atualmente parentela próxima que o tempo não olvidou de nossos vínculos sombrios, que hoje necessitam de resgate, alteração de rota e, sobretudo, de compaixão. Refugiam-se sob o teto familiar, planejamento de vida que Deus, em sua infinita glória e misericórdia, oferece como escola evolutiva para que o mandato de amor maior possa estruturar o presente e equilibrar o futuro.

— Sim, amigo Saul — disse Sibério. — As famílias estão agonizando diante da indiferença e incompreensão. Sentimentos egoístas e influências inferiores afastam os corações de Deus...

— Devemos recordar os aprendizados das leis superiores que regem as reencarnações — após uma breve pausa, Saul continuou: — No limiar de cada nascimento, também é possível ler as leis da expiação. As famílias, que estão longe das leis de Deus, sentem o desespero e a aflição, quando o passado lhes cobra impiedosamente a reforma interior.

"Filhos padecem com a ausência dos pais, e os pais não reconhecem os filhos como companheiros de muitas estradas, que precisam agora, além da matéria obscura, se libertar do berço da ignorância e caminhar melhores para o Pai Maior, que permitiu que retornassem aos braços paternos para se melhorarem a cada dia.

"Relacionamentos familiares fazem os filhos de Deus se algemarem em amores fantasiosos, viciados e atormentados, transformando em um abismo o propósito das uniões dos corações: o amor. Dentro do desequilíbrio emocional ou de relações afetuosas, nascem os filhos que, mesmo em meio às tempestades sentimentais, retornam ao seio maternal e paternal para receberem instruções e direção."

— Como é grande a missão dos pais: devolver para Deus, o real Pai de todos, seus filhos melhores do que foram no passado. Os pais, então, deveriam entender o quanto a renúncia e a instrução com a presença do Senhor dentro do lar são importantes... — comentou Marisol.

— Se pudesse clamar aos pais — disse Saul —, faria assim: "Senhor, suplico àqueles que receberam a missão de serem pais:

"Que aprendam a amar e educar os filhos, mesmo que eles ainda não reconheçam a nobreza de sua dedicação...

"Que ofereçam o melhor de seus corações, mesmo que seus sacrifícios não sejam respeitados por seus filhos...

"Que entendam que as obrigações do lar não os diminuem diante da vida corpórea, mas que toda abnegação é abençoada por nosso Deus, que é conhecedor dos corações de seus filhos...

"Que perseverem na instrução, que não seja reconhecida como um tempo perdido, mesmo quando o desequilíbrio esteja presente nas relações entre pais e filhos. Que compreendam que ela é a libertação das sombras da ignorância sobre Deus, resplandecendo seres renovados e acendendo em si o clarão da bondade divina, que sempre atua pelo melhor a todas as criaturas...

"Que jamais se esqueçam de que os filhos são reflexo dos pais e que, portanto, mudanças de atitudes infelizes, controle dos impulsos inferiores e que, sem dúvida, a necessária reforma interior é matéria em atraso, que necessita de dedicação e que modelará no filho um ser melhor, que favorecerá sua evolução sempre para o bem.

"Que a letra da disciplina e da instrução não sejam inarticuladas, ferindo e retirando de cada um a alvorada de uma nova vida.

"Que aprendam a exaltar o bem, ensinando o valor dos pequenos gestos e a nobreza da gentileza, construindo um novo amanhã, mesmo que tudo pareça uma noite sem fim.

"Que sempre se lembrem de que os filhos se assemelham à rica enxada, mas que, sem instrução, serão eleitos à ferrugem. Se forem, contudo, utilizados na lavoura da vida, os filhos encontrarão os talentos e os valores para experimentarem suas conquistas com trabalho e dedicação...

"Que não percam um segundo de seu tempo com reclamações e queixas, mas que pratiquem o ato de se perdoarem, entendendo que seus gestos em favor dos filhos podem não ter sido o que deveria ter sido feito, mas que foi feito o possível naquele momento tão complexo de suas vidas...

"Que esperem atuando sempre para acender a luz do Evangelho em seus lares, pois O Evangelho no Lar[37] é amor em prática, e amor em prática é caridade e evolução.

"Que, por fim, se dediquem incansavelmente a ampliar a luz da instrução sobre as trevas e do amor em exemplo e renúncia, pois assim as bênçãos celestiais cobrirão os corações paternais e maternais com as flores advindas dos céus, transformando o desânimo em fortaleza; o conflito em harmonia e, sobretudo, o resgate em libertação da ignorância em nome de Deus."

Reflexão

"Quantos pais são infelizes com seus filhos, porque não lhes combateram desde o princípio as más tendências! Por fraqueza, ou indiferença, deixaram que neles se desenvolvessem os germens do orgulho, do egoísmo e da tola vaidade, que produzem a secura do coração; depois, mais tarde, quando colhem o que semearam, admiram-se e se afligem da falta de deferência com que são tratados e da ingratidão deles."[38]

---

37 Nota da Médium: ao final deste livro, inserimos um roteiro para que você possa praticar O Evangelho no Lar.

38 KARDEC, Allan. **O Evangelho Segundo o Espiritismo**. Capítulo 5, item 4.

"[...] que retribuirá a cada um segundo suas
obras: a vida eterna para aqueles que pela
constância no bem visam à glória, à honra
e à incorruptibilidade."

Romanos 2,6-7

CAPÍTULO 7

Passado dogmático, reajuste no presente

"Como se opera a separação da alma e do corpo?

'Rotos os laços que a retinham, ela se desprende.'"[39]

Naquele entardecer, Ferdinando e Saul foram a um hospital em São Paulo, acompanhados por Josué e Almério para atender a uma súplica de um benevolente trabalhador chamado Amílcar, que estava designado para o acolhimento de Eva.

Após as saudações, Amílcar disse com imensa satisfação:

— Tamanha é minha emoção por reencontrá-los e por terem atendido a meu chamado. Ferdinando, sua presença é para mim um imenso presente dos céus, assim como a de Saul e de sua equipe. Confesso-lhe que estava me sentindo derrotado diante desse caso, mas com os amigos aqui me sinto fortalecido.

---

39 KARDEC, Allan. **O Livro dos Espíritos**. Parte II – Do mundo espírita ou mundo dos Espíritos. Da Volta do Espírito, Extinta a Vida Corpórea, à Vida Espiritual. Capítulo 3, questão 155.

— Ora! Estamos aqui para apoiá-lo no que precisar, pois para nós é também uma satisfação poder ser útil e servir — disse Ferdinando.

— Compartilho dos sentimentos de Ferdinando, mas agora não podemos perder mais tempo. Diga-nos: qual é a posição atual de Eva? — perguntou Saul.

— Amigos, estamos diante de um caso muito particular. Eva é mãe de Agnes, que hoje deve ter cerca de vinte e oito anos, e Ludmila, de vinte e cinco anos, fruto da união com João, um bem-sucedido comerciante, que é adepto de uma religião cristã cujos seguidores não creem na vida após a morte e creem que a vida termina na carne. Eva se uniu a João ainda muito jovem, mas, logo após o nascimento dos filhos, ele não a poupou e manteve muitos casos extraconjugais fora e dentro do templo religioso ao qual pertencia.

— Tudo isso explica a tamanha perturbação que envolve Eva — afirmou Josué.

— Sim — Amílcar concordou. — Ela entrou em profunda depressão ao saber que João estava mantendo um relacionamento com sua melhor amiga, Caroline, também membro do templo que frequentavam. Depois disso, a saúde de Eva começou a entrar em declínio durante três anos. Ela, então, foi internada, pois seu estado requeria atenção e cuidados. Uma doença congênita afeta o coração dela. Neste momento, Eva está na UTI. Nós já fizemos tudo, e os médicos do hospital também tentaram todas as alternativas, mas em breve ela estará conosco.

— Deixe-me compreender o antagônico cenário religioso dessa família — pediu Almério. — Entristecida e abatida, Eva mergulhou na religião católica exercendo um sério fanatismo, a ponto de suas filhas acreditarem que a mãe havia enlouquecido. Isso, consequentemente, causou um grande conflito familiar: de um lado, João, cristão, do outro, Eva, fanática com a Igreja católica e as filhas abraçando a doutrina espírita.

— Sim, amigo — confirmou Amílcar. — Esse é exatamente o cenário que temos diante de nós. Acreditamos que Agnes e Ludmila representam o equilíbrio dessa história, pois conhecem verdades que nem João nem Eva em seu credo puderam experimentar.

— Quem está sentado junto ao leito de Eva? — perguntou Almério.

— É Diogo, pai de Eva. Solicitei a presença dele para que pudesse nos auxiliar quando ela chegar aqui — explicou Amílcar.

Neste ínterim, João e Caroline adentraram a UTI humanizada, onde Eva era mantida viva por meio de aparelhos. Visivelmente, era possível identificar que estavam acompanhados por seres sombrios, que guiavam os pensamentos de ambos e estavam vinculados a eles por meio de uma sintonia direta. Era possível perceber as ligações energéticas em suas mentes.

Envolvida diretamente por aqueles seres, Caroline disse:

— Logo, logo viveremos juntos sem a interferência de Eva. Sei que seremos felizes. Não vejo a hora de receber a alegre notícia de que ela morreu. Estou cansada deste hospital. Não aguento mais vir aqui para visitá-la e me comportar apenas como a melhor amiga dela, sendo eu, João, sua verdadeira esposa e seu amor.

— Devemos ter cautela, Caroline. Ninguém poderá saber o que você e eu fizemos. Estou feliz, porque Eva deixará uma apólice de seguro em meu nome e terei acesso ao valor em sua totalidade caso ela morra por causa natural.

— Pobre Eva! Acreditava que eu era sua melhor amiga. Nos dias de reuniões no templo que frequentávamos, todos diziam que éramos irmãs — Caroline comentou com ironia. — Representei muito bem esse papel.

— Com esse dinheiro abrirei meu próprio templo e não dependerei ou dividirei dinheiro com mais ninguém, afinal, a religião é uma grande fonte de renda. Esvaziarei o templo que frequentamos e induzirei todos a irem para meu novo endereço, onde arrancarei cada centavo daqueles tolos — olhando friamente para Eva, prosseguiu: — Nunca a reconheci como esposa. Ela era apenas uma irmã ou uma amiga.

Neste ínterim, Agnes e Ludmila adentraram o recinto e, imediatamente, se aproximaram do leito materno. Sem conter as lágrimas, abraçaram a mãe em um gesto comovente.

Incomodados com a presença das jovens, João e Caroline não hesitaram e retiraram-se da UTI após uma breve despedida.

Por indicação de uma amiga da faculdade, Agnes e Ludmila, contra a vontade do pai, foram apresentadas à doutrina espírita.

Abatida e com visível semblante sofrido, Ludmila foi abraçada pela irmã, que tentava acolher aquele sofrimento com carinho.

— O que será de nós sem a mamãe? — perguntou Ludmila. — Papai é ausente, e, devido à religião, nos ignorava, ainda mais agora que somos espíritas.

— Devemos ser fortes. Deus é tão misericordioso que nos conduziu à doutrina amada, que já nos ensinou muitas coisas das quais não tínhamos conhecimento quando seguíamos a religião de nossos pais. Não critico o credo de ninguém, contudo, agora sabemos que não há morte, mas sim um novo começo.

— Você tem razão. Depois que fizemos os cursos de formação espírita, até me sinto mal em imaginar o quanto criticamos o espiritismo e o confundimos com outras religiões espiritualistas. Papai não aceita nossa escolha, mas fico feliz que, antes de ficar tão doente, mamãe tenha nos acompanhado à casa espírita... Mesmo que tenha dito que se tratava de uma seita demoníaca — Ludmila com tristeza continuou: — Infelizmente, não deu tempo de ela se aprofundar.

— Sim, mas o que importa é que hoje buscamos nos libertar da ignorância. Devemos sempre carregar em nossos corações os princípios da doutrina: "existência de Deus; imortalidade da alma; pluralidade das existências; pluralidade dos mundos habitados; comunicabilidade dos espíritos"[40].

"Quanto à mamãe, acredito que os bons mensageiros de luz, como nos conta a doutrina, a acolherão. Cabe a nós orar para que não atrapalhemos a vontade de Deus — com carinho, ela pegou *O Evangelho Segundo o Espiritismo* e disse: — Sugiro que oremos para que nossa mãezinha fique em paz:

"A ideia clara e precisa que se faça da vida futura proporciona inabalável fé no porvir, fé que acarreta enormes consequências sobre a moralização dos homens, porque muda completamente o ponto de vista sob o qual encaram eles a vida terrena. *Para quem se coloca, pelo*

---

40 **Princípios básicos da Doutrina Espírita.** Disponível em: http://www.correioespirita.org.br/conheca-o-que-e-a-doutrina-espirita/os-principios-basicos-da-doutrina-espirita Acesso em: 18 set. 2019.

pensamento, na vida espiritual, que é indefinida, a vida corpórea se torna simples passagem, breve estada num país ingrato. As vicissitudes e tribulações dessa vida não passam de incidentes que ele suporta com paciência, por sabê-las de curta duração, devendo seguir-se-lhes um estado mais ditoso. À morte nada mais restará de aterrador; deixa de ser a porta que se abre para o nada e torna-se a que dá para a libertação, pela qual entra o exilado numa mansão de bem-aventurança e de paz. Sabendo temporária e não definitiva a sua estada no lugar onde se encontra, menos atenção presta às preocupações da vida, resultando-lhe daí uma calma de espírito que tira àquela muito do seu amargor."[41]

Enquanto a voz doce de Agnes invadia o recinto, os emissários celestiais acolhiam Eva e os aparelhos anunciavam uma grande piora no estado da assistida. Os médicos físicos, então, retiraram as jovens do quarto para procederem com os protocolos médicos necessários.

***

Tempo depois, Eva, enfim, libertou-se do corpo físico e adentrou o mundo espiritual. Neste momento, Amílcar aplicava-lhe passes curadores, enquanto ela, visivelmente perturbada, dizia repetidas vezes:

— Por Deus, minhas filhinhas... Senhor me perdoe por fazê-las sofrer...

— Filha — disse Diogo, tentando inutilmente acalmar Eva —, o momento agora é de serenar o coração e o pensamento, pois você não está mais no mundo físico.

---

41   Nota da Médium: KARDEC, Allan. **O Evangelho Segundo o Espiritismo**. Capítulo 2, item 5.

— Não compreendo o que está acontecendo comigo — interrompeu Eva. — Meus pensamentos estão confusos...

— Filha, você acaba de chegar ao mundo espiritual, e seu corpo encerrou sua missão — informou Diogo.

— Pai, meu pai! Quanto tempo! — disse Eva entre lágrimas. — Como posso estar vendo o senhor, se está morto? Senhor, meu Deus, que emoção! Meu pai está vivo... Mas... ele morreu há tantos anos, quando eu ainda era uma menininha. E agora, inexplicavelmente, está aqui vivo! Como isso é possível, pai, se o senhor era adepto de meu credo? Não cremos em vida após a morte.

— Filha, a morte, como entendemos em nossas religiões, não representa a verdade. Estou vivo, pois não há morte além-túmulo. A vida continua — esclareceu Diogo.

— O que diz? Estou morta, pai! Meu Deus! Cheguei. E agora? Durante todos os meus dias, acreditei que a vida terminava no túmulo. Fui criada em uma religião que pregava a ressurreição e agora me deparo com essa situação. Morri, mas não estou morta...

Não escondendo a emoção, Diogo interveio:

— Minha filha, quero apenas que saiba que não há morte, pois a vida continua e não somos filhos de uma única existência. Aqui, você receberá o apoio necessário para compreender sua nova condição.

— Pai, como posso seguir, se meu coração está cheio de ódio, desejando a pior vingança? João, meu marido, me traiu com minha melhor amiga, e minhas filhas ficaram sozinhas no chão. Para piorar, elas se converteram à seita espírita, e suas almas não serão salvas — Saul aproximou-se com carinho, e Eva imediatamente perguntou: — Quem é esse médico?

— Meu nome é Saul, e estamos aqui para auxiliá-la em nome de Jesus.

Em visível perturbação, Eva retrucou:

— Jamais perdoarei João e Caroline! Quero vingança!

— Filha de Deus! — interveio Ferdinando. — Por mais difícil que seja o momento, é importante praticar o perdão. Na esfera das provas que angustiam o coração e levam ao sofrimento, é imprescindível esquecer os males que afligem o peito. O presente é um reflexo do ontem, pois não vivemos uma única vida. Todo mal é a confirmação da ignorância, e devemos nos lembrar da máxima de Jesus: "Então Pedro chegando-se a Ele, perguntou-lhe: 'Senhor, quantas vezes devo perdoar ao irmão que pecar contra mim? Até sete vezes? Jesus respondeu-lhe: Eu digo a você: 'Não te digo até sete, mas até setenta e sete vezes'."[42] Ninguém está livre dos compromissos com o passado.

— Ouço suas palavras, e elas preenchem meu coração como um bálsamo reconfortante — afirmou Eva.

— Perdoem-me, mas não entendo por que fizeram isso comigo. Sempre fui uma mãe e uma esposa honrada e jamais pratiquei uma atitude que remetesse à traição, entretanto, o Senhor me puniu e fez minha vida ser um vale de sofrimentos. E agora você diz que tenho de perdoar aqueles pecadores?

— Sim, pois eles foram e são importantes para você — salientou Saul. — Não considere João e Caroline seus algozes, mas mentes enfermiças e necessitadas. Não os julgue. Aqui, você terá a oportunidade de apoiar suas filhas a encontrarem a paz e a evolução. Na verdade, João e Caroline necessitam de ajuda, pois estão

---

42 Nota do autor espiritual (Ferdinando): Mateus 18, 21-22.

enfermos e comprometidos seriamente por suas condutas desviadas em muitas vidas. Suas filhas não foram conduzidas ao espiritismo ao acaso. Jesus, o Mestre sábio e bondoso, ofereceu uma nova oportunidade de regeneração, e lá as duas encontraram os acolhimentos necessários e também uma escola libertadora da ignorância, assim como uma oportunidade de trabalho, entendimento e perdão.

Visivelmente incomodada com as palavras de Saul, Eva interveio:

— Eu os conheço apenas dos dias que compartilhamos. Nada além. Desconheço qualquer passado ou coisas de que você fala.

Com paciência e benevolência e buscando inspiração superior, Saul interveio:

— O passado é página que requer ajustes e, no seu caso, apesar de, temporariamente, não ter recobrado ainda as lembranças pretéritas, você solicitou reencarnar na condição de esposa de João para ajudá-lo a encontrar a luz.

"Somos filhos de muitas vidas. Há muito tempo, no norte de Portugal, você vivia com seu marido e duas filhas. Devido à grande influência da Igreja Católica naquela região, que estava sob o domínio da Santa Inquisição, não era difícil encontrar pessoas totalmente ensandecidas pelos dogmas religiosos.

"Desta forma, completamente envolvida por uma fé cega, você mergulhou em um profundo fanatismo e abandonou sua família para incorporar a Ordem Imaculada. Seu marido, inconformado e temendo as responsabilidades com as próprias filhas, conheceu uma mulher chamada Duília, que apresentava um expressivo desvio de conduta e usava crianças órfãs para os trabalhos mais pesados naquele vilarejo em troca de algum dinheiro.

"Não tardou para que seu marido e ela estabelecessem um relacionamento amoroso, que culminou em muitos horrores e compromissos para muitas vidas expiatórias. Suas filhas, ainda pequeninas, foram submetidas, sem piedade, ao trabalho pesado. Foi então que aquela região foi abatida por um surto de gripe, e as pequeninas contraíram a enfermidade. Quando seu marido soube do estado das filhas, abandonou-as e fugiu com Duília para o sul. Antes de partirem, os dois as deixaram no convento ao qual você servia. Sem saber que elas eram suas filhas e com medo de que a doença se alastrasse no convento, você foi contrária ao ingresso das meninas. No dia seguinte, sem nenhum apoio, elas retornaram ao mundo espiritual, onde foram acolhidas."

Eva não poupava as lágrimas, que marcavam suas faces. Entre soluços, disse:

— Minha mente está confusa. Enquanto você relatava essa história, ela retornou aos meus pensamentos. É como se eu estivesse sentindo e vivendo-a novamente. O que aconteceu com todos eles?

— Filha! Agora você precisará ser forte para se deparar com a verdade — disse Diogo, o pai de Eva, com carinho.

Com compaixão, Ferdinando continuou:

— O tempo passou rápido para todos vocês. Por meio da reencarnação, experimentaram muitas roupagens e histórias. Seu marido do passado é hoje João. As pequeninas do pretérito são atualmente Agnes e Ludmila, e Duília é Caroline.

"João se endividou demais, e, quando retornou ao astral, seu estado requeria compaixão e misericórdia. Foi quando, por deliberação superior, lhe foi oferecida uma nova reencarnação. Ninguém de vínculo próximo, contudo, se propôs a acolhê-lo, e aqueles que lhe abriram o coração com carinho já estavam comprometidos em outras missões.

"Foi quando você, já refeita pela força do tempo e diante da necessidade de reajuste do passado, se colocou, com o coração laborioso, à disposição de trazer ao chão Agnes e Ludmila, que também estão comprometidas com o pretérito e precisavam reencarnar — após uma breve pausa, Saul continuou: — Creia que, independente do fato que a acometeu e levou à morte, você cumpriu com o prometido. Agora, eles necessitarão de sua ajuda a partir daqui, e é importante que, o quanto antes, esteja em condições de servir a Jesus e ajudá-los nesta trajetória triste."

— Por Deus, o que eu fiz?! — perguntou Eva entre lágrimas. — Com clareza e razão, vejo o dia em que aceitei retornar à vida na condição de esposa de João e acolher esses dois coraçõezinhos na condição de mãe para guiá-los a Deus. Sinto, contudo, que fracassei e retornei antes do tempo.

— Filha, você está equivocada. Sua missão junto a eles se encerrou. Aqui, você continuará trabalhando em favor deles, mas não mais na carne. Seu tempo acabou, e, se continuasse no chão, você se enveredaria no ódio e iniciaria uma guerra familiar, que atrasaria a evolução de todos. Você será mais útil aqui — afirmou Diogo.

Tomada de uma grande emoção, Eva orou com humildade:

— *Senhor, sei que nada trago em minhas mãos para lhe oferecer, mas suplico uma nova oportunidade de complementar a vida física a partir de minha nova realidade.*

"Perdoa-me, Senhor, pois, por instantes, o ódio invadiu meu coração, e o sentimento de vingança não me foi ausente.

"Dá-me nova chance de recomeçar e ser útil; de aprender e crescer; de viver aqui auxiliando os amores que deixei.

"Agora, Senhor, entrego a seu coração minha existência para que a conduza conforme Suas leis, pois todas elas eu aceitarei."

Pouco tempo depois, Saul aplicou em Eva um suave passe, e, sem conseguir conter-se, ela entrou em um profundo torpor. Josué e Almério acolheram a recém-chegada, que, ao lado de Diogo, que permanecia ao lado da filha, os conduziu à morada temporária para a preparação de sua chegada à Cidade de Jade. Sem nada dizerem, partiram.

Com intensa alegria, Amílcar aproximou-se de Ferdinando e Saul e disse:

— Meus amigos, estou estarrecido e feliz diante da conduta de ambos na condução do caso de Eva. Que aprendizado para mim e para todos aqui presentes! Suas palavras foram fundamentais para guiar à luz o coração de Eva, que vinha de uma religiosidade adversa à realidade que vivemos e que possui um forte apelo ao credo da ressurreição. Além disso, presenciei o coração daquela mulher se curvar diante de uma realidade difícil e aceitar que Jesus é bom para lhe oferecer uma nova oportunidade de recomeçar.

— Deus é sábio e conhece verdadeiramente Seus filhos — afirmou Saul. — Jesus, com bondade, sempre oferece uma nova oportunidade para que, individualmente e incessantemente, os filhos de Deus possam se reformar e encontrar a luz. Nessa trajetória evolutiva, cabe a nós enxugar o pranto daqueles que experimentam as provações por diversos motivos, pois será na oração que todos se estabelecerão no equilíbrio e entenderão que muitos sofrimentos presentes são acumulados por escolhas equivocadas no passado.

Naquele momento, Ferdinando, com imenso carinho e buscando inspiração superior, interveio com respeito:

— Sempre podemos recomeçar. Deus é o conhecedor de todos nós. Em nome do Mestre Jesus, entreguemos o êxito desta tarefa às suas mãos:

"Senhor, nós O agradecemos pela confiança depositada em nós para desenvolvermos a tarefa apostólica, sem desânimo; pela fé na vida além-túmulo, sem abandonar as responsabilidades que são confiadas às nossas mãos; pela virtude de servir, sem esperar reconhecimentos; pela consciência tranquila e por trilhar o caminho estreito rumo ao Senhor, sem aniquilar os companheiros de jornada; pela transformação dos corações endurecidos, iluminados pela sabedoria celeste, sem desobedecer as leis que regem o merecimento; pela oportunidade de aprender com a dor, sem que ela nos escravize; pela simplicidade de Seus ensinamentos, sem omitir Sua grandiosidade; pelo triunfo do Evangelho, para a libertação das mentes ignorantes, sem fanatismos; pela disciplina, que organiza os sentimentos, os hábitos e auxilia no processo evolutivo, sem loucuras ou desvarios; pela bênção de Sua paciência diante de nossas

faltas, sem exercitarmos a intolerância com os outros; pelo carinho e crédito na existência humana, sem exigir privilégios; pela aceitação das condições evolutivas, dos filhos difíceis de Deus, sem refúgio à acomodação; pelo reconforto das almas envolvidas por tristezas diversas, sem inércia ou inoperância.

"Senhor, por tudo isso e mais, pedimos que nossas mentes se inclinem sempre aos Seus ensinamentos de servir, orar e amar, pois, assim, seremos salvos das próprias sombras íntimas trazendo em revelação a paz de sua luz."[43]

Reflexão

"Quando Jesus disse ao moço que o inquiria sobre os meios de ganhar a vida eterna: 'Desfaze-te de todos os teus bens e segue-me', não pretendeu, decerto, estabelecer como princípio absoluto que cada um deva despojar-se do que possui e que a salvação só a esse preço se obtém; mas, apenas mostrar que o apego aos bens terrenos é um obstáculo à salvação."[44]

---

43 Nota da Médium: essa oração (Oração de Agradecimento) foi publicada no *Livro Esperança Viva* (esgotado), ditado pelo espírito Ferdinando e psicografado por Gilvanize Balbino.

44 KARDEC, Allan. **O Evangelho Segundo o Espiritismo**. Capítulo 16, item 7.

"Felizes os puros de coração,
porque verão a Deus."

Mateus 5,8

CAPÍTULO 8

Até breve, meu filho...

"A separação definitiva da alma e do corpo pode ocorrer antes da cessação completa da vida orgânica?

'Na agonia, a alma, algumas vezes, já tem deixado o corpo; nada mais há que a vida orgânica. O homem já não tem consciência de si mesmo; entretanto, ainda lhe resta um sopro de vida orgânica. O corpo é a máquina que o coração põe em movimento. Existe, enquanto o coração faz circular nas veias o sangue, para o que não necessita da alma.'"[45]

Naquele dia, Ferdinando, Saul e Josué, acompanhados de uma equipe de benfeitores, seguiram para um hospital renomado da cidade do Rio de Janeiro.

Ao chegarem lá, foram recepcionados por um benfeitor chamado Lázaro, que, ao vê-los, não escondeu a imensa alegria.

---

45 KARDEC, Allan. **O Livro dos Espíritos**. Parte II – Do mundo espírita ou mundo dos Espíritos. Da Volta do Espírito, Extinta a Vida Corpórea, à Vida Espiritual. Capítulo 3, questão 156.

— Meus amados amigos, agradeço a Jesus por ouvirem nossas preces. Especialmente a você, Ferdinando, por ter atendido ao nosso chamado. Ainda bem que vieram com reforço, pois o que vamos enfrentar não será algo fácil.

— Meu caro, tenhamos fé no Senhor — disse Saul.

— Juntos e com o coração na missão que nos foi designada, acredito que venceremos.

— Não poderia esperar algo diferente de você! — interveio Lázaro. — Você está sempre disposto a servir e sem reclamar, encontrando em todas as situações oportunidades para servir ao Senhor.

— Amigo — disse Saul sorrindo —, se o Senhor nos convoca a uma missão, nós devemos aceitar com resignação e reconhecer que, diante de nós, sempre podemos exercer o bem e encontrar uma alternativa para direcionarmos os corações à luz — alterando o rumo da conversação, prosseguiu: — Agora, não podemos perder mais tempo. Diga-nos qual é a situação do momento.

— Há dias, estamos aqui tentando realizar, mas sem êxito, o desenlace do pequenino Benício, que está com seis anos de idade e é filho de Vitório e Amanda. Não sabemos mais o que fazer — respondeu Lázaro.

— Qual é a razão dessa dificuldade? — perguntou Josué.

— O apego dos pais não o deixa se libertar — respondeu Lázaro.

— Poderia nos detalhar o cenário para que possamos ser úteis? — questionou Saul.

— Sim, meu amigo — após um suspiro profundo, Lázaro prosseguiu: — Vitório é filho único de uma família tradicional e rica do Estado da Guanabara. A mãe dele, dona Luísa, é uma senhora respeitável, adepta do espiritismo, apoia muitas causas sociais e pratica a doutrina espírita com grande dedicação. Ela criou Vitório dentro dos princípios espíritas. Ele, por sua vez, dividia-se entre os estudos para se preparar para substituir o pai nos negócios e os estudos e trabalhos voluntários na instituição espírita que frequentava, onde conheceu Amanda, com quem se casou e teve um filho chamado Benício.

"Os negócios do pai de Vitório, contudo, enfrentavam uma crise financeira, então, o rapaz abandonou a religião para se dedicar integralmente à recuperação dos negócios da família. O problema financeiro impactou as relações familiares e também o casamento de Vitório, que, mesmo amando o filho, se mantinha ausente devido ao trabalho. Amanda, por sua vez, uma esposa devota, uniu-se à sogra na religião espírita, na qual encontravam o apoio necessário para enfrentar os testemunhos de fé que ali se apresentavam."

Em uma manhã, Amanda deixou o filho na escola, acreditando que aquele seria um dia como os demais, entretanto, não foi assim. Enquanto brincava com seus amiguinhos, Benício caiu de um brinquedo e bateu a cabeça no chão, o que lhe causou uma fratura craniana de grandes proporções. Ele foi internado em uma UTI infantil, e esse quadro já se estende por quase um mês. O menino está sendo mantido por aparelhos e já não vive mais naquele corpo.

Ferdinando e Saul aproximaram-se do leito e observaram que Lázaro, cuidadosamente, mantinha sutis laços energéticos com os órgãos vitais de Benício, os quais eram responsáveis por mantê-lo vivo e não permitir a falência total daquela vida tão breve. Enquanto isso,

Amanda mantinha-se ao lado do filho como uma grande guardiã que zela por uma joia preciosa. O sofrimento daquela mãe era digno de comiseração.

— Desde o acidente — continuou Lázaro —, Vitório ensandeceu e culpa a esposa pela situação do filho. E, mesmo sabendo que não há o que ser feito para salvar a vida de Benício, ele ordenou ao hospital que mantivesse a criança viva custasse o que custasse.

— O tempo pertence a Deus — afirmou Saul. — Ninguém tem nas mãos o decreto celestial de continuar ou não a viver. A vida precisa ser preservada, mas ela também tem uma missão e seu momento de encerrar um ciclo terreno. Devemos, portanto, acatar os desígnios dos céus sem reclamações.

Neste ínterim, Vitório, acompanhado dos seus, adentrou a UTI e imediatamente se inteirou da situação do filho, que não apresentara nenhuma melhora física. Amanda, mesmo abatida e entristecida, buscava forças para tentar abrandar o coração do marido e disse:

— A dor de ver nosso filho assim é imensa, mas Deus não nos abandonou. Se essa é a vontade do Pai, que ele repouse em Seus braços e encontre a luz. A mesma luz com que os anjos dos céus nos abençoa.

Envolvido por sentimentos inferiores de mágoa e ódio, Vitório, antes mesmo de Amanda terminar a frase, não se conteve e gritou:

— Maldita! Você matou meu filho! Que mãe é você? — segurando-a pelos braços com violência, Vitório continuou: — Se ele está assim é por sua causa! Não existe Deus algum, pois, se Ele existisse, não nos faria sofrer desse jeito!

Com firmeza, o pai de Vitório segurou o filho e retirou-o do recinto. Enquanto isso, Luísa, como a mãe amorosa que era, abraçou Amanda, que se refugiou naqueles braços em busca de paz e acolhimento.

Enquanto Luísa afagava as madeixas de sua nora, os benfeitores espirituais derramavam sobre aqueles corações uma luz azulada, traduzindo-se em instantes de serenidade e paz.

Entre soluços, Amanda recebia o conforto daquele carinho, enquanto Luísa, cheia de compaixão, orava:

— *"Senhor Deus! Perdoa-nos, pois nossos corações choram lágrimas mescladas pelo sofrimento e pela dor. Não venho suplicar por mim, pois bem sei que em Sua vinha iluminada nada ocorre pelas leis do acaso.*

"Recebe, Senhor, em seus braços, meu neto, que sei que também precisa destes ensinamentos para que, a partir desta vida, encontre condições de seguir sua evolução. Sabemos que, se ele se encontra nesta situação, é também necessário para sua evolução.

"Suplico-Lhe, Senhor, que o coração de meu filho e desta minha filha sejam cobertos para candura de Seu amor. Que não culpem o ontem e tampouco os dias de hoje, pois desconhecemos o passado que envolve toda essa história.

"Que nossas dores não impeçam Sua vontade de imperar sobre nossa família, mas rogo que não permita que nossa ignorância nos afaste de Seu bondoso coração. Se seus desígnios são receber meu neto, então, em Suas mãos repousam os nossos corações..."

Enquanto, no campo físico, Luísa era a intermediária para aqueles corações receberem um pouco de paz, Lázaro, emocionado, disse:

— Meus amigos, assim são os dias, e não conseguimos avançar. Vitório não aceita a situação.

Com respeito e firmeza, Ferdinando interveio:

— Nesta noite, quando adormecerem, os atrairemos para cá. Dona Luísa será a condutora de Vitório e Amanda até nós. Quando chegarem aqui, promoveremos um encontro de entendimento e refazimento. Para isso, faremos, devidamente orientados por Saul, um tratamento em Benício para que ele consiga recuperar algumas lembranças acerca da relação com seus pais atuais, que serão importantes para uma conclusão decisiva do caso.

Naquele momento, após os ajustes no planejamento definido, Saul e os benfeitores espirituais presentes aproximaram-se de Benício, que dormia um sono profundo, mas sereno.

Após despertá-lo, o pequenino ainda carregava as impressões da vida presente:

— Onde está minha mãe? Onde está minha vovó? Quero ir para casa.

Com paciência e brandura, Ferdinando, expandindo-se em uma luz azulada, transmitiu-lhe um intenso passe. Benício, com dificuldade, tentava entender o que estava acontecendo, quando Lázaro, com amor, disse:

— Filho, chegou o momento de você entender que não poderá mais voltar para sua casa, pois sua nova morada é conosco. Sua vida naquele corpo acabou.

— Eu me recordo que bati a cabeça no chão e despertei aqui. Se não posso voltar para casa é porque morri. Cheguei. E agora?

— É necessário, agora, que recupere lembranças de seu passado — disse Saul. — Para isso, nós o ajudaremos e depois encontraremos seus pais, que não aceitam sua partida. Eles precisam vir até nós para conhecerem o porquê de seu desenlace precoce.

Assim, aqueles benevolentes benfeitores continuaram o tratamento de Benício para receberem em breve a visita em espírito de Luísa, Amanda e Vitório.

***

Pouco tempo depois, Benício, ainda preso ao corpo, permanecia sereno sob total apoio e proteção de Ferdinando e Saul.

Já era noite alta, quando Lázaro chegou acompanhado de Luísa, Amanda e Vitório, que, desprendidos do corpo físico que repousava, adentraram o recinto preparado para recebê-los.

Ao ver o filho, Amanda correu para abraçá-lo:

— Deus, se isto for um sonho, rogo-Lhe que não permita que eu desperte. Meu filho, meu filhinho...

Com a mesma intensidade, Vitório ajoelhou-se diante de Benício e disse:

— Não permitirei que nada mais aconteça com você, filho. Voltaremos para casa e seremos felizes. Nunca mais, papai o abandonará...

Neste momento, Ferdinando, com carinho e firmeza, interveio:

— Corações amados, filhos de Deus, por meio dos sentimentos mais puros, nós os atraímos para cá, pois era necessário. Fizemos isso visando cumprir as leis do Senhor. Cada reencarnação é pautada por um planejamento claro, em que os objetivos a serem alcançados são acordados antes de voltarmos ao chão. Desta forma, quando renascemos, trazemos obrigações que estão vinculadas, muitas vezes, a uma vida que precisa ser reparada e modificada. Deus, em Sua infinita bondade, sabendo que Seus filhos podem ser submetidos a algumas casuísticas que podem desviar o rumo daquela encarnação, concede sempre oportunidades de recomeço.

— Ora! — disse Vitório com agressividade. — Você não sabe o que se passa em meu coração! Jamais permitirei que meu filhinho morra. Palavras não tiram as marcas de dor do coração de um pai, que vê um filho em sofrimento.

— Toda dor é passageira, mas o amor não — Ferdinando continuou: — A separação momentânea do corpo e do espírito não significa o rompimento dos laços infinitos de amor, mas, sim, o reencontro na eternidade. Não podemos passar pela vida sem experimentar instantes de provações, entretanto, independente do que aflige o coração, devemos compreender que o sofrimento na Terra é apenas um testemunho de fé, alertando-nos sempre para o fato de que tudo é passageiro e que Jesus continua ao nosso lado, nos dando força suficiente para recomeçarmos. Por ora, apenas ouça com atenção o que Benício tem a lhe dizer.

— Você está ensandecido! Como ele falará comigo se está em coma? — questionou Vitório.

— Meu caro — interveio Saul —, a vida não termina no leito terreno. Ela continua além túmulo, por isso Benício já vive em nosso mundo há dias. Devido ao excessivo apego, contudo, ele estava submetido a um sono regenerador. Por meio de intervenção divina, ele recobrou há pouco parte de suas lembranças pretéritas.

Naquele momento, os benfeitores presentes protegiam o ambiente, e, com reluzente carinho, Benício, ainda trazendo as impressões de sua encanação infantil, disse:

— Mãezinha, paizinho e vovó, estou feliz por ter sido presenteado com este reencontro. Estes bondosos amigos me direcionam tanto amor que mal consigo retribuir-lhes o gesto com gratidão.

"Se estamos reunidos aqui é porque lá no hospital ainda estou preso ao corpo que vocês generosamente me concederam.

"Sou e serei eternamente agradecido a você, mamãe, e a você, papai, por me deixarem voltar à vida e a vivê-la o tempo suficiente para findar meu passado. Papai e mamãe, há muito tempo estivemos juntos. Vocês estavam na condição de meus pais, e eu, na condição de filho, da mesma forma que estamos hoje. Naqueles dias, eu era um homem feito. Você, pai, ofereceu-me condições de estudar, e eu me tornei um médico.

"Tivemos uma vida voltada à religião e a servir ao próximo, mas, para que eu concluísse aquela encarnação, eram necessários mais seis anos de vida, no entanto, contraí uma tuberculose e não consegui sobreviver à enfermidade. Acabei indo a óbito, mas tinha conseguido, atuando como médico, resgatar um passado que me pesava sobre os ombros.

"Aqueles poucos anos ficaram pendentes para mim, pois eles concluiriam o planejamento de vida vinculado àquela pretérita encarnação. Foi quando vocês generosamente se reencontraram, e, no planejamento de nossas vidas, eu voltaria como filho somente por esse tempo que me foi concedido. Por isso, tenho de retornar a este mundo e me preparar para uma nova vida.

"Sei que não guardam as lembranças em suas mentes, pois estão agora, assim como estive, sob o 'véu do esquecimento'[46], mas logo mamãe conceberá uma filha, que, dentro do plano de sua vida, acolherá meu renascimento. Sim, voltarei como neto de vocês para iniciar uma nova trajetória. Para romper com aquele passado, por misericórdia, preciso partir.

"Não estarei com vocês para comemorar aniversários, minha formatura ou meu casamento, contudo, estarei com vocês em cada sorriso de uma criança que vocês acolherem com amor. Por ora, não chorem. Preciso partir...

"Papai e mamãe, os guardarei em meu coração, e, quanto à vovó, rogo que ela não desista do trabalho no bem, pois cada gesto de carinho dela com alguém necessitado reflete em mim, pois preciso de força e fé quando estiver preparado para voltar.

"Rogo-lhes, portanto, que me deixem partir. Não declaro aqui um adeus, apenas um 'até breve', pois um dia renascerei."

A emoção invadiu aqueles corações. Amanda beijou o filho e despediu-se, e, logo depois, Luísa repetiu o gesto. Pouco tempo depois, Vitório, visivelmente abatido, mas tocado pelas palavras de Benício e pela luz que regia aquele ambiente, ajoelhou-se e disse:

— Perdoem-me, perdoem-me! Como fui egoísta! Jamais imaginei que meu excessivo amor estava impedindo

---

46 Nota da Médium: "Por que perde o Espírito encarnado a lembrança do seu passado? Não pode o homem, nem deve, saber tudo. Deus assim o quer em Sua sabedoria. Sem o véu que lhe oculta certas coisas, ficaria ofuscado, como quem, sem transição, saísse do escuro para o claro. Esquecido de seu passado ele é mais senhor de si." KARDEC, Allan. **O Livro dos Espíritos**. Parte II – Esquecimento do Passado. Capítulo 7, questão 392.

meu filho de seguir em direção aos céus. Filho, você é o amor que jamais imaginei sentir em minha vida. Um amor incondicional e inexplicável. Entrego-o como um precioso presente às mãos de Deus, pois sei que com Ele você estará bem e em paz. Até breve, meu filho...

Assim, Lázaro retirou imediatamente aqueles filhos de Deus do recinto, com o objetivo de acompanhá-los no retorno para despertarem. Desse encontro, apenas levariam as sensações de paz, aceitação e esperança, mas suas mentes não se recordariam dos detalhes aqui descritos, visando não impactar o rumo individual da história de vida desses filhos de Deus.

***

Nos primeiros raios de sol do dia, o telefone tocou na residência de Vitório. O hospital onde Benício estava internado requereu a imediata presença dos pais da criança, pois o pequenino entrara em óbito.

Compreendendo o momento, Vitório aproximou-se de Amanda e abraçou-a amorosamente. Sem conseguir explicar a emoção, os dois receberam a notícia triste, mas aceitaram a vontade de Deus e encheram seus corações de coragem.

— Amada minha — disse Vitório —, não consigo definir o que estou sentindo pelas linhas da razão, mas aceito, com o coração resignado, a passagem de nosso filho. Rogo, todavia, que perdoe minha ignorância fomentada por meu sofrimento. Fui muito egoísta, pensei somente em mim e acabei culpando-a do acidente. Acredite que eu a amo e lhe suplico que me ofereça uma nova oportunidade para reafirmar nosso amor.

Emocionada, Amanda interveio:

— Sempre o amei, Vitório, e assim seguirei meus dias. Apesar de meu coração materno sentir a dor da partida, quero continuar ao seu lado. Acredito que os fatos que vivemos não aconteceram ao acaso. Um dia, saberemos a verdade sobre tudo o que acercou nossos corações, especialmente sobre nosso Benício. Agora, contudo, só me restam forças para orar:

"Senhor Deus, perdoe-me pelos dias em que me recusei a entregar meu amor às suas mãos misericordiosas; pelas lágrimas abundantes de inconformação, quando meu filhinho silenciou nos meus braços; pelas culpas e pelo remorso que fizeram de meu coração um turbilhão de sentimentos; pelo esquecimento de todo o aprendizado que recebi na doutrina espírita quanto à continuidade da vida e à pluralidade das existências.

"Senhor Deus, perdoe-me quando me comportei diante de seus desígnios como uma criança revoltada, que não acata as ordens de um Pai; quando acreditei que o Senhor havia se esquecido de mim, mesmo quando do me acolhia em seus braços; quando também quis abandonar minha vida para tentar aliviar a dor da partida e querer seguir com meu filho para o mundo dos espíritos; quando esqueci minhas obrigações de esposa e companheira.

"Agora, refeita, retorno à minha vida de joelhos e, ao lado de meu amado esposo, entrego ao seu coração o bem mais precioso que possuímos: nosso filhinho.

"Se formos merecedores, suplicamos que, onde quer que ele esteja neste momento, ouça de nossos corações paternos: 'Até breve, meu filho...'"

Reflexão

"[...] Seu objetivo é galgar a categoria dos Espíritos puros, não lhe constituindo um tormento esse desejo, porém, uma ambição nobre, que o induz a estudar com ardor para os igualar. Lá, todos os sentimentos delicados e elevados da natureza humana se acham engrandecidos e purificados; desconhecem-se os ódios, os mesquinhos ciúmes, as baixas cobiças da inveja; um laço de amor e fraternidade prende uns aos outros todos os homens, ajudando os mais fortes e os mais fracos [...]."[47]

---

47   KARDEC, Allan. **O Evangelho Segundo o Espiritismo**. Capítulo 3, item 10.

"[...] Irmãos, não queremos que ignoreis o que se refere aos mortos, para não ficardes tristes, como os outros que não têm esperança [...]."

1 Tessalonicenses 4,13

CAPÍTULO 9

Mãezinha, por que você partiu?

"No momento da morte, a alma sente, alguma vez, qualquer aspiração ou êxtase que lhe faça entrever o mundo onde vai de novo entrar?
'Muitas vezes a alma sente que se desfazem os laços que a prendem ao corpo.
Entrega então todos os esforços para desfazê-los inteiramente. Já em parte desprendida da matéria, vê o futuro desdobrar-se diante de si e goza, por antecipação, do estado de Espírito.'"[48]

Naquela oportunidade, Saul e Almério foram chamados para atender a uma súplica de um benevolente trabalhador do bem chamado Cassiano.

Ao chegarem à UTI de um hospital na região do Rio de Janeiro, os dois foram recepcionados com respeito e amor por Cassiano:

— Quanta alegria em vê-los aqui! Agradeço a Jesus e a Ferdinando por ouvirem minha súplica.

---

48   KARDEC, Allan. **O Livro dos Espíritos**. Parte II – Do mundo espírita ou mundo dos Espíritos. Da Volta do Espírito, Extinta a Vida Corpórea, à Vida Espiritual. Capítulo 3, questão 157.

— Amigo, a alegria é nossa por receber a oportunidade de exercer tão fraterno e digno trabalho em nome de Jesus. Agora nos diga... o que ocorre? — perguntou Saul.

— Estamos acompanhando o caso de Alita. Ela está com setenta e dois anos e cumpriu com louvor o planejamento desta encarnação. Os órgãos entraram em falência naturalmente. Mãe e esposa laboriosa, ela recebeu a tarefa de reunir dois espíritos, Deisiane e Miguel, na condição de seus filhos e trabalhou arduamente ao lado do marido para educá-los. Além disso, se esforçou para mantê-los dentro da religiosidade sem dogmas: o espiritismo.

"Infelizmente, quando seus filhos ainda eram crianças, o marido de Alita, Samuel, foi assassinado. Desde então, ela, consciente de que os filhos precisavam de sua dedicação, trabalhou como costureira e encontrou na doutrina espírita o acalento e uma fonte renovadora de fé e esperança.

Apesar de ter o conhecimento do espiritismo, Miguel casou-se cedo, logo teve três filhos e, consequentemente, afastou-se da casa espírita.

Ao contrário do irmão, Deisiane dedica-se, ao lado da mãe, integralmente aos trabalhos espirituais, dividindo-se entre a área educacional, social e assistencial.

— Isso me parece muito bom — comentou Almério. — O fato de Deisiane ser conhecedora da doutrina espírita facilitará nosso trabalho, assim, não teremos dificuldades nesta passagem.

— Infelizmente, não é bem assim — disse Cassiano. — Alita concluiu sua tarefa no chão, mas não conseguimos iniciar o desenlace, porque Deisiane não aceita a passagem da mãe, e seu desequilíbrio impede qualquer ação — suspirando, ele continuou: — Daqui a pouco será o horário de visita, e poderão constatar o que estamos enfrentando há mais de trinta dias. A pobre Alita está nessa situação de sofrimento e não consegue abandonar as impressões da Terra.

Neste momento, os dois foram interrompidos, pois, enquanto a enfermeira bondosa media e anotava os sinais vitais, Deisiane, acompanhada do irmão, adentrou o recinto. Enquanto fazia, com respeito, um carinho nas madeixas nevadas da mãe, Miguel perguntou:

— Como ela está? Alguma melhora?

— Ela continua na mesma condição — afirmou a enfermeira. — Infelizmente, a noite passada ela não se sentiu bem, e tivemos de chamar os médicos para trocar a medicação. Os dias de dona Alita não têm sido muito fáceis...

Antes de a enfermeira concluir a frase, Deisiane, completamente desequilibrada e entre gritos, interrompeu:

— Você não sabe o que está falando! Quem é você para falar assim de minha mãe? Sei que ela acordará e ficará boa. Maldita incompetente! Pensa que minha mãe me abandonará. Está louca!

Sem conter a fúria, Deisiane empurrou a enfermeira que saiu do quarto sem dizer nada. Enquanto isso, Miguel tentava acalmar a irmã:

— Por Deus! Você está totalmente desequilibrada. Todas as vezes em que viemos visitá-la, você fez este espetáculo! Não consigo compreender. Nem parece que é espírita. Onde está aquela pessoa que é um exemplo dentro da casa espírita? Como se transforma dessa maneira? Onde estão os ensinamentos cristãos?

Enquanto Miguel falava, Deisiane aproximou-se do leito da mãe e segurou-a pelos braços, tentando alucinadamente despertá-la.

— Mãezinha, acorde, acorde! Não me deixe! Não posso viver sem você. Acorde. Deus, Deus, por que me abandonou? Onde estão os bons espíritos que não me ouvem? Não deixem minha mãe partir...

Miguel, com firmeza, mas sem violência, abraçou a irmã, tentando acalmar o coração de Deisiane e secar suas lágrimas. Depois de se recompor, ela disse:

— Não aceito essa situação. Apesar de ensinar a doutrina espírita e de ter certeza de que a morte não existe, não aceito que isto esteja acontecendo comigo. O que será de mim, se mamãe não estiver mais aqui? Não conseguirei viver! Se ela morrer, quero ir junto.

— Apesar de não estar frequentando assiduamente a casa espírita — disse Miguel —, jamais esqueci o que aprendi. A vida não termina no túmulo. Nossa mãe continuará viva. E, para nós, ela continuará em nossos corações e em nossas melhores lembranças. Você precisa entender a situação e praticar o que aprendemos. Não é momento para desespero, mas para oração.

Após o ambiente ter sido acalmado, Cassiano, no mundo invisível, disse entristecido:

— Saul, já fizemos tudo o que podíamos para Deisiane libertar a mãe, contudo, não tivemos êxito. A pobre Alita não consegue seguir seu caminho, pois a filha está completamente presa a ela. Não sei mais o que fazer. Por misericórdia, você é nossa última esperança.

— Caro amigo, compreendo e respeito todo o esforço dedicado por tão nobres confrades, no entanto, estamos diante de uma obsessão de duas vias: Deisiane está obsidiando Alita, que também não liberta a própria filha. Do mesmo modo que a filha não permite que a mãe se vá, Alita também permanece vinculada a Deisiane por diversas preocupações sobre o amanhã — explicou Saul.

— Ora! Como não vi esta situação? — questionou-se Cassiano. — Fixei-me apenas em Deisiane.

— Perceba a mente de Alita — continuou Saul. — Observe os pensamentos repetitivos: "Não posso deixá-la sozinha em um mundo tão hostil. Não posso deixá-la só. O que será de minha filhinha?".

— Então, o que faremos? — perguntou Cassiano.

— Deisiane não se ausenta do lado da mãe e piora o vínculo entre as duas.

Com expressiva serenidade, Saul respondeu:

— Sugiro que você a conduza à casa espírita que ela frequenta. Chegando lá, instrua os benfeitores de que se trata de uma situação de excesso de apego, o que está dificultando o desenlace. Façam com que ela receba todo amparo espiritual necessário, e, quando ela estiver sendo assistida lá, conduziremos aqui os procedimentos de desenlace de Alita. Desta forma, Deisiane se desviará da mente da mãe, o que nos propiciará agir e concluir o caso da chegada de Alita.

— Perdoe-me — interveio Cassiano —, mas se o apego obsessivo é também originado por Alita, como ela será tratada aqui?

— O quadro mental de Alita é enfermiço. Ela ficará em torpor pelo tempo necessário à sua recuperação e será acolhida na morada onde o marido se estabelece. Lá, intercederemos para que ela fique em uma ala hospitalar isolada e não receba as influências dos sentimentos de apego, saudade mal sentida, amarguras, entre outros.

Após se organizarem e definirem as estratégias, que não detalharemos aqui por solicitação das lideranças da casa espírita que estava tratando Deisiane, eles seguiram sem perder tempo.

No dia seguinte, Miguel, com muito esforço, chegou para visitar a mãe. Como era o procedimento habitual, Deisiane não se ausentara do lado da mãe. Ele beijou carinhosamente a testa de Alita e em seguida abraçou a irmã com respeito.

— Hoje, senti um forte e inexplicável desejo de ir à casa espírita — comentou Miguel. — Não consigo explicar, mas, quando despertei, algo falava dentro de mim, dizendo que era importante retornar. Quando cheguei lá, todos perguntaram imediatamente por você, me disseram que compreendem nosso momento, mas afirmaram que seu trabalho com as crianças carentes realmente está fazendo falta.

— Não me diga isso, pois essa noite sonhei com os pequeninos e também despertei com um grande remorso por estar ausente.

— Infelizmente, por falta de voluntários para cuidar das crianças, o trabalho não está sendo executado há várias semanas. Estão pensando seriamente em encerrar essa atividade e me disseram que você é fundamental lá. Os outros trabalhadores não se sentem seguros para dar continuidade à atividade, por isso, farão uma reunião hoje à noite para decidir o futuro da iniciativa, pois sem você não será possível continuar.

— Por Deus! Não me diga isso, Miguel! — disse Deisiane entre lágrimas. — Eles não podem encerrar o trabalho! Eu amo o que faço, e aquelas pobres crianças são vítimas de tão triste violência. Após muito esforço e muita dedicação, conseguimos permissão para a casa acolher os pequeninos. Conseguimos lhes oferecer educação básica, lhes ensinamos os princípios cristãos e o acolhimento necessário para que possam ser novamente inseridos na sociedade...

Os benfeitores espirituais que assistiam àquela cena não demoraram para derramar sobre Deisiane uma intensa luz amarelada. Envolvida por tão intenso amor, ela ouviu as palavras doces de Miguel:

— Se você ama muito o trabalho e não quer que ele termine, retorne aos seus afazeres na casa espírita. Independentemente da situação da mamãe, temos de seguir. Emocionei-me ao ver e ouvir o quanto você é amada por todos. Quando estava saindo de lá, um menininho correu em minha direção e me pediu para lhe entregar este bilhete.

Com carinho, Deisiane leu aquelas palavras inocentes que lhe suplicavam que retornasse, pois, para o menino, ela era a mãe com quem ele sempre sonhou. Emocionada e entre lágrimas abundantes, Deisiane levou o pedaço de papel próximo ao coração, tentando aliviar o aperto no peito causado por tão forte emoção.

— Quantas dúvidas... — disse Deisiane. — Não posso abandonar as criancinhas, mas também não posso deixar mamãe aqui...

Sensibilizado com o estado da irmã, Miguel disse:

— Volte ao trabalho, e deixemos nossa mãezinha nas mãos bondosas de Deus. Sugiro que vá até lá. Eu ficarei com nossa mãezinha.

Ouvindo as palavras do irmão, Deisiane, após um breve momento de silêncio, disse com mais lucidez:

— Por Deus! Como tenho sido egoísta pensando apenas em minha dor! Parece que estava ensandecida, sem conseguir ver esperança no dia de amanhã ou algum sentido para continuar sem a mamãe. Não consigo lhe explicar, Miguel, mas minha mente está mais clara. É como se ela tivesse se aberto para a realidade — secando as lágrimas, Deisiane prosseguiu: — Os dias aqui no hospital me deixaram cega. Sei que a vida não termina no túmulo, e, se é chegado o momento de mamãe partir, só me resta aceitar, orar e trabalhar.

Deisiane abriu uma bolsa que estava no sofá e retirou o livro *Obras Póstumas* de Allan Kardec, buscando compreender e aceitar aquele momento. Começou a folheá-lo, selecionou uma página e leu para o irmão:

— *A alma do homem sobrevive ao corpo e conserva a sua individualidade após a morte deste.*

"Se a alma não sobrevivesse ao corpo, o homem só teria por perspectiva o nada, do mesmo modo que se a faculdade de pensar fosse produto da matéria. Se não conservasse a sua individualidade, isto é, se se dissolvesse no reservatório comum chamado o grande todo, como as gotas d'água no Oceano, seria igualmente, para o homem, o nada do pensamento e as consequências seriam absolutamente as mesmas que se não houvesse alma.

"A sobrevivência desta à morte do corpo está provada de maneira irrecusável e até certo ponto palpável, pelas comunicações espíritas. Sua individualidade é demonstrada pelo caráter e pelas qualidades peculiares a cada um. Essas qualidades, que distinguem umas das outras almas, lhes constituem a personalidade. Se as

almas se confundissem num todo comum, uniformes seriam as suas qualidades.

"Além dessas provas inteligentes, há também a prova material das manifestações visuais, ou aparições, tão frequentes e autênticas, que não é lícito pô-las em dúvida."[49]

— Veja como são sábios esses ensinamentos — comentou Deisiane. — Nossa mãe viverá e se manterá íntegra no novo mundo, assegurando sua individualidade, e, um dia, com esperança e merecimento, teremos notícias dela.

— Como me alegro em ver que está pensando como uma espírita — interveio Miguel.

— Agradeço sua paciência e lhe prometo que praticarei mais os ensinamentos espíritas, afinal, esta não é uma conduta espírita aceitável. Apesar da dor da partida, me esforçarei. Não abandonarei o trabalho que será para mim a cura da dor chamada saudade.

— Vá. Ficarei aqui com a mamãe. Vá consciente de que agora Deus deve agir sobre nossos desejos e nossas vontades.

Com carinho, Deisiane beijou a testa da mãe, abraçou o irmão e retirou-se.

***

O ambiente físico foi harmonizado, e Saul iniciou os procedimentos necessários para o desenlace daquela filha de Deus. Cassiano e Samuel, marido de Alita, aproximaram-se do leito.

---

49 Nota da Médium: KARDEC, Allan. **Obras Póstumas**. Profissão de Fé Espírita Raciocinada. Item 7.

De forma serena e controlada, o coração de Alita entrava, aos poucos, em falência, enquanto a equipe médica se esforçava para trazê-la de volta à vida, mas sem sucesso.

Livre do corpo físico e sem compreender o que ocorria, Alita olhou para Saul e perguntou:

— O que está acontecendo? Terei de passar por um novo procedimento aqui no hospital? Doutor, lhe confesso que estou exausta e que meus pensamentos estão confusos — olhando para os lados, Alita, em completo desespero, perguntou: — Onde estão meus filhos? Onde está minha Deisiane? Filha, filha...

Com carinho, Cassiano interveio:

— Acalme-se. Todos estão bem, mas agora você precisa compreender que não está mais no hospital físico.

— Por Deus! Transferiram-me? Onde estou? Onde está minha filha?

Descontrolada, Alita não percebera que Samuel lhe segurava a mão com amor. Entre lágrimas, ele disse:

— Alita, não me reconhece? Sou Samuel, seu marido. Por misericórdia, aceite sua nova condição. Você não pertence mais ao mundo físico. Aqui estão amigos sinceros que querem ajudá-la, mas você precisa aceitar a caridade desses bondosos corações.

— Você está morto — interveio Alita. — Meu Deus, você está vivo aqui... Cheguei. E agora? Não posso ficar aqui. Preciso voltar o quanto antes, pois assim conseguirei recuperar a vida em meu corpo.

— Não você não poderá voltar — afirmou Cassiano.

— Ora! Quem é você para me dizer o que devo fazer? Tenho afazeres e costuras para entregar. Além do mais, tenho de ir à casa espírita e não posso abandonar

140

minha filhinha. Preciso preparar-lhe o jantar. Miguel, meu filho, vai à minha casa hoje e preciso ajustar-lhe algumas peças de roupas — com ira, Alita ordenou: — Vamos! Leve-me agora para meu corpo! Exijo-lhe que faça isso! Não aceito a ideia de estar morta.

Percebendo que Alita, apesar do conhecimento sobre a vida após a morte, não conseguia se libertar das impressões da vida física, Saul, com muita compaixão, começou aos poucos a aplicar-lhe passes, fazendo-a entrar em um torpor involuntário.

Em seguida, enquanto estava adormecida, diversos procedimentos foram executados para recolher os fluidos para que Alita não sentisse os infortúnios daquela passagem.

Pouco tempo depois, Almério e outros benfeitores acolheram Alita, que, acompanhada de Samuel, foi retirada do recinto e encaminhada para a morada temporária, com o objetivo de tratar as perturbações mentais que a mulher ainda expressava.

Encerrada a tarefa, Saul preparou-se para partir. Sorrindo, Cassiano disse:

— Amigo, como estou feliz e agradecido por ter recebido tantos ensinamentos. Sempre ouvi falar de você, mas estar ao seu lado foi uma bênção que jamais esquecerei. Apenas quero lhe agradecer a paciência e o carinho.

— Não há o que me agradecer. Todos os méritos do sucesso desta tarefa estão reservados a Jesus, pois é Ele quem intercede sempre a favor dos filhos de Deus e, creia, por nós mesmos.

— É difícil observar que os adeptos do espiritismo, mesmo conhecendo a doutrina espírita, ainda não conseguem aceitar seus preceitos. Identificamos grande falta de estudo e despreparo.

— A doutrina espírita exige das pessoas estudo, prática e caridade — interveio Saul: — Invariavelmente, muitos se esquecem de que o estudo é a base que consolida a evolução do espírito. O dever do trabalhador é prosseguir com as atividades que lhe são confiadas, marchando em direção ao abençoado serviço edificante.

"Muitos, contudo, se acomodam e acreditam que já estudaram o suficiente. Grande engano, pois o conhecimento cristão é vasto, e uma única encarnação não é suficiente para absorver tamanho ensinamento. O estudo, unido à caridade, eleva os filhos de Deus à compreensão da existência da vida após a morte.

"Devemos, sobretudo, dissociar a dor da separação entre os corpos físicos, quando são chamados ao retorno ao mundo espiritual. É respeitável sentirmos a ausência de nossos amores, mas não podemos escravizá-los aos nossos sentimentos inferiores de apego enfermiço e incompreensão da vontade maior. Vontade que está originada no coração de Deus.

"Para tanto, é necessário buscarmos sempre o aprendizado de amar sem apego e amar instruindo. É importante confiar, pois Deus sempre oferecerá a cada trabalhador o testemunho e o conteúdo da tarefa que compete exercer em favor do bem comum e do amor ao próximo."

— Suas palavras abrandam minhas preocupações quanto ao preparo de nossos amigos que ainda estão encarnados — disse Cassiano.

— Apenas devemos orar e continuar na estrada do estudo e aprofundar o trabalho ao próximo. São essas as recomendações superiores para aqueles que hoje conhecem a doutrina espírita.

Após uma breve pausa, Saul, buscando inspiração superior, orou:

— *Senhor! Rogo aos adeptos da doutrina espírita que se reconheçam como trabalhadores da última hora e saibam amar, entendendo que a equação do evangelho resume-se em estudar, praticar, orar e trabalhar; que jamais percam a fé racionada; que vejam na dor uma oportunidade para orar, sabendo sempre que a dor também tem uma missão: elevar-nos a Deus; que, diante da saudade, aprendam que a oração nos une aos nossos amores que partiram antes de nós; que, em cada temporário sofrimento, não perguntem quando ele vai passar, mas encontrem no trabalho no bem a certeza para sua cura; que mesmo que a tristeza chegue, não se desesperem, pois tudo passa quando temos fé e estamos com Jesus; que, diante dos ensinamentos expressos na doutrina espírita, consigam entender que "fora da caridade não há salvação", mas fora do estudo não haverá evolução. Sedimente, Senhor, em cada coração o pilar cristão, para que cada filho Seu se reconheça como um elemento importante para a construção de um mundo melhor, definido em seus ensinamentos de amor e compaixão.*

Reflexão

"Havendo os estudos espíritas desenvolvido em vós a compreensão do futuro, uma certeza tendes: a de caminhardes para Deus, vendo realizadas todas as promessas que correspondem às aspirações de vossa alma, Por isso, deveis elevar-vos bem alto para julgardes sem as constrições da matéria, e não condenardes o vosso próximo sem terdes dirigido a Deus o pensamento."[50]

---

50 KARDEC, Allan. **O Evangelho Segundo o Espiritismo**. Capítulo 11, item 10.

"Conforme está escrito no profeta Isaías: 'Eis que eu envio o meu mensageiro diante de ti, a fim de preparar o teu caminho; voz do que clama no deserto; preparai o caminho do Senhor, tornai retas as suas veredas."

Marcos 1,2-3

CAPÍTULO 10

Frágil escolha, grande tributo[51]

"O exemplo da lagarta que, primeiro, anda de rastos pela terra, depois se encerra na sua crisálida em estado de morte aparente, para enfim renascer com uma existência brilhante, pode dar-nos ideia da vida terrestre, do túmulo e, finalmente, da nossa nova existência?

'Uma ideia acanhada. A imagem é boa; todavia, cumpre não seja tomada ao pé da letra, como frequentemente vos sucede.'"[52]

Na UTI de um grande hospital da região de São Paulo, Saul e sua equipe conversavam com Osório, um benfeitor

---

51 Nota do autor espiritual (Saul): As páginas que se seguem relatam uma história verídica. A identidade dos personagens foi preservada para que não haja exposições ou perturbações àqueles que ainda estão vivos na Terra. Ressaltamos que não há nenhuma intenção de julgar as escolhas dos filhos de Deus, pois respeitamos a todos. O intuito aqui é apenas deixar uma reflexão em torno dos vícios terrenos, lembrando a todos que sempre é momento de recomeçar.

52 KARDEC, Allan. **O Livro dos Espíritos**. Parte II – Do mundo espírita ou mundo dos Espíritos. Da Volta do Espírito, Extinta a Vida Corpórea, à Vida Espiritual. Capítulo 3, questão 158.

amoroso que cuidava pacientemente de um assistido que estava sob cuidados médicos intensivos.

Com respeito, mas visivelmente preocupado, Osório disse:

— Meu amigo Saul, não consigo expressar a felicidade por Ferdinando ter atendido a meu pedido de ajuda e o enviado até aqui com sua equipe competente e amorosa.

— Ora, como não atenderíamos a uma solicitação sua? — perguntou Saul. — Mas devemos sempre agradecer a Jesus Cristo, que é o emissário de Deus e sempre está disposto a oferecer grandes oportunidades de trabalho, renovação e aprendizado. Agora, nos detalhe o prognóstico.

— Estamos diante do caso de Norma. Uma mulher com aproximadamente trinta anos de idade, que estava estudando com o objetivo de lecionar.

— Me parece que estamos diante de um caso comum — afirmou Almério.

— Amigo, não podemos nos enganar com as aparências dos nossos assistidos — disse Saul com bondade. — Cada um traz em si uma história completa de acertos e desacertos, sabores e dissabores, e cabe a nós ouvir e buscar o melhor caminho para o entendimento e a condução do caso.

— Como sempre — interveio Osório —, Saul está correto. Vilma e Andrade, os pais de Norma, construíram uma vida somente para eles e decidiram que não queriam filhos. Tinham uma vida livre, viajavam muito, vez ou outra frequentavam a igreja e desfrutavam os dias com os amigos, e o vício do cigarro estava presente entre eles. Entretanto, a vida nem sempre está nas mãos dos encarnados, mas, sim, nos planejamentos do Senhor, visando que seus filhos sempre tenham oportunidades para um novo começo e transformações interiores para o melhor. Quando o casal já estava próximo de entrar no período não fértil, Vilma engravidou de Norma. Não foi uma gravidez fácil, pois o passado retornaria ao presente, e o casal precisaria receber Norma como filha para reparar condições pretéritas que necessitavam de atenção. Eles, então, criaram a filha sem regras e com total liberdade.

"Quando Norma nasceu — continuou Osório —, os pulmões da menina eram muito frágeis, pois, durante a gestação, Vilma continuou a fumar. Infelizmente, muitos pais se esquecem de que os filhos aprendem por repetição, e foi o que aconteceu com Norma. Por volta dos dez anos de idade, ela iniciou o vício pelo cigarro, mesmo enfrentando muitas dificuldades respiratórias. Com isso, não tardou para que um severo câncer se instalasse em seus pulmões, resultando no suplício do corpo. A doença foi descoberta há dois anos, e ela iniciou as terapias médicas indicadas para tratar essa enfermidade. Mesmo em tratamento, Norma, contudo, não se livrou do vício, o que piorou ainda mais sua situação."

— Vícios de toda sorte — afirmou Saul — apresentam-se, muitas vezes, como consequência de mortes prematuras, interrompendo a vida em virtude de pequenos momentos de satisfação e alegrias. As pessoas esquecem, no entanto, que a reencarnação é a oportunidade de reformar atitudes e buscar sempre a elevação do espírito. Muitos filhos de Deus refugiam-se em frágeis fortalezas para não enfrentarem as deficiências, que são também reflexos do próprio passado.

"Muitos jovens entregam suas juventudes aos vícios, e alguns acreditam que na velhice poderão modificar ou analisar os males que atribuíram ao próprio espírito e, dependendo das práticas religiosas a que se dedicam, creem que serão perdoados e libertos na vida após a morte. Outros jovens nem sequer pensam no futuro; apenas querem viver o presente intensamente. Em qualquer situação, é importante que os filhos de Deus tragam para suas existências a presença da sabedoria do Senhor. Independente de crenças, Jesus não exaltou o egoísmo e a individualidade. A rota das existências de todos nós é uma grande caminhada rumo a Deus. O conhecimento liberta, mas a mudança de atitude é fundamental para que cada um, dentro dos objetivos celestiais da vida, encontrem a paz e a elevação de seus espíritos."

Neste ínterim, Saul solicitou que todos se aproximassem de Norma, que estava deitada no leito físico recebendo as medicações que lhe cabiam. Com muito respeito, observou aqueles benfeitores e, com o coração cheio de misericórdia, identificou seres de baixa frequência que, em estado temporário de afastamento de Deus, buscavam nutrir-se com a nicotina e outras substâncias químicas que exalavam de Norma, mesmo se encontrando em estado de repouso e letargia medicamentosa.

O cenário exigia compaixão. Aqueles seres — alguns sem vínculo com Norma e outros vinculados a ela pelo passado — extraíam da mulher as substâncias como meio de experimentarem as mesmas sensações de um corpo que não possuíam mais, pois nem sequer sabiam que estavam habitando o mundo dos espíritos e que não tinham mais um corpo físico. Sem detalhar mais aquela situação, caberia apenas aos benfeitores respeitar e aguardar o momento em que aqueles filhos de Deus abrissem, um dia, seus corações à realidade presente e buscassem em Deus seus refúgios.

— Infelizmente — disse Osório sem esconder a lágrima diminuta —, muitos filhos de Deus desconhecem a realidade nas quais se encontram, mas creio que um dia eles se libertarão.

Neste momento, Osório recepcionou José, o avô paterno de Norma. Mesmo sem ter todas as condições de apoiá-la naquela situação, os benfeitores acreditavam que Norma, ao se libertar do corpo e vê-lo, aceitaria ser recepcionada por alguém que conhecera em vida. A preocupação de todos era que ela seguia uma religião que não pregava a vida após a morte, portanto, dependendo de sua atitude quando ali chegasse, poderia ser atraída severamente por aqueles que compartilhavam do seu vício.

Pouco tempo depois, os pais de Norma chegaram para fazer-lhe uma breve visita. O cenário era digno de compaixão. Sem que notassem, seres de baixa frequência os acompanhavam, extraíam e nutriam-se das substâncias químicas armazenadas em seus organismos.

Após o término da visita, uma agitação iniciou-se na UTI. Norma apresentou uma grande piora, e os médicos tentavam todos os protocolos para manter a enferma viva, contudo, o óbito foi inevitável.

***

Mesmo sendo recepcionada amorosamente por Osório, Norma, atordoada, disse ao ver aqueles seres temporariamente vinculados às sombras, que nem sequer percebiam a presença dos benfeitores:

— Não via a hora de poder acender um cigarro! Podem compartilhar um comigo?

Naquele momento, o ambiente foi invadido por um aroma denso. Entre outras substâncias, o cheiro era muito parecido com o da nicotina.

Alheia aos acontecimentos, Norma agia em perfeita simbiose com aqueles seres tão necessitados de compaixão.

Com rapidez, Saul e os benevolentes benfeitores dissipavam com amor e firmeza aquela densidade por meio de uma luz reluzente, que ajudava aqueles seres tão necessitados a encontrarem também um novo caminho de regeneração. Quando sentiram aquele amor ser derramado em seus perispíritos enfermiços, poucos aceitaram o auxílio de mãos amigas para sua libertação, enquanto os demais, mergulhados na própria ignorância e no egoísmo, corriam assustados.

Após ampararem aqueles filhos de Deus, Norma questionou revoltada:

— O que está acontecendo aqui? Quero somente um cigarro! Podem me fornecer um cigarro?

— Filha — disse Osório —, aqui você não terá como manter os vícios. Você não está mais viva na Terra, Norma. Seu corpo físico não suportou a severidade de sua doença nos pulmões. Agora é momento de transformação e aceitação.

— Você está louco! — retrucou Norma. — Como morri se estou viva? Não pode ser! Não acredito em mortos.

150

Estou confusa. Não suporto mais, preciso fumar. Deem-me logo um cigarro! Estou nervosa e ansiosa! Quando eu fumo, sinto-me calma! Preciso de um cigarro!

Norma visivelmente apresentava uma alteração mental e sintomas da abstinência do cigarro: imensa ansiedade, raiva, dificuldade de concentração, entre outros. Benevolente, Almério tentava acalmá-la, mas, mesmo assim, ela permanecia entre oscilações de apatia e ansiedade.

Neste momento, o avô de Norma aproximou-se. Ao vê-lo, ela exclamou:

— Meu Deus, é meu avô José! Como pode ser? Você morreu há tantos anos...

— Sim, filha, eu morri há anos para a Terra, mas continuo vivo. Não há morte, e, sim, vida depois da morte. Queria muito ter conhecido ainda no chão as verdades que só pude entender quando cheguei aqui. Sofri muito em virtude de minha ignorância e dos vícios que trazia comigo.

— Então, eu morri? Estou no mundo dos mortos? Meu Deus! Cheguei. E agora? O que vai acontecer comigo?

— Estamos aqui para acolhê-la — respondeu Osório —. Nós a conduziremos a uma morada, onde receberá a assistência para se tratar de seu vício e iniciar uma nova história.

— Já que estou viva — disse Norma completamente atordoada e apegada à matéria —, poderei fumar quando chegar lá? Poderei manter a vida que eu tinha? Quero levar minhas coisas, meus pertences.

— Os vícios terrenos e seus bens materiais não possuem lugar lá — interveio Osório. — Agora é momento de esquecer sua vida terrena e permitir que o Senhor toque seu coração.

— E é importante que saiba — complementou Saul —, que Deus nos oferece o livre-arbítrio, mas é responsabilidade de cada um de nós saber escolher melhor para não sofrer mais adiante. Foi concedida ao homem a liberdade de agir ou não, de escolher ou não. Enfim, com o objetivo de permitir que seus filhos evoluíssem no seguimento mental e moral, o Senhor permite que o livre-arbítrio conduza todos à luz. Por força da vaidade ou do egoísmo, muitos, contudo, sucumbem às facilidades terrenas e tornam-se escravos de vícios que marcam muitas encarnações. Muitas vidas foram interrompidas em favor de um prazer temporário, e, entre outras químicas terrenas, o cigarro tem sido um dos veículos nocivos para a interrupção prematura dos filhos de Deus. Jesus, conhecedor de todos os corações, intercede sempre em favor de todos e oferece novas oportunidades para recomeçar...

— Chega dessa conversa sem fim! — retrucou Norma enfadada. — Você está me cansando, e creio que esteja ensandecido. Se Deus existisse, eu não teria adoecido. Ele também teria visto que eu, vez ou outra, praticava todos os dogmas de minha religião. Além do mais, como estou viva, quero meus pertences! Daria muitas vidas por apenas um cigarro.

— Por intervenção divina — interveio Saul —, Osório está buscando o melhor para sua nova trajetória, mas tudo dependerá de você saber optar pela luz e não pelas sombras. No chão, você foi livre para decidir pelas coisas que lhe enchiam os olhos, mas não soube selecioná-las de forma que a conduzissem a Deus.

— Você fala comigo como se fosse um santo! — disse Norma perturbada —. Meus pais sempre fumaram e, quando eu era ainda pequenina, me ensinaram a acender seus cigarros! E saiba que eu fazia isso com destreza! Se o cigarro fosse tão ruim, por que eles me ensinaram e incentivaram desde cedo ao vício? Além do mais, eram meus pais! Se fumar fosse algo tão ruim, eles mesmos não o fariam.

— Não se engane, Norma — disse Osório. — Nós temos a liberdade de escolha, como nos explicou Saul, mas colhemos apenas o que semeamos. Seus pais, ainda presos às questões materiais e a compromissos de outras vidas, também não estão alheios à colheita devido às suas escolhas. O vício é uma fraqueza, e, sem julgamentos, é importante iniciar a trajetória da libertação, buscando ajuda com os confrades médicos e, sem dúvida, apoio espiritual, que conduzirá os corações em direção a Deus.

— Não sei quem você é! — disse Norma irritada —. Você fala comigo como se fosse um santo.

— Não sou santo, Norma — interveio Osório. — Sou apenas um trabalhador de Deus, que roga que nos ouça para que não se perca em meio à sua enfermidade e ao seu vício. Estamos tentando levá-la ao hospital intermediário para ajudá-la a reparar seu perispírito, que está severamente lesionado devido ao câncer pulmonar.

Atendendo ao pedido de Saul, Almério iniciou a irradiação magnética sobre Norma, tentando abrandar o coração da moça e desviar seus pensamentos do vício. Completamente enfurecida, ela, contudo, recusava-se a receber o apoio espiritual. Revoltada, a moça vociferava:

— Parem, parem, quero ir embora daqui... Se houver alguém lúcido neste ambiente, me tire daqui.

Neste momento, aproximou-se de Norma um ser visivelmente vinculado às sombras chamado Gutierrez. Irradiando um magnetismo turvo sobre a moça, ele disse:

— Ora, não dê ouvidos a esses seres enganadores! Venha comigo, afinal, estamos juntos há muito tempo. Para o lugar aonde iremos, você poderá levar seus bens. Além disso, todos os seus vícios serão mantidos por mim e por outros mais. Esses tais benfeitores levam os que aqui chegam a um hospital, onde não poderá ter acesso às benesses oriundas da Terra. Para onde a levarei, você poderá fazer os tolos encarnados nos propiciarem nossos vícios e nossas riquezas terrenas.

Sucumbindo àquela influência inferior, Norma disse:

— A conversa desses "médicos" ou, sei lá, "benfeitores" é algo que me remete a retrocesso. Aqui me parece que tudo é proibido e que temos de ser santos... Eu vivia minha vida, experimentava tudo o que uma pessoa de minha idade podia experimentar, namorei muitos e posso lhe afirmar que vivi minha vida. Agora, chego aqui, e tudo me é proibido? Não quero isso! Meus pais nunca me impuseram limites, e não serão vocês que farão isso.

— Filha — disse José, o avô de Norma —, ouça a voz de seu coração e desses benevolentes amigos que querem o melhor para todos. Rogo pelo seu arrependimento, pois é ele que nos faz dignos do amor de Deus, que é soberano a todos nós. Você é vítima de um vício que a levou à morte muito jovem, mas ainda é possível recomeçar. Infelizmente, sua doença física teve a causa primária em seu livre-arbítrio. Você poderia ter se modificado quando descobriu a enfermidade, mas manteve os mesmos hábitos. Ainda é possível abraçar esta oportunidade e seguir conosco, senão terá de fazer uma escolha: seguir conosco para receber a assistência do serviço médico ou seguir com as sombras.

Neste instante, Gutierrez, por meio de um forte magnetismo e de influência sombria, atraiu um grupo de espíritos de baixa frequência, cujos membros estavam vinculados por afinidade a ele. Quando entraram no recinto, não perceberam a presença dos benfeitores; apenas envolveram a jovem Norma em seus pensamentos temporariamente desviados do caminho de Deus.

— Não ouça esse infeliz — vociferou Gutierrez. — Ele também é um devedor, só que se curvou aos "iluminados" e agora faz uso desse discurso elevado. Ele nem sequer está em condições de falar com você, e, pelo que soube, ainda está em tratamento. Ordeno que o ignore.

— Eu fiz minha escolha — disse Norma visivelmente submissa às sombras. — Seguirei com você, Gutierrez, mas antes preciso de um cigarro.

O cenário era digno de compaixão. Acompanhada daquele grupo de espíritos inferiores, Norma partiu, deixando para trás a oportunidade de um novo começo.

Entristecido por ver a neta seguir, por livre-arbítrio, aqueles filhos de Deus, José disse emocionado:

— Gutierrez estava certo quando se referiu a mim. Não pude ajudar minha neta, pois ainda não tenho condições para isso, mas meu coração queria muito mostrar a ela o quanto Deus é misericordioso e que Ele me apresentou um novo caminho. Acreditem, sou eternamente grato a vocês pelo que fizeram e por poder estar aqui ao lado de tão nobres amigos — após um profundo suspiro, José continuou: — Fui um homem comum e, mesmo não tendo condições financeiras, tentei criar meus dois filhos com dignidade, mostrando-lhes a importância de seguirem o caminho moral. Além disso, nunca desenvolvi um vício que pudesse ser um mau exemplo para eles.

"Meu filho mais velho segue a doutrina espírita — continuou José —, e hoje entendo que ela o ajudou a criar seus filhos longe dos vícios. Ele também nunca se envolveu com nada que pudesse ser um exemplo desviado para sua família. Quando recebo suas orações me orgulho de sentir que ele está bem, assim como seus amores.

"Andrade, contudo — disse José após uma breve pausa —, o pai de Norma, sempre foi diferente e se distanciou de mim e do irmão por querer levar uma vida livre e sem regras. Quando tive o ataque cardíaco, não sabia que a vida continuava, mas recebi tanto amparo de benevolentes emissários de Deus que a mim resta apenas agradecer eternamente. Tenho lutado para melhorar e aprender. Sei que minha trajetória é longa, mas tenho fé de que um dia ajudarei minha neta, meu filho e aqueles que enveredam suas vidas por paixões inferiores, como o vício pelo fumo."

Osório mantinha-se em silêncio e, depois de secar uma lágrima diminuta, disse:

— Caro amigo Saul, perdoe-me, mas não posso omitir o sentimento de fracasso que invade meu coração. Eu acreditava que Norma ficaria conosco, mas a realidade foi diferente.

— Não se sinta fracassado por Norma ter seguido seu livre-arbítrio — interveio Saul —, pois, no momento certo, ela receberá a intervenção daqueles que a amam, e na vinha de Deus o amor sempre prevalecerá. No momento, ela está na condição de um "suicida indireto" ou "inconsciente"[53]. Quando lágrimas do arrependimento tocarem suas faces e o exercício de examinar seus desvios for praticado, as bênçãos dos céus recairão sobre Norma, e aí poderemos atuar para socorrer essa filha de Deus. Devemos lembrar que muitos encarnados mergulham nos vícios das paixões terrenas e se esquecem de que toda escolha tem, por regra, uma consequência.

"O mais importante é ter em mente que sempre é momento de recomeçar. Se todos analisassem os caminhos e refletissem com Jesus sobre suas escolhas, não existiria sofrimento, pois o sofrimento na Terra é o resultado das 'más escolhas'. Para escolhermos melhor, devemos ter conhecimento, moral e prática no bem, assim, as imperfeições serão transformadas, e o espírito encontrará uma nova rota a seguir.

— Amigo — interveio Osório —, suas palavras são um bálsamo de elucidação, mas ainda sinto que abandonei Norma às sombras.

— Não carregue no coração o sentimento de que houve abandono desta filha de Deus — confortou Saul.

— Neste momento, apenas respeitamos o livre-arbítrio de Norma. É uma oportunidade da moça conhecer a si mesma e buscar a libertação da irreflexão do estado doloroso de apego às ilusões terrenas. Será necessário para ela trilhar o caminho sombrio e mais difícil para encontrar a luz, contudo, Deus sempre estará à disposição

---

53 Nota da Médium: "O suicídio pode ser classificado como: intencional e indireto. O suicídio intencional resulta de ato consciente. Há planejamento da morte, às vezes, com detalhes. O suicídio indireto resulta de hábitos e comportamentos viciosos, que lesam a saúde física ou psíquica, ou ambas." (Federação Espírita Brasileira. **Em Defesa da Vida. Suicídio, não!** 1. ed. – 1. imp. – Brasília: FEB, 2017.).

para ampará-la, assim como a todos nós. Cada filho de Deus, uma escola por si. Aproveitemos este momento para levar conosco a paciência, a compaixão e, sobretudo, nos manter à disposição do Senhor para agirmos para o bem, quando assim formos requisitados. Por ora, cabe a nós o silêncio da oração sem julgamento e as lições aprendidas, e relembro o confrade Allan Kardec, que registrou em um dos livros da doutrina espírita o que segue: *Louváveis esforços indubitavelmente se empregam para fazer que a Humanidade progrida. Os bons sentimentos são animados, estimulados e honrados mais do que em qualquer outra época. Entretanto, o egoísmo, verme roedor, continua a ser a chaga social. É um mal real, que se alastra por todo o mundo e do qual cada homem é mais ou menos vítima. Cumpre, pois, combatê-lo, como se combate uma enfermidade epidêmica. Para isso, deve-se proceder como procedem os médicos: ir à origem do mal.*

"Procurem-se em todas as partes do organismo social, da família aos povos, da choupana ao palácio, todas as causas, todas as influências que, ostensiva ou ocultamente, excitam, alimentam e desenvolvem o sentimento do egoísmo. Conhecidas as causas, o remédio se apresentará por si mesmo. Só restará então destruí-las, senão totalmente, de uma só vez, ao menos parcialmente, e o veneno pouco a pouco será eliminado. Poderá ser longa a cura, porque numerosas são as causas, mas não é impossível. Contudo, ela só se obterá se o mal for atacado em sua raiz, isto é, pela educação, não por essa educação que tende a fazer homens instruídos, mas pela que tende a fazer homens de bem. A educação, convenientemente entendida, constitui a chave do progresso

moral. Quando se conhecer a arte de manejar os caracteres, como se conhece a de manejar as inteligências, conseguir-se-á corrigi-los, do mesmo modo que se aprumam plantas novas. Essa arte, porém, exige muito tato, muita experiência e profunda observação. É grave erro pensar-se que, para exercê-la com proveito, baste o conhecimento da Ciência. Quem acompanhar, assim o filho do rico, como o do pobre, desde o instante do nascimento, e observar todas as influências perniciosas que sobre eles atuam, em consequência da fraqueza, da incúria e da ignorância dos que os dirigem, observando igualmente com quanta frequência falham os meios empregados para moralizá-los, não poderá espantar-se de encontrar pelo mundo tantas esquisitices. Faça-se com o moral o que se faz com a inteligência e ver-se-á que, se há naturezas refratárias, muito maior do que se julga é o número das que apenas reclamam boa cultura, para produzir bons frutos.

"O homem deseja ser feliz, e natural é o sentimento que dá origem a esse desejo. Por isso é que trabalha incessantemente para melhorar a sua posição na Terra, que pesquisa as causas de seus males, para remediá-los. Quando compreender bem que no egoísmo reside uma dessas causas, a que gera o orgulho, a ambição, a cupidez, a inveja, o ódio, o ciúme, que a cada momento o magoam, a que perturba todas as relações sociais, provoca as dissensões, aniquila a confiança, a que o obriga a se manter constantemente na defensiva contra o seu vizinho, enfim a que do amigo faz inimigo, ele compreenderá também que esse vício é incompatível com a sua felicidade e, podemos mesmo acrescentar, com a sua própria segurança.

"E quanto mais haja sofrido por efeito desse vício, mais sentirá a necessidade de combatê-lo, como se combatem a peste, os animais nocivos e todos os outros flagelos. O seu próprio interesse a isso o induzirá. O egoísmo é a fonte de todos os vícios, como a caridade o é de todas as virtudes. Destruir um e desenvolver a outra, tal deve ser o alvo de todos os esforços do homem, se quiser assegurar a sua felicidade neste mundo, tanto quanto no futuro."[54]

Reflexão

"Mas, bem pouca coisa é, imperceptível mesmo, em grande número deles, o progresso que cada um realiza individualmente no curso da vida. Como poderia então progredir a Humanidade, sem a preexistência e a *reexistência* da alma? Se as almas se fossem todos os dias, para não mais voltarem, a Humanidade se renovaria incessantemente com os elementos primitivos, tendo de fazer tudo, de aprender tudo."[55]

---

54   Nota do autor espiritual (Saul): KARDEC, Allan. **O Livro dos Espíritos**. Parte III. Capítulo 12, questão 917.

55   KARDEC, Allan. **O Evangelho Segundo o Espiritismo**. Capítulo 25, item 2.

"Este povo honra-me com os lábios, mas o seu coração está longe de mim. Em vão me prestam culto; as doutrinas que ensinam não passam de mandamentos humanos."

Marcos, 7,6-7

CAPÍTULO 11

Um simples despertar

"Que sensação experimenta a alma no momento em que reconhece estar no mundo dos Espíritos?

'Depende. Se praticou o mal, impelido pelo desejo de praticá-lo, no primeiro momento te sentirás envergonhado de o haveres praticado. Com a alma do justo as coisas se passam de modo bem diferente. Ela se sente como que aliviada de grande peso, pois que não teme nenhum olhar perscrutador.'"[56]

Naquele dia, Saul e sua equipe chegaram à UTI de um renomado hospital da cidade do Rio de Janeiro.

Imediatamente, Thomaz, o benfeitor responsável pelo caso de acolhimento daquele dia, disse:

— É uma enorme alegria reencontrar meu amigo Saul, assim como sua equipe amada. Neste momento, meu coração está preenchido por uma inexplicável emoção por ter sido atendido por Ferdinando, e vocês

---

56 KARDEC, Allan. **O Livro dos Espíritos**. Parte II – Do mundo espírita ou mundo dos Espíritos. Da Volta do Espírito, Extinta a Vida Corpórea, à Vida Espiritual. Capítulo 3, questão 159.

me ajudarem muito nessa missão. Confesso-lhes que ainda não me sinto preparado para conduzir sozinho a chegada dos nossos amigos desencarnados ao nosso mundo. Mesmo tendo conhecimento e muita vontade de ajudar, não tenho prática suficiente, tampouco me sinto seguro. Além do mais, é uma honra para um aprendiz poder atuar ao lado do professor, que, no caso, é você, Saul.

— Ora, ora — disse Saul. — Também sou apenas um aprendiz, e todos nós estamos honrados em sermos úteis e trabalharmos em nome de Jesus, que merece eternamente nosso reconhecimento e gratidão. Diante do chamado de Deus, não podemos ter insegurança. A fé e o conhecimento são pilares importantes para exercermos com confiança o trabalho no bem — com respeito, direcionou a conversação rumo ao trabalho. — Caro Thomaz, detalhe-nos o caso.

— Estamos aqui para atender Branca, que está próxima de desencarnar em decorrência da falência dos órgãos. Ela está com aproximadamente oitenta e sete anos. Viveu com muita dignidade, casou-se com Vieira e teve três filhos. Dedicou sua vida à família e, mesmo diante de muitas dificuldades, não cansou de trabalhar e construiu com o marido um pequeno patrimônio. Ela conheceu os bisnetos. Os filhos de Branca estão casados e seguiram um caminho sem desvios graças aos pais, que nunca os abandonaram, pois Branca sempre trilhou uma estrada de renúncia e dedicação. Mesmo enfrentando dificuldades financeiras, ela não se recusava a ajudar as pessoas. A encarnação dessa assistida foi planejada para que ela pudesse apoiar seus amores em suas expiações particulares, sendo o sustentáculo familiar. Pelo histórico, Branca conseguiu cumprir com maestria o que se comprometera a fazer. Há vinte anos, Vieira foi acometido por um AVC[57] fulminante. Ele está conosco, já se encontra em um estado de recuperação e adaptação satisfatório e em breve chegará para recepcionar a esposa. Branca enfrentou a viuvez com muita dignidade.

— Ela pratica algum credo? — perguntou Almério.

— Por tradição familiar, ela é devota de Nossa Senhora de Fátima — respondeu Thomaz —, mas, após a passagem de Vieira, encontrou na doutrina espírita o acalento para seu coração e transformou-se em uma trabalhadora respeitável, sempre disposta a auxiliar amorosamente os menos afortunados. Ela cumpriu com a tarefa que lhe foi concedida e já está sentindo nossa presença. Em breve, Vieira chegará. Contamos que, ao vê-lo, Branca consiga se desprender com mais rapidez. Por essa razão, solicitei sua presença, Saul, pois o tratamento dos fluidos ainda é para mim um procedimento desconhecido.

Com bondade, Saul aproximou-se de Branca, que se mantinha em espírito ao lado de seu corpo físico em sucessivas orações entre o pai-nosso e a ave-maria, como quem, de alguma forma, sabia que praticamente não estava mais naquele corpo cansado e desgastado.

Irradiando uma luz azulada, Saul derramou sobre Branca um passe iluminado para que ela sentisse a paz que era emanada de seu mundo. Sem julgamentos, apenas solicitou aos presentes que acompanhassem, por alguns instantes, as orações daquela filha de Deus. Com amor, todos oravam em uma só voz:

---

57 Acidente Vascular Cerebral.

— *Pai nosso que estais nos céus*, santificado seja o *Vosso nome. Venha a nós o Vosso reino, seja feita a Vossa vontade, assim na Terra como no Céu. O pão nosso de cada dia nos dai hoje. Perdoai-nos as nossas ofensas, assim como nós perdoamos a quem nos tem ofendido.* E não nos deixeis cair em tentação, *mas livrai-nos do Mal. Amém.*

Com imensa emoção, Branca ouvia as vozes celestiais, abrandava o coração e serenava os pensamentos terrenos. Percebendo que ela recebia aquela chuva luminosa com muita humildade, Saul solicitou aos presentes que continuassem entoando as orações:

— *Ave Maria, cheia de graça, o Senhor é convosco, bendita sois vós entre as mulheres e bendito é o fruto do vosso ventre, Jesus. Santa Maria, Mãe de Deus, rogai por nós, pecadores, agora e na hora de nossa morte. Amém.*

Neste momento, Vieira e uma benevolente benfeitora espiritual chamada Maria da Anunciação, além de familiares de Branca que já estavam desencarnados havia anos, aproximaram-se. Com lágrimas emocionadas, ele disse:

— Quanta alegria poder estar ao lado de minha amada! Apesar de não me sentir merecedor, estou fortalecido para encontrar as mãos de minha Branca.

Saul e Almério executavam com imensa destreza os protocolos para recolher os fluidos vitais de Branca, e, após alguns instantes, os aparelhos que a mantinham viva anunciaram o óbito.

Pouco tempo depois, Thomaz acolheu a recém-chegada com amor. Percebendo seu novo estado e enfrentando aquele momento de transição com serenidade e sabedoria, Branca disse:

— Que Jesus seja eternamente abençoado. Por Deus! Reconheço minha família — ao ver Vieira, ela não conteve a emoção e afirmou: — Meu esposo, sempre orei ao Senhor para que eu pudesse reencontrá-lo e, enfim, fui agraciada por este momento. Não consigo, contudo, identificar se é apenas um sonho devido às medicações que recebi no hospital ou se é minha nova realidade.

Com respeito, Maria da Anunciação interveio:

— Filha, os dias terrenos chegaram ao fim, e agora sua nova realidade é aqui conosco. Esperávamos e orávamos para que não sucumbisse aos vieses terrenos, mas você venceu.

O ambiente, totalmente protegido, não recebia nenhuma influência das sombras. Neste momento, espíritos anônimos chegavam com alegria. Eles eram alguns nomes terrenos que Branca auxiliara em momentos de privações. Estavam ali com os corações em felicidade para recepcioná-la. A alegria preenchia o recinto. Vozes celestiais entoavam em latim a ave-maria, que invadia de amor os corações daqueles filhos de Deus.

A equipe de Saul ainda executava os procedimentos espirituais necessários na recém-chegada, que, emocionada, disse:

— Sempre tentei imaginar como seria este momento. Apesar de meu coração ainda estar voltado à minha amada família, pois acredito que o Senhor não os abandonará, rogo a Jesus ser merecedora do amor desses amigos. Quando estamos encarnados, lemos as páginas trazidas pelos espíritos por meio dos médiuns e não imaginamos o quanto é verdade o que esses benfeitores fazem por nós. Todos existem, o mundo espiritual existe. Quanta alegria eu tenho em estar aqui! Quero ser útil o quanto antes e rogo aos céus que em breve eu possa servir! — após um profundo e cansado suspiro, Branca disse: — Cheguei. E agora?

Com imenso carinho, Saul aproximou-se de Branca e respondeu:

— Sim, você chegou ao nosso mundo liberta da matéria. Em breve, nós a levaremos diretamente à Cidade de Jade, onde será encaminhada ao hospital para receber a assistência necessária e os procedimentos de adaptação. Por mérito, não a conduzirei para a Morada Espiritual Intermediária para restabelecimento perispiritual.

— Senhor, como posso retribuir tamanho carinho que dedica a mim? — perguntou Branca. — Sua bondade e a de todos os presentes são indescritíveis. Como eu queria que todos que estão vivos na Terra soubessem de vocês! Que são reais e que o amor de Deus é uma verdade soberana e indestrutível!

— Filha de Deus — interveio Saul —, Jesus, em Sua compaixão infinita, não abandona ninguém. Em breve, você terá a oportunidade de ser útil, mas, por ora, os cuidados com você são iminentes, e não podemos agir sem vigilância.

Já exausta, Branca recebeu os passes dos benfeitores e, entregando-se seguramente aos corações presentes, entrou em um forte torpor. Logo depois, Maria da Anunciação, Vieira e os demais partiram para acompanhar Branca até o hospital na Cidade de Jade.

***

Enquanto isso, o benevolente Ferdinando adentrou o recinto com o intuito de auxiliar Saul e os demais na finalização dos procedimentos necessários sobre o corpo físico de Branca.

Após encerrarem as atividades, Thomaz disse:

— Amigos, quanta felicidade invadiu meu coração! Foram poucos os casos que presenciei de momentos pós-morte que se assemelharam a uma vela, cuja chama reluzente foi acesa sem perturbações e interferências. Como o conhecimento é fundamental! Como fazem grande diferença na transição entre os mundos as atitudes de uma vida!

— Sem dúvida! — disse Saul. — A virtude é uma característica do homem de bem, pois fortalece a moral, a fé em Deus, a prática no bem, entre outros valores fundamentais ao crescimento dos filhos de Deus — Saul fez uma breve pausa e, após alguns instantes, continuou: — Recordo-me dos ensinamentos doutrinários de *O Evangelho Segundo o Espiritismo*:

"A virtude, no mais alto grau, é o conjunto de todas as qualidades essenciais que constituem o homem de bem. Ser bom, caritativo, laborioso, sóbrio, modesto, são qualidades do homem virtuoso. Infelizmente, quase sempre as acompanham pequenas enfermidades morais que as desornam e atenuam. Não é virtuoso aquele que faz ostentação da sua virtude, pois que lhe falta a qualidade principal: a modéstia, e tem o vício que mais se lhe opõe: o orgulho. A virtude, verdadeiramente digna desse nome, não gosta de estadear-se. Advinham-na; ela, porém, se oculta na obscuridade e foge à admiração das massas. S. Vicente de Paulo era virtuoso; eram virtuosos o digno cura d'Ars e muitos outros quase desconhecidos do mundo, mas conhecidos de Deus. Todos esses homens de bem ignoravam que fossem virtuosos;

deixavam-se ir na correnteza de suas santas inspirações e praticavam o bem com desinteresse completo e inteiro esquecimento de si mesmos.

"À virtude assim compreendida e praticada é que vos *convido meus filhos; a essa virtude verdadeiramente cristã e verdadeiramente espírita é que vos concito a con- sagrar-vos. Afastai de vossos corações o pensamento de orgulho, de vaidade, de amor-próprio, que sempre des- figuram as mais belas qualidades. Não imiteis o homem que se apresenta como modelo e trombeteia, ele próprio, suas qualidades a todos os ouvidos complacentes. Essa virtude de ostentação esconde muitas vezes uma imensi- dade de pequenas torpezas e de odiosas covardias.*

"*Em princípio, o homem que se exalça, que ergue uma estátua à sua própria virtude, anula, por esse sim- ples fato, todo mérito real que possa ter. Entretanto, que direi daquele cujo único valor consiste em parecer o que não é? Admito de boa mente que o homem que pratica o bem experimenta uma satisfação íntima em seu coração; mas, desde que tal satisfação se exteriorize, para colher elogios, degenera em amor-próprio.*

"Ó *vós todos a quem a fé espírita aqueceu com seus raios, e que sabeis quão longe da perfeição está o ho- mem, jamais esbarreis em semelhante escolho. A virtude é uma graça que desejo a todos os espíritas sinceros. Contudo, dir-lhes-ei: Mais vale pouca virtude com mo- déstia, do que muita com orgulho. Pelo orgulho é que as humanidades sucessivamente se hão perdido; pela humildade é que um dia devem se reencontrar.*"[58]

---

58   Nota do autor espiritual (Saul): KARDEC, Allan. **O Evangelho Segundo o Espiritismo**. Capítulo 17 – Sede Perfeitos, item 8 – A Virtude (François- -Nicolas Madeleine. (Paris, 1863).

A paz era evidente naquele recinto. Thomaz não escondia a emoção que sentia, enquanto Almério e os demais mantinham-se de cabeça baixa e em elevadas vibrações.

Com imensa bondade, Ferdinando e Saul expandiram-se em uma imensa luz e encerraram as atividades em torno daquele caso. Ferdinando orou:

— *Senhor Jesus: ensina-nos a receber a provação da morte como uma porta para a verdadeira vida.*

"Amadurece-nos no entendimento quando estivermos debruçados sobre o berço vazio, entre a inconformidade sobre as suas Leis e as lágrimas por não poder acariciar o rosto do filho que se calou.

"Ajuda-nos a deixar as lembranças serem a contemplação da felicidade vivida, e não a angústia que transforma a vida em abismos de remorsos.

"Livra-nos da estagnação do desespero incontido, quando agarramos as roupas ou os objetos como se eles fossem deuses com o poder de trazer de volta aqueles que não mais possuem o hálito da vida.

"Fortalece-nos novamente com o tesouro da saudade bem sentida, que confirma a vida no além-túmulo e une para sempre os caminhos daqueles que se vincularam em amor, seja na Terra ou no mundo celeste.

"Reconforta-nos para que possamos retomar os nossos deveres eternos de filhos de Deus e servidores de Tua tarefa.

"Compreende, Senhor, nossos corações enfraquecidos, quando não mais desfrutarmos da companhia dos amigos que partiram e nos liberta do egoísmo de querermos ter para sempre refugiados entre nós os filhos teus.

"Cura-nos a dor da partida sem lamentosas interrogações sobre Tua magnanimidade.

"Traz-nos a visão para reconhecermos que o nosso reestabelecimento estará em aceitarmos que se cumpram os Teus desígnios e não o nosso querer.

"Agora com as feridas de ontem totalmente cuidadas pelo remédio da oração, rendemos gratidão eterna ao Senhor por se compadecer de nós e nos ensinar que a morte também pode ser: 'um simples despertar'."[59]

Reflexão

"Há, pois, devido à sua iniciativa, sucessos que forçosamente escapam à fatalidade e que não quebram a harmonia das leis universais, do mesmo modo que o avanço ou o atraso do ponteiro de um relógio não anula a lei do movimento sobre a qual se funda o mecanismo. Possível é, portanto, que Deus aceda a certos pedidos, sem perturbar a imutabilidade das leis que regem o conjunto, subordinada sempre essa anuência à Sua vontade."[60]

---

59 Nota da Médium: esta oração (Oração aos que ficaram na Terra) foi publicada no *Livro Esperança Viva* (esgotado), ditado pelo espírito Ferdinando e psicografado por Gilvanize Balbino.

60 KARDEC, Allan. **O Evangelho Segundo o Espiritismo**. Capítulo 27, item 6.

"[...] convidai para as núpcias todos os que encontrardes. E esses servos, saindo pelos caminhos, reuniram todos os que encontraram, maus e bons, de modo que a sala nupcial ficou cheia de convivas. [...]"

Mateus 22,9-10

CAPÍTULO 12

Do arrependimento à consciência para a libertação

"O Espírito se encontra imediatamente com os que conheceu na Terra e que morreram antes dele?

'Sim, conforme a afeição que lhes votava e a que eles lhe consagravam. Muitas vezes aqueles seus conhecidos o vêm receber à entrada do mundo dos Espíritos e o ajudam a desligar-se das faixas da matéria. Encontra-se também com muitos dos que conheceu e perdeu de vista durante a sua vida terrena. Vê os que estão na erraticidade, e vai visitar os que se encontram encarnados.'"[61]

Naquele dia, Saul e sua equipe chegaram à UTI de um renomado hospital de São Paulo atendendo à solicitação de um benevolente benfeitor chamado Timóteo. Ao chegarem, foram recepcionados com uma profunda demonstração de carinho:

---

61 KARDEC, Allan. **O Livro dos Espíritos**. Parte II – Do mundo espírita ou mundo dos Espíritos. Da Volta do Espírito, Extinta a Vida Corpórea, à Vida Espiritual. Capítulo 3, questão 160.

— Amigo Saul, que felicidade reencontrar você e sua amada equipe! Ouso dizer que me sinto honrado por ter sido agraciado com sua presença e por Ferdinando ter atendido a meu pedido de ajuda. Você não imagina o quanto orei por este momento.

— Caro Timóteo — disse Saul com respeito —, seu bondoso coração também é para nós um presente celestial, mas devemos agradecer sempre o amor de Deus, que nos oferece uma nova oportunidade para trabalharmos em favor de Seus filhos e, consequentemente, de nós mesmos — alterando o rumo da conversa, Saul continuou: — Rogo que nos detalhe a situação atual.

— Há dias, estou acompanhando o caso de Sampaio. Ele está com aproximadamente sessenta anos de idade e nasceu em uma família abastada. Os pais de nosso assistido eram médicos e tiveram dois filhos: Benjamin, o primogênito, e Sampaio. Benjamin também era médico e, há mais de dez anos, sofreu um infarto fulminante. Hoje, ele está habitando nosso mundo, assim como seus pais, Maria e Joaquim.

— Tanto os pais como o irmão de Sampaio estão desencarnados já há algum tempo — disse Josué. — Esperamos que os três estejam em condições aceitáveis para apoiar nosso assistido neste instante de retorno.

— Eles estão aqui por tempo suficiente para que pudessem estar em uma condição bem melhor — respondeu Timóteo. — Infelizmente, o apego desses filhos de Deus à matéria não permitiu que se libertassem das paixões terrenas e, por mais que nos esforçássemos para auxiliá-los na trajetória de retorno, não tivemos sucesso. Eles estão coabitando as sombras e nem sequer sabem que estão longe da Terra. Vivem como se estivessem na matéria. Nunca professaram nenhum credo, tampouco utilizaram a medicina para ajudar o próximo. Fizeram da profissão somente um meio para garantir uma pequena fortuna.

— Meus amigos! — interveio Saul —, por tudo o que estamos presenciando e pelos relatos de nosso caro Timóteo, a Medicina, no programa particular dos membros desta família, foi uma oportunidade oferecida como meio de resgatarem sérios compromissos passados, mas os apegos à matéria os desviaram do caminho real ao qual estavam envolvidos. Infelizmente, muitos filhos de Deus que optam pela Medicina como profissão, quando encarnados, se esquecem de que, se ela for exercida alinhada aos desígnios celestiais e espirituais, será também um grande e nobre ofício espiritual. Toda profissão possui uma missão e responsabilidades diante do próximo, por isso o Cristo é o caminho para Deus e por isso, em qualquer posição, devemos nos lembrar da máxima do Mestre: *[...] amá-lo de todo o coração, com toda a inteligência e com todas as forças, e amar o próximo como a si mesmo: estes dois mandamentos valem mais do que todos os holocaustos e todos os sacrifícios.*[62]

— Amigo, suas palavras nos levam à reflexão — disse Timóteo. — O apego à matéria, muitas vezes, desvia muitas encarnações dos propósitos reais do espírito: a evolução e o crescimento de cada coração em direção a Deus...

— E quanto a Sampaio? — perguntou Almério.

— Ele seguiu os passos dos pais e do irmão — respondeu Timóteo entristecido. — Também se formou em

---

62 Nota do autor espiritual (Saul): Marcos, 12:33.

Medicina, se especializou em cardiologia e se tornou um cirurgião. Após se formar, abriu um consultório e atendia os pacientes de todas as rendas com muita dedicação e, entre plantões em hospitais, fazia questão de estar próximo àqueles que buscavam seus conhecimentos médicos. Entretanto, sob forte influência dos pais, não tardou para se inserir em um grupo de médicos renomados e em um curto espaço de tempo ganhou notoriedade no meio no qual estava inserido. Convites para viagens e congressos não lhe faltavam. Com mais de quarenta anos, seu irmão Benjamin lhe apresentou uma médica chamada Rebeca, que era muito apegada à matéria. Em pouco tempo, os dois se casaram.

— Desta união nasceu algum filho? — perguntou Josué. — Não identificamos nenhum parente no mundo físico.

— Não tiveram filhos — respondeu Timóteo. — Rebeca é muito vaidosa e não quis ter filhos. Apenas viveram um casamento de aparências.

— Quem é aquela que está próxima a Sampaio, acolhendo-o com tanta dedicação? — perguntou Josué.

— É Clarice — interveio Timóteo. — Quando ela desencarnou, o próprio Saul e sua equipe a acolheram e a encaminharam para a Cidade de Jade. Diante dos nossos pedidos de ajuda, o nobre amigo Saul a conduziu até aqui em virtude dos vínculos do passado, para que ela tentasse tocar o coração de Sampaio. Entretanto, confesso que não tivemos êxito.

Todos se aproximaram do leito de Sampaio, e, quando se deparou com Saul, Clarice não escondeu a emoção. Como uma criança que busca um abraço acolhedor, ela correu aos braços daquele benfeitor, o qual retribuiu o gesto com imenso respeito e carinho.

— Que Jesus seja louvado! — exclamou Clarice. — O Senhor ouviu minhas preces e sabia que você, Saul, não me abandonaria, assim como não me abandonou quando cheguei aqui. Desde que pus meus pés aqui, a bondade de Timóteo tem sido imensa. Juntos, nós permanecemos em oração constante, aguardando o momento em que Sampaio se desprenderá do corpo a qualquer momento — após um breve silêncio, Clarice prosseguiu: — Saul, meu amado médico, a quem devo minha rápida recuperação após minha chegada à Cidade de Jade, confio em Deus que Sampaio também encontrará o caminho da libertação que um dia encontrei. Rogo a Jesus que eu possa ser útil e que consigamos acolhê--lo com a mesma devoção que suas mãos benevolentes e seu coração laborioso me dedicaram.

— Minha cara! — interveio Saul —, Jesus, o grande conhecedor de todos os corações, confia nos filhos de Deus. Neste momento, entreguemos nossos corações ao Senhor, pois tudo será como nosso Pai assim designou. A nós cabe apenas a missão do trabalho e dedicação, portanto, trabalhemos, pois Sampaio está em seus momentos derradeiros...

Neste momento, os aparelhos que estavam ligados a Sampaio começaram a alarmar algo. Os monitores utilizados pela equipe médica e pela enfermagem identificaram uma severa variação na oxigenação do paciente, cujos batimentos cardíacos caíam vertiginosamente, anunciando que a pressão arterial e a quantidade de oxigênio no sangue estavam comprometidas.

O médico de plantão foi imediatamente acionado por uma enfermeira. Após realizar os procedimentos padrão, buscando, sem êxito, todos os artifícios disponíveis para trazer o paciente à vida novamente, anunciou o óbito, entregando Sampaio à equipe de enfermagem para proceder com as atividades necessárias.

Enquanto isso, Josué, ao lado de benevolentes benfeitores, recolhiam os fluidos daquele corpo.

***

Dias após a chegada de Sampaio ao mundo espiritual, ele permanecia sob cuidados intensivos das equipes dos benfeitores espirituais, sem saber que se desprendera da Terra.

Confuso, Sampaio observava os cenários sem compreender ao certo o que acontecia e recebia os cuidados necessários, que são ministrados aos recém-chegados ao mundo dos espíritos.

Pouco tempo depois, Sampaio, mais tranquilo, mas sem compreender ainda que abandonara a matéria e acreditando que ainda estava no hospital terreno, disse ao notar a presença de Clarice:

— Não posso acreditar que essa mulher está aqui no hospital! Ela parece uma obsessão! Vive apegada a mim, desde meus primeiros anos de Medicina.

— Caro, você não a reconhece? — perguntou Timóteo.

— Sim, a reconheço. Quando me formei, tinha um consultório, e ela foi uma das primeiras pacientes que tive. Essa mulher apresentava uma doença congênita no coração, e, naquela oportunidade, como recém-formado, me interessei por sua enfermidade. Recordo-me de que ela teve um filho, que morreu na primeira infância, pois herdara a doença da mãe. Era entediante atendê-la. Sempre me presenteava com livros de uma religião a qual professava — após um breve momento de silêncio, tentando lembrar-se do nome da religião, ele disse: — Ah, me lembrei! Doutrina espírita! Como nunca tive um credo ou nem acreditava em Deus, ignorei todos. Além disso, como fui crescendo dentro da profissão, para não me expor aos meus colegas, tive que transformar minha carteira de pacientes e aí me livrei dela.

— Como fez para se livrar dela? — perguntou Almério.

Sampaio percebendo que Almério era um médico, respondeu com frieza:

— Ora, simples! O que fazemos sempre. Obrigava minha secretária a dizer para ela que minha agenda estava cheia, que parei de atender seu convênio médico e que, fatalmente, isso gerara um aumento do custo da consulta médica, obrigando-a a procurar outro profissional. Foi assim que me livrei dela, mas estou surpreso em vê-la aqui.

— Você sabe o que aconteceu com ela? — perguntou Almério, buscando incentivá-lo a refletir.

— Minha secretária me disse que ela foi ao meu consultório suplicando para passar por uma consulta comigo, pois as dores no peito estavam severas. Naquele dia, contudo, eu tinha um compromisso social e pedi que ela dissesse que eu não estava.

— Sabe qual foi a consequência do seu ato de não socorrê-la? — questionou Almério. — Ao sair de seu consultório, ela parou para atravessar a avenida e foi acometida de um infarto fulminante. Ela foi socorrida por um casal que estava em uma cafeteria próxima, mas, ao chegar ao hospital, infelizmente não suportou e morreu.

— Ora! — disse Sampaio. — Eu não soube desse fato! — continuou com ironia. — Todos nós sabemos que ninguém morre de véspera, e, mesmo que eu tivesse atendido Clarice, nada poderia fazer por ela.

Clarice ouvia aquelas palavras duras, mas, sem vacilar em sua fé, buscava em Jesus forças e permanecia em silêncio e oração em favor de Sampaio, expandindo seus sentimentos de compreensão, amparo e amor.

Percebendo a dificuldade do momento, Saul aproximou-se de Sampaio, que, ao vê-lo, disse:

— Alegro-me em ver que este hospital o destacou para me atender. Já havia solicitado a presença do chefe da equipe, mas fui ignorado. Por favor, qual é meu prognóstico?

— Caro Sampaio — disse Saul com respeito e firmeza —, há alguns dias você abandonou o corpo físico, que se encontrava enfermiço, e retornou ao mundo dos espíritos, pois a vida continua após a morte.

— Com respeito à sua posição — interrompeu Sampaio —, acredito que esteja ensandecido. Como pode dizer que morri se estou aqui vivo, sentindo dores no peito devido ao infarto que me acometeu? Isso me remete às palavras daquela enlouquecida, que, quando ia ao meu consultório, me enfadava falando sobre a continuidade da vida, da bondade de Deus, enfim, de coisas impossíveis de acontecer. Agora me diga o quanto meu coração foi lesionado e quando terei alta do hospital.

Com sabedoria, Saul segurou a mão de Clarice e aproximou-a do leito de Sampaio. Enquanto isso, Almério, sob as orientações de Saul, iniciou uma sequência de passes sobre Sampaio, fazendo as memórias do passado do assistido começarem, pouco a pouco, a descortinar-se.

— O que estão fazendo comigo? — perguntou Sampaio. — Sabem quem sou eu? Minha mente não suporta essa avalanche de lembranças! Exijo uma medicação para me livrar disso.

— Meu caro — com bondade, mas sem vacilar, Saul interveio: — Não somos filhos de uma única vida. Você retornou ao chão para resgatar um passado, em que está vinculado a Clarice. Na França do século XIX, por volta de 1860, a maioria da população francesa vivia em condições precárias. A pobreza representava grande parte da sociedade, e dela ressaltamos um casal: Etienne, um jovem médico, e Violetta, uma camponesa que aprendeu a ler e escrever, o que era um tanto raro naquela ocasião. Desta união, nasceu o pequenino Eudes.

Pouco tempo depois, Etienne, em busca de melhores condições de vida, decidiu mudar-se com a família da zona rural francesa para Paris. Naqueles dias, o jovem médico amava sua esposa, que, com o coração complacente, aceitava as decisões de Etienne. Ela o amava muito, e este amor lhe exigia, naquela oportunidade, coragem para enfrentar os desafios de uma nova vida tão diferente de seus valores religiosos.

Ao se estabelecerem em Paris, Etienne logo se encantou com os atrativos da cidade grande. As noites parisienses enchiam-lhe os olhos e foi assim que ele conheceu uma nobre francesa chamada Catherine, uma bela mulher que se dedicava à vaidade e às futilidades de uma sociedade decadente.

O jovem médico, que chegara a Paris cheio de sonhos, visando conceder à esposa e ao filho uma vida digna, abandonou-os e foi viver com Catherine, que prometeu transformá-lo em um médico influente na sociedade.

Restou a Violetta enfrentar as dificuldades para criar o filho e sobreviver sozinha naquela monumental Paris.

Os dias passaram-se. Violetta trabalhava dignamente lavando roupas em troca de pouco dinheiro e sobrevivia com o auxílio de uma senhora chamada Amélie-Gabrielle Boudet[63], que lhe dava pão para amenizar sua fome e a de seu filho. Foi nessa ocasião que Violetta conheceu a doutrina espírita, pois a benevolente senhora Amélie a presenteou com um exemplar da primeira edição de *O Livro dos Espíritos*, publicado em abril de 1857.

Aquele livro servia para Violetta como acalento para enfrentar o sofrimento. Ela encontrava ali coragem e reforçava sua fé. Mesmo diante de tamanha privação, não julgava as escolhas do esposo, pois cabia a ela apenas aceitar e seguir adiante.

Naquele ano, o inverno chegou à região francesa de forma impiedosa, e o pequenino Eudes adoeceu severamente. Naquela noite, o estado de saúde do garotinho começou a piorar gradativamente, e Violetta, desesperada, foi retirando de si os trapos que a aqueciam para envolver o pequenino nos braços e buscar o auxílio de Ethienne. Ao bater na porta onde o ex-marido residia com Catherine com excessivo conforto, ele ordenou que o serviçal a expulsasse de lá.

Abatida e com lágrimas nos olhos, Violetta novamente enfrentou a neve e retornou ao casebre, no qual vivia em condições precárias. Ela repousou o filho no

---

63 Nota da Médium: professora e artista plástica francesa, esposa de Allan Kardec – codificador da doutrina espírita.

leito, mas identificou que nada poderia fazer, pois a morte era uma verdade. Um casal vizinho, observando o sofrimento daquela mãe, ajudou-a com o que podia para que ela pudesse realizar o sepultamento do pequenino com um pouco de dignidade.

Infelizmente, o inverno continuou imbatível, e, pouco tempo depois da morte de Eudes, Violetta adoeceu. O frágil coração da mulher foi acometido de uma severa enfermidade. O casal vizinho, conhecendo a história daquela pobre camponesa, apelou aos conhecimentos médicos de Ethienne na tentativa de salvá-la, entretanto, quando o encontraram e o atualizaram sobre a situação de Violetta, o homem, completamente cego devido às armadilhas materiais, baniu-os de sua residência e ignorou sua própria história.

Ao saber da atitude do esposo, Violetta, com o olhar sofrido, agradeceu ao casal bondoso e, antes de dar seu último suspiro, orou mais ou menos assim:

— Senhor Jesus, não me abandone neste momento, pois sei que a morte é uma verdade para mim e terei de enfrentá-la só, mas não ausente de Seu amor.

"Aceito Seus desígnios e entrego minha vida às Suas mãos. Não rogo por mim, pois sei das imperfeições e deficiências que carrego em mim.

"Venho, Senhor, suplicar por meus amores: que o filhinho que um dia repousou nos braços esteja agora sob o amparo de seu amor; que perdoe, sobretudo, a imperfeição que reside em mim e também as escolhas de Ethienne, pois, pelo amor que carrego no coração por ele, estou disposta a retornar quantas vidas forem necessárias para que o sonho celestial de evoluirmos juntos seja uma verdade.

"Senhor, agora como sua serva, silencio para esta vida na esperança de despertar na outra vida sob o amparo de sua luz..."

Após uma breve pausa, a emoção invadiu os corações presentes. Abatido, Sampaio interveio:

— Essas lembranças massacram meu coração. Aparentemente, Ethienne sou eu...

— Meu caro, sim, Ethienne é você. Rebeca, sua atual esposa, foi Catherine, e Clarice, quem você tanto repudiou, foi a doce Violetta, que, ao ter contato com a doutrina espírita, conheceu os conceitos sobre perdão e continuidade da vida. Quando você retornou ao chão na condição atual, Clarice não tardou a suplicar para reencarnar perto de você, mesmo não sendo sua esposa, para tentar fazê-lo conhecer a doutrina espírita. Ela queria evitar que sua vida fosse novamente desviada do objetivo principal: Jesus. Clarice também sabia que você e Rebeca precisavam de mais uma oportunidade e aceitou. Ela acolheu novamente o pequenino Eudes como filho, para que ele também pudesse reparar erros de outras encarnações.

— Não pode ser! Não pode ser! — dizia Sampaio repetidas vezes. — O que eu fiz? Então, é verdade... estou morto, e a vida continua. O único amor que senti em minha vida foi o que tive por Violetta. Fui consumido pela matéria e sucumbi ao meu egoísmo. Como pude ser tão ignorante? Clarice, mais uma vez, perdoe-me...

— Meu amor — disse Clarice —, eu já o perdoei há muito tempo e seguirei perdoando-o quantas vezes mais forem necessárias, por isso sempre estive ao seu lado. Os árduos dias que vivi na França não foram em vão. Lá, eu pude conhecer a senhora Amélie, que me apresentou a doutrina espírita. Ela foi meu alicerce para que eu pudesse vencer minhas imperfeições e as dificuldades apresentadas nos planos de nossas vidas. Eu o amo, e esse amor me faz aceitar corajosamente os desafios impostos ao longo de nossos caminhos. Sempre estarei ao seu lado, se Jesus assim permitir, e confio no Senhor, pois sei que com Ele venceremos.

— Então, o que farei? — disse Sampaio. — Cheguei. E agora? O que será de mim? Irei para o céu ou para o inferno? Como podem me tratar com tanta bondade, sem me julgarem? — perguntou Sampaio. — Sou indigno de tamanha compaixão.

— Meu caro — interveio Saul —, você não irá para o céu, tampouco para o inferno, como foi detalhado em tantos credos terrenos. Neste momento, é importante que creia em Deus, o Pai que nunca o abandonou. Você deverá curar sua enfermidade e fortificar sua fé de forma sincera e humilde e logo encontrará uma nova oportunidade de se dedicar ao alívio dos necessitados, sem esperar recompensas. Você apenas trabalhará com o objetivo de servir a Deus e nada mais. De agora em diante, quando fizer algo, lembre-se sempre de dizer: "Deus, é em Seu nome que estou aqui, cumprindo Sua vontade e trabalhando para prevalecer Sua bondade."

— Segui os exemplos de meus pais e de meu irmão, dos quais gostaria muito de ter notícias — disse Sampaio.

— Seus pais e Benjamin, seu irmão, ainda estão presos à matéria. Quando você estiver em melhores condições e preparado para servir, buscaremos juntos esses corações para a luz de Deus — tornou Timóteo.

— Sinto-me envergonhado diante de minha ignorância — lamentou Sampaio.

— Meu caro — interveio Saul —, por ora, não há nada a se fazer. Você deve apenas se recuperar. O Senhor terá novos planos para você. Será levado para a Cidade de Jade, onde terá a oportunidade de receber auxílio e iniciar o aprendizado cristão.

— Estudei, tive na Terra condições de praticar a caridade, mas nada fiz — disse Sampaio. — Arde dentro de mim o arrependimento como lâminas que atravessam meu peito.

— O importante agora é a redenção — afirmou Saul.

— Para isso, recordo-me das lições escritas pelo codificador Allan Kardec:

"[...] *O Cristo não pôde, no entanto, revelar aos Seus contemporâneos todos os mistérios do futuro. Ele próprio o disse:* Muitas outras coisas vos diria se estivésseis em estado de as compreender, e eis por que vos falo em parábolas. *Sobretudo no que diz respeito à moral, isto é, aos deveres do homem, foi o Cristo muito explícito porque, tocando na corda sensível da vida material, sabia fazer-se compreender; quanto a outros pontos, limitou-se a semear sob a forma alegórica os germens que deveriam ser desenvolvidos mais tarde.*

"A doutrina das penas e recompensas futuras pertence a esta última ordem de ideias. Sobretudo, em relação às penas, Ele não poderia romper bruscamente com as ideias preconcebidas. Vindo traçar aos homens novos deveres, substituir o ódio e a vingança pelo amor do próximo e pela caridade, o egoísmo pela abnegação, era já muito; além disso, não podia racionalmente enfraquecer o temor do castigo reservado aos prevaricadores, sem enfraquecer ao mesmo tempo a ideia do dever.

"Se o Cristo prometia o reino dos Céus aos bons, esse reino estaria interdito aos maus, e para onde iriam eles? Ademais, seria necessária a inversão da natureza para que inteligências ainda muito rudimentares pudessem ser impressionadas de feição a identificarem-se com a vida espiritual, levando-se em conta a circunstância de Jesus se dirigir ao povo, à parte menos esclarecida da sociedade, que não podia prescindir de imagens de alguma sorte palpáveis, e não de ideias sutis.

"Eis a razão por que Jesus não entrou em minúcias supérfluas a este respeito; nessa época não era preciso mais do que opor uma punição à recompensa.

"Se Jesus ameaçou os culpados com o fogo eterno, também os ameaçou de serem lançados na Geena. *Ora, que vem a ser* Geena? *Nada mais, nada menos que um lugar nos arredores de Jerusalém, um monturo onde se despejavam as imundícies da cidade.*

"Dever-se-ia interpretar isso também ao pé da letra? Entretanto era uma dessas figuras enérgicas de que Ele se servia para impressionar as massas. O mesmo se dá com o fogo eterno. E se tal não fora o seu pensar, Jesus estaria em contradição, exaltando a clemência e misericórdia de Deus, pois clemência e inexorabilidade são sentimentos antagônicos, que se anulam. Desconhecer-se-ia, pois, o sentido das palavras de Jesus, atribuindo-lhes a sanção do dogma das penas eternas, quando todo o seu ensino proclamou a mansidão do Criador.

"No Pai-nosso *Jesus nos ensina a dizer: 'Perdoai-nos, Senhor, as nossas faltas, assim como nós perdoamos aos nossos devedores' (Lucas, 11:4; Mateus, 6:12). Pois se o culpado não devesse esperar algum perdão, inútil seria pedi-lo.*

"Esse perdão é, porém, incondicional? É uma remissão pura e simples da pena em que se incorre? Não; a medida desse perdão subordina-se ao modo pelo qual se haja perdoado, o que equivale dizer que não seremos perdoados desde que não perdoemos. Deus, fazendo do esquecimento das ofensas uma condição absoluta, não podia exigir do homem fraco o que Ele, onipotente, não fizesse.

"O Pai-nosso é um protesto cotidiano contra a eterna vingança de Deus.

"Para homens que só possuíam da espiritualidade da alma uma ideia confusa, o fogo material nada tinha de improcedente, mesmo porque já participava da crença pagã, quase universalmente propagada. Igualmente a eternidade das penas nada tinha que pudesse repugnar a homens desde muitos séculos submetidos à legislação do terrível Jeová. No pensamento de Jesus o fogo eterno não podia passar, portanto, de simples figura, pouco lhe importando fosse essa figura interpretada à letra, desde que ela servisse de freio às paixões humanas. Sabia Ele ademais que o tempo e o progresso se incumbiriam de explicar o sentido alegórico, mesmo porque, segundo a sua predição, o Espírito de Verdade viria esclarecer aos homens todas as coisas. O caráter essencial das penas irrevogáveis é a ineficácia do arrependimento, e Jesus nunca disse que o arrependimento não mereceria a graça do Pai.

"Ao contrário, sempre que se lhe deparou ensejo, Ele falou de um Deus clemente, misericordioso, solícito em receber o filho pródigo que voltasse ao lar paterno; inflexível, sim, para o pecador obstinado, porém, pronto sempre a trocar o castigo pelo perdão do culpado sinceramente arrependido. Este não é, por certo, o traço de um

Deus sem piedade. Também convém assinalar que Jesus nunca pronunciou contra quem quer que fosse, mesmo contra os maiores culpados, a condenação irremissível.[64]

E assim, sem nada mais a dizer, Sampaio e Clarice foram removidos daquele recinto, e iniciava ali uma nova oportunidade para recomeçar.

Reflexão

"Os serviços que podem prestar guardam proporção com a boa diretriz que imprimam às suas faculdades, porquanto os que enveredam por mau caminho são mais nocivos do que úteis à causa do Espiritismo. Pela má impressão que produzem, mais de uma conversão retardam. Terão, por isso mesmo, de dar contas do uso que hajam feito de um dom que lhes foi concedido para o bem de seus semelhantes."[65]

---

64 Nota do autor espiritual (Saul): KARDEC, Allan. **O Céu e o Inferno**. Capítulo VI – Doutrina das Penas Eternas. Origem da doutrina das penas eternas. Itens 5, 6 e 7.

65 KARDEC, Allan. **O Evangelho Segundo o Espiritismo**. Capítulo 28, item 9.

"E chegaram a Cafarnaum. Em casa, ele lhes perguntou: 'Sobre o que discutíeis no caminho?'. Ficaram em silêncio, porque pelo caminho vinham discutindo sobre qual era o maior. Então ele, sentando-se, chamou os Doze e disse: 'Se alguém quiser ser o primeiro, seja o último e aquele que serve a todos.'"

Marcos 9,33-35

CAPÍTULO 13
Difícil apego, luta e libertação

"Em caso de morte violenta e acidental, quando os órgãos ainda se não enfraqueceram em consequência da idade ou das moléstias, a separação da alma e a cessação da vida ocorrem simultaneamente?

'Geralmente assim é; mas, em todos os casos, muito breve é o instante que medeia entre uma e outra.'"[66]

"Após a decapitação, por exemplo, o homem conserva, por alguns instantes, a consciência de si mesmo?

'— Não raro a conserva durante alguns minutos, até que a vida orgânica se tenha extinguido completamente. Mas, também, quase sempre a apreensão da morte lhe faz perder aquela consciência antes do momento do suplício.'"[67]

---

66 KARDEC, Allan. **O Livro dos Espíritos**. Parte II – Do mundo espírita ou mundo dos Espíritos. Da Volta do Espírito, Extinta a Vida Corpórea, à Vida Espiritual. Capítulo 3, questão 161.

67 Ibid. Questão 162.

Naquele dia, Saul e sua equipe chegaram à UTI de um hospital renomado no Rio de Janeiro, atendendo ao pedido de ajuda de Alfredo, um benfeitor espiritual que estava responsável pelo caso de Iago.

— Meu nobre amigo Saul! — exclamou Alfredo. — Você não imagina o quanto estou feliz por sua presença e de sua equipe. Não sabia mais o que fazer diante do difícil cenário que estamos experimentando. Confesso-lhe que estava preocupado até que Ferdinando bondosamente atendeu à minha súplica. Sem você, não sou capaz de tratar Iago.

— Ora, ora, meu amigo! — interveio Saul. — Temos de manter a calma e a fé elevadas para tratarmos os filhos de Deus em qualquer situação.

— Iago é um homem com cerca de quarenta e cinco anos — salientou Alfredo. — Ele é casado com Laís, e desta união nasceu o pequenino Davi, que está com oito anos. Iago sofreu um acidente fatal. Colidiu seu carro contra um ônibus, sofreu fratura craniana e está na UTI. Já era para ele estar conosco há dois dias, mas o apego da esposa de Iago é muito grande. Ela não aceita a passagem do marido. Quando tentamos trazê-lo para cá e romper os laços fluídicos, os quais já estão bem tênues, um forte magnetismo o atraiu novamente ao corpo. Identificamos que Laís, que é apegada e desesperada, não permite que ele siga sua nova realidade. Vamos. Não podemos mais perder tempo. Quero que vejam a situação, pois descrevê-la será muito difícil.

Neste momento, os presentes aproximaram-se do leito de Iago. O corpo do homem estava ulcerado, apresentava o desgaste do acidente e já não respondia aos estímulos, sendo mantido apenas pelos aparelhos e pelos sinais cerebrais frágeis. Iago, em espírito, sem ter a consciência precisa de seu estado de saúde, disse ao ver os benfeitores:

— Caros doutores, estou muito perturbado. Não entendo o que está ocorrendo comigo. Por favor, tenho de ir para casa ver meu filho. Rogo que me deem uma medicação para dor de cabeça e em seguida a alta.

Preso ao corpo apenas por tênues fios energéticos ligados à sua parte cerebral, Iago já conseguia vivenciar o mundo espiritual, mesmo enfrentando a perturbação daquele instante.

Neste ínterim, Laís adentrou o recinto físico acompanhada de Alzira, sua mãe. O médico plantonista preenchia os prontuários, enquanto a enfermeira ajustava a medicação. Completamente desequilibrada, Laís perguntou:

— Doutor, ele vai melhorar?! Quando ele vai acordar?

— Infelizmente, o quadro permanece o mesmo. O caso é sério, e não há o que fazer. A qualquer momento, ele terá uma parada cardíaca. Fizemos tudo o que estava ao nosso alcance e conhecimento dentro da medicina. Agora temos de aguardar.

— Não, não! — disse Laís desesperada. — Ele não pode morrer! Temos um filho pequeno, que depende de nós. Doutor, faça qualquer coisa, mas faça-o acordar. Não aceito que hoje, com a Medicina tendo tantos recursos, ele morra.

— Sinto muito, mas infelizmente não temos o que fazer — disse o médico. — Peço licença, pois temos de ver outros pacientes.

Entristecida, Laís abraçou o esposo e, em seguida, segurando os braços de Iago, disse:

— Como pôde fazer isso comigo? Como pôde me abandonar com um filho pequeno? O que será de mim agora? Como ficarei sozinha aqui? Logo eu, tão jovem e cheia de vida, carregarei o título sombrio de viúva. Eu odeio você. Se você morrer, quero que vá às sombras!

— Minha filha! — exclamou Alzira. — Não fale assim! Jesus não abandona ninguém, e Ele não se esquecerá de você, tampouco de meu netinho. A situação de meu genro fala por si. Para nós, espíritas, a morte não existe; ela é parte natural de nossas vidas, um estado de transição de um plano para outro. Por mais que amemos, temos de aceitar o momento e entregar a Deus nossos amores, o que não significa que não os encontraremos mais. Estaremos distantes do corpo físico, mas próximos no coração.

— Mãe, não me venha com os conceitos do seu espiritismo — disse Laís visivelmente alterada. — Desde que começou a frequentar aquela instituição espírita, você parece uma fanática! E para piorar, Iago também havia começado a frequentar aquele lugar e chegava à nossa casa com filosofias de vida após a morte, pluralidade de existências e caridade. Ele chegou a levar nosso filho Davi para a tal evangelização infantil. Nada disso me encheu os olhos. Não tenho tempo a perder com essa tal caridade. Quero ter uma vida com luxo, e agora tudo me foi tirado. Não aceito dividir nada, tampouco aceito a história sobre a morte ou que tenho de aceitar a vontade de Deus. Quero minha vida de volta...

— Conheci a doutrina espírita há pouco tempo — interveio Alzira entristecida —, mas foi o suficiente para que eu reconhecesse meus erros. Por Deus, como eu queria tê-la conhecido antes! Talvez eu a tivesse conduzido a Deus e você, agora, conseguisse se desapegar da matéria e entender a vontade do Senhor — após um profundo suspiro, Alzira continuou: — Perdoe-me, filha, por não a ter ensinado a dividir, pois sempre lhe dei tudo o que podia. Fiz todos os seus gostos, contudo, não a ensinei que a vida é muito maior que nosso egoísmo. Nosso Senhor é soberanamente bom, e rogo a Ele que não desampare seu coração, pois acredito que, com tudo o que está acontecendo, você reconheça no futuro que tudo isso foi melhor para si. Que você aproveite essa oportunidade para amadurecer e respeitar o Senhor, que é o eterno regente de nossas vidas.

Contrariada, Laís retirou-se do recinto e foi buscar um refresco para beber e aliviar a tensão momentânea. Aproveitando o momento, Alzira orou:

— Senhor Jesus, suplico Sua misericórdia. Perdoe minha filha, que age como uma criança despreparada diante de uma grande oportunidade para amadurecer e recomeçar.

"Ampare meu netinho Davi, que agora terá de viver sem o apoio do pai aqui no mundo físico. Creio, contudo, que ele receberá todo o amor necessário de Iago de onde ele estiver.

"Acolha, Senhor, meu genro Iago nesta nova trajetória, pois ele é para mim um filho que não nasceu de meu ventre, mas vive em meu coração.

"Permita que ele adentre o mundo espiritual com dignidade, a mesma com a qual viveu entre nós.

"Que o conhecimento, mesmo limitado, da doutrina espírita seja útil neste momento, pois, com lágrimas emocionadas, entrego este menino em Suas mãos laboriosas..."

Sem perder tempo, Saul, acompanhado de sua equipe e de Alfredo, aproveitou aquele momento elevado que Alzira propiciara para realizar os procedimentos para que os últimos laços fluídicos se rompessem sem causar sofrimento a Iago.

Instantes depois, os aparelhos anunciaram o óbito.

No mundo espiritual, a situação de Iago era digna de misericórdia. Ele tentava se desculpar e, cheio de remorso, ainda permanecia sob o forte domínio mental da esposa, a qual emitia ondas mentais que se assemelhavam a um ímã e que o prendiam ao corpo ulcerado.

— Filho! — disse Alfredo. — Precisamos que se desprenda desses pensamentos e sentimentos, pois você não habita mais o mundo material. Agora, você está em nosso mundo, o mundo dos espíritos.

— O que me diz? — perguntou Iago. — Estou morto? Como isso é possível? Ainda estou vivo? Então, aquilo que aprendi na doutrina espírita é verdade. Nós não morremos...

— De fato — complementou Almério. — Não morremos e continuamos vivos, porque Deus sabe de nossas necessidades e nos oferece sempre uma oportunidade para recomeçar...

— Cheguei. E agora? O que devo fazer?

— Por ora, é necessário que se liberte das impressões físicas e, sobretudo, da influência mental de sua esposa — respondeu Alfredo.

— Rogo que me ajudem, pois a atração de Laís por meio do pensamento é muito forte. Não consigo me libertar — disse Iago visivelmente perturbado. — Rogo que me ajudem.

Neste ínterim, Almério, com dedicação, direcionava a Iago passes constantes, visando auxiliá-lo no processo de libertação e amenizar a perturbação do momento.

Após uma considerável pausa, Saul e os demais conseguiram neutralizar a influência mental de Laís sobre o marido. Emocionado e sentindo um alívio momentâneo, Iago disse:

— Perdoem-me... Sinto-me envergonhado, pois frequentava escolas espíritas, tinha consciência sobre a vida após a morte e agora, ao me deparar com a realidade, me comporto diante dos benevolentes senhores como um menino despreparado — depois de dar um profundo suspiro, Iago continuou: — Quando a conheci, Laís era muito ciumenta e me sufocava com um apego que eu considerava doentio. Por muitas vezes, quase nos separamos, mas dona Alzira, minha sogra, sempre me apoiou e me ajudou a não agir por impulso.

"Após o nascimento de nosso filho Davi — disse Iago emocionado —, resolvi conhecer com minha sogra a doutrina espírita. Acreditem, o espiritismo me ajudou a vencer as dificuldades com Laís. Minha esposa foi contrária à minha conversão e a de minha sogra. Infelizmente, Laís não acredita em nada. Senhores, peço que me perdoem, mas minha esposa é muito egoísta e acreditei que o espiritismo pudesse tocar seu coração, contudo, não foi assim. Hoje, temo por meu filho... Eu o inseri na evangelização infantil para que ele pudesse desenvolver o lado cristão e não ficasse somente focado na matéria, mas agora não sei o que será dele. Neste momento, se eu pudesse rogar por alguém, não seria por mim, mas por meu Davi... para que ele não se perca com as aparências temporárias de riquezas terrenas, que passam como um sopro de vento em nossas vidas. Que ele se firme nos conceitos de Deus e se transforme em um homem de bem e íntegro."

— Caro amigo — disse Saul —, Jesus não desamparará ninguém, mas, se quer ajudar o pequenino Davi, é importante que também ajude a si próprio. Aqui, você terá muitas oportunidades para ganhar conhecimento, trabalhar em nome de Jesus e apoiar seu filho na trajetória dele. Quando aqui chegamos, nossas mãos, marcadas pelo trabalho no bem, são as chaves da libertação, e nossa fé é o alicerce da transformação dos corações dos filhos de Deus.

"O conhecimento adquirido — prosseguiu Saul — é o tesouro que trouxe consigo e, unido ao amor ao próximo, você poderá disseminar o bem neste mundo e no mundo físico. Não se prenda ao passado, Iago. Compreenda que quem amamos precisa de paciência e esforço de nossa parte. Para auxiliar, também é necessário ser auxiliado. Desta forma, com o conhecimento celestial e a transformação interior, você será um exemplo para seu filho. Guarde consigo os ensinamentos doutrinários descritos pelo codificador Allan Kardec em *A Gênese*:

"Pelas relações que hoje pode estabelecer com aqueles que deixaram a Terra, possui o homem não só a prova material da existência e da individualidade da alma, como também compreende a solidariedade que liga os vivos aos mortos deste mundo e os deste mundo aos dos outros planetas. Conhece a situação deles no mundo dos Espíritos, acompanha-os em suas migrações, aprecia-lhes as alegrias e as penas; sabe a razão por que são felizes ou infelizes e a sorte que lhes está reservada, conforme o bem ou o mal que fizerem.

"Essas relações iniciam o homem na vida futura, que ele pode observar em todas as suas fases, em todas as suas peripécias; o futuro já não é uma vaga esperança: é um fato positivo, uma certeza matemática. Desde então, a morte nada mais tem de aterrador, por lhe ser a libertação, a porta da verdadeira vida.

"Pelo estudo da situação dos Espíritos, o homem sabe que a felicidade e a desdita, na vida espiritual, são inerentes ao grau de perfeição e de imperfeição; que cada qual sofre as consequências diretas e naturais de suas faltas, ou, por outra, que é punido no que pecou; que essas consequências duram tanto quanto a causa que as produziu; que, por conseguinte, o culpado sofreria eternamente, se persistisse no mal, mas que o sofrimento cessa com o arrependimento e a reparação.

"Ora, como depende de cada um o seu aperfeiçoamento, todos podem, em virtude do livre-arbítrio, prolongar ou abreviar seus sofrimentos, como o doente sofre, pelos seus excessos, enquanto não lhes põe termo.

"Se a razão repele, como incompatível com a bondade de Deus, a ideia das penas irremissíveis, perpétuas e absolutas, muitas vezes infligidas por uma única falta; a dos suplícios do inferno, que não podem ser minorados nem sequer pelo arrependimento mais ardente e mais sincero, a mesma razão se inclina diante dessa justiça distributiva e imparcial, que leva tudo em conta, que nunca fecha a porta ao arrependimento e estende constantemente a mão ao náufrago, em vez de empurrá-lo para o abismo."[68]

Buscando inspiração superior, Saul continuou:

---

68 Nota do autor espiritual (Saul): KARDEC, Allan. **A gênese**. Capítulo 1 – Caráter da Revelação Espírita, itens 31, 32 e 33.

— Agora, você será levado à Cidade de Jade para receber a assistência necessária e triunfará com Jesus, porque, mesmo que a dor seja grande; que o dia esteja sem luz; que o sofrimento seja, agora, uma verdade em sua vida; mesmo assim, não chore, porque o Senhor sempre ilumina os corações daqueles que suplicam resignados, pois encontrarão coragem e paciência para aceitarem aquilo que não podem modificar...

Neste momento, o ambiente foi preenchido por uma luz abençoada de paz e amor. Recebendo o carinho da equipe ali presente, Iago entrou em um profundo e tranquilo torpor. Algum tempo depois, Alfredo, cheio de gratidão, acolheu o recém-chegado com amor e retirou-o daquele recinto.

Reflexão

"Em vez de vos queixardes, regozijai-vos quando praz a Deus retirar deste vale de misérias um de seus filhos. Não será egoístico desejardes que ele aí continuasse para sofrer convosco? Ah! essa dor se concebe naquele que carece de fé e que vê na morte uma separação eterna. Vós, espíritas, porém, sabeis que a alma vive melhor quando desembaraçada do seu invólucro corpóreo [..]."[69]

---

69 KARDEC, Allan. **O Evangelho Segundo o Espiritismo**. Capítulo 5, item 21.

"De fato, o desejo da carne é a morte, ao passo
que o desejo do espírito é a vida e a paz."

Romanos 8,6

CAPÍTULO 14

Filhos do tempo. Novo começo

"A alma tem consciência de si mesma imediatamente depois de deixar o corpo?
'Imediatamente não é bem o termo. A alma passa algum tempo em estado de perturbação.'"[70]

"A perturbação que se segue à separação da alma e do corpo é do mesmo grau e da mesma duração para todos os Espíritos?
'Não; depende da elevação de cada um. Aquele que já está purificado se reconhece quase imediatamente, pois que se libertou da matéria antes, durante a vida do corpo, enquanto o homem carnal, aquele cuja consciência ainda não está pura, guarda por muito mais tempo a impressão da matéria.'"[71]

"O conhecimento do Espiritismo exerce alguma influência sobre a duração, mais ou menos longa, da perturbação?

---

70 KARDEC, Allan. **O Livro dos Espíritos**. Parte II – Do mundo espírita ou mundo dos Espíritos. Da Volta do Espírito, Extinta a Vida Corpórea, à Vida Espiritual. Capítulo 3, questão 163.

71 Ibid. Questão 164.

'Influência muito grande, porque o Espírito já antecipadamente compreendia a sua situação. Mas a prática do bem e a consciência pura são o que maior influência exercem.' Por ocasião da morte, tudo, a princípio, é confuso. De algum tempo precisa a alma para se reconhecer.'"[72]

Naquele dia, Saul e sua equipe foram chamados para atender a um caso em um hospital renomado da região de Curitiba.

Ao chegarem lá, foram recepcionados por Max, um benfeitor espiritual que estava responsável por prestar auxílio num caso de acolhimento. Com enorme carinho e profundo respeito, ele disse:

— Saul, como me alegro em reencontrá-lo, assim como em reencontrar sua equipe amada. Estar novamente ao seu lado é um presente indescritível, afinal, aprendi tudo o que sei com você. Os dias em que pacientemente me acolheu na condição de um aprendiz foram fundamentais para mim. Com dedicação, você me ajudou a encontrar meu caminho. Guardo-lhe em meu coração e não posso deixar de admirá-lo.

— Ora, amigo! Eu que sou aprendiz, afinal, estamos todos unidos pela mesma causa: Jesus. E é Ele quem devemos exaltar e em que devemos nos espelhar sempre — após breve pausa, Saul disse: — Diga-me: qual é o prognóstico?

— Amigos, estamos diante de um caso, que, para mim, é incomum e não sei mais como conduzi-lo.

— Acredito que, quando estamos trabalhando para o bem, sempre há uma alternativa — interveio Saul.

---

72   Ibid. Questão 165.

203

— Nada é maior que a bondade de Deus, e sei que, juntos e com fé no Senhor, encontraremos a melhor solução.

— Sempre otimista com o próximo — salientou Max.

— Não esperaria algo diferente de você, Saul. O caso em questão está relacionado com Lidiane, uma mulher que está com seus 55 anos. Ela tem levado uma vida cheia de luxo e desfruta de uma condição de riqueza que a fez desenvolver uma vaidade excessiva com o corpo. Podemos concluir que ela é regida por uma severa obsessão por padrões de beleza. Devido a essa obsessão, já se consorciou duas vezes, sempre buscando privilégios financeiros que suprissem sua vaidade. O primeiro foi uma união passageira, e o segundo casamento foi com Téo, com quem está até os dias de hoje.

"Desta união nasceu Augusto, único filho. Hoje, ele está com trinta e poucos anos e está formado em Medicina. Oposto da mãe, o rapaz manteve-se focado nos estudos e, assim que se graduou, uniu-se a outros amigos para viajarem pelo mundo ajudando países necessitados ou em guerra. Essa experiência marcou a alma de Augusto, que, ao voltar ao Brasil, continuou exercendo, mesmo sob os protestos de Lidiane, uma medicina em favor dos menos favorecidos, o que, consequentemente, não lhe trouxe uma condição financeira expressiva. Ele, contudo, continuava exercendo a Medicina com dedicação e amor à profissão."

— O que me diz sobre Téo, o atual marido de Lidiane? — perguntou Saul.

— Ele é um homem rico e dedicado ao trabalho. Por meio de Augusto, conseguimos uma vitória, pois o rapaz apresentou a Téo os conceitos doutrinários do espiritismo, e isso está nos ajudando. Lidiane, contudo, não ficou muito feliz com a novidade e passou a apresentar uma forte instabilidade emocional. Téo, que, até então, compensava sua ausência subsidiando financeiramente os desejos, excessos e as vaidades da esposa, passou a dedicar uma parte de seu tempo aos menos favorecidos — respondeu Max.

— Mas o que aconteceu com ela? — perguntou Almério.

Max suspirou profundamente e continuou:

— Ela se submeteu a mais uma intervenção cirúrgica, resultado de um procedimento estético sem sucesso, entretanto, devido aos incontáveis procedimentos realizados ao longo de sua vida, o coração de Lidiane não suportou.

— A princípio, parece um caso comum... — interveio Almério.

— Amigo, não se engane acreditando que seja uma simples passagem, resultado de um procedimento médico ou de uma falência cardíaca. Em apenas um ano, Lidiane se submeteu a cinco cirurgias, que lentamente saturou seu coração. Agora, nós estamos tentando afrouxar os laços fluídicos, mas sem êxito. Há três dias, ela entrou na UTI, e o quadro dela apresentou uma expressiva piora. A partir desse momento, iniciamos o processo de tratamento do corpo espiritual de Lidiane, afrouxando os laços fluídicos.

— Pelo que está estabelecido, ela já deveria ter abandonado o corpo físico — afirmou Saul.

— Exatamente — afirmou Max. — Mas estamos diante de um complexo e expressivo processo de obsessão. Neste caso, notamos uma simbiose entre o encarnado e este grupo de desencarnados, que mal sabem que estão em nosso mundo. Lidiane mantém esse vínculo por anos. Vínculo que é fortalecido por um fluxo energético resistente e quase indestrutível. O mais surpreendente é que, quando vemos Lidiane pelos olhos da matéria, observamos o corpo de uma linda mulher, mas, quando tentamos atraí-la para nosso mundo e quando ela se afasta do corpo, o perispírito[73] dessa senhora está modificado e deformado — com respeito, ele apontou para o leito de Lidiane: — Quero que vejam o que ocorre.

Neste momento, Saul, com imensa bondade, aproximou-se de Lidiane. A cena era digna de comiseração. Mesmo monitorada e mantida por aparelhos, a mente da mulher estava completamente enfermiça e lutava para manter-se naquele corpo quase sem vida.

Ao redor de Lidiane, filhos de Deus, em estado temporário de desvario, vinculados às trevas e longe do Senhor, nem sequer percebiam a presença dos benfeitores espirituais. Devido à gravidade dos fatos, pouparemos os detalhes sórdidos. Eles nutriam-se com a vaidade de Lidiane e viviam em completa simbiose com a mulher.

Aqueles espíritos apresentavam quadros mentais voltados à beleza excessiva do corpo, entretanto, faziam parte do passado de Lidiane e eram prisioneiros de severa obsessão. Estavam presos às aparências de uma extinta corte francesa e assim permaneceram por anos. Alguns espíritos apresentavam características femininas e exibiam exuberante beleza e sensualidade. Não

---

73   Nota da Médium: "O perispírito, ou corpo fluídico dos espíritos, é um dos mais importantes produtos do fluido cósmico; é uma condensação desse fluido em torno de um foco de inteligência ou alma." KARDEC, Allan. **A Gênese**. Capítulo XIV, item 7.

obstante, um espírito chamado Thierry[74] exercia forte influência sobre Lidiane e os demais presentes.

O que chamava a atenção de Saul é que ele estava diante de um processo obsessivo complexo e mútuo, resultado de vínculos passados longínquos.

Com sabedoria, Saul solicitou que Almério direcionasse a Lidiane um passe e derramasse sobre a mulher uma luz alva. Quando sentiu aquele magnetismo fino e superior sobre seu corpo, Lidiane afastou-se dele, e, naquele momento, Saul conseguiu identificar o problema. No corpo, ela parecia uma mulher perfeita, mas o espírito e o perispírito de Lidiane estavam deformados e visivelmente alterados.

Após realizar uma análise profunda do caso, Saul solicitou a Almério que interrompesse a tarefa de magnetização, e Lidiane voltou imediatamente ao corpo na mesma posição de sua própria guardiã.

***

Tempo depois, Saul convocou os benfeitores e disse:

— Caros amigos, para restaurarmos o equilíbrio e iniciarmos o processo de libertação dessas mentes vinculadas pelo passado, marcado de afetos, desafetos, desejos e condutas sexuais de baixa frequência, devemos iniciar o processo de recolhimento desses espíritos que estão ligados a Lidiane.

— Já tentamos, mas sem sucesso — disse Max. — Thierry é irredutível e não abre mão das mulheres que

---

74 Nota do autor espiritual (Saul): Por questões óbvias e respeitosas, guardaremos a identidade deste personagem. Para efeito desta história, nós o identificaremos como Thierry.

também se encontram em estado de inferioridade e submissão a ele.

— Amigo, lembremos que toda obsessão espera um auxílio iminente — explicou Saul com respeito. — Entretanto, é necessário que as mentes envolvidas apresentem uma mudança de atitude que abarcam duas coisas: perdão e recomeço. Essas rajadas de ódio e cobranças, que marcam esses corações e essas mentes obscurecidas, estão unidas em um processo cíclico de perseguição para nutrir hábitos inferiores resultantes de vidas passadas. Dessa forma, não podemos perder mais tempo. Precisamos agir. Já solicitei a breve chegada de dona Amanda, uma veneranda que nos solicitou apoio para amparar o filho desgarrado, que ainda se encontra em temporária inferioridade... E estou me referindo a Thierry.

— Perdoe-me, não ouso contradizer um diagnóstico ou qualquer decisão sua, Saul, mas será que teremos êxito desta vez? — perguntou Max.

— Confie. Não podemos valorizar as dificuldades, mas a vitória em nome do Senhor Jesus.

Neste ínterim, o ambiente foi preenchido por uma luz indescritível. Um grupo de espíritos benfeitores e pertencentes a esferas superiores adentrou o recinto. Entre eles estavam Ferdinando e Bernard, acompanhados da veneranda Isabele-Nicole. Após os cumprimentos silenciosos, respeitosos e amorosos, a benfeitora Isabele-Nicole disse com a voz branda:

— Caros amigos! Tamanha alegria invade meu coração por estar ao lado de todos. Sou eternamente agradecida a Ferdinando e a você, Saul, que atenderam prontamente à minha súplica. Por muito tempo, meu coração materno tem chorado. Muitas foram as tentativas de acolhimento de meu filho Thierry, contudo, não tivemos êxito. Agora, chegou o momento de interromper esse círculo vicioso que ele tem nutrido há muito tempo. Tenho consciência de que estamos diante de uma grande batalha, mas com Jesus e com esta equipe venceremos.

Saul ouviu com compaixão as palavras daquela veneranda e, sem perda de tempo e com grande envergadura, organizou sua equipe, que já estava treinada e acostumada com cenários semelhantes. Equipe que, disciplinada e com o suor da obrigação, agia com amor e dedicação.

Unidos por um amor soberano ao próximo, eles emanavam uma luz azulada sobre aqueles filhos de Deus, e, aos poucos, aquelas mulheres infelizes, aquelas filhas de Deus, caíram entorpecidas sobre os joelhos. Vencidas pela força do amor e sem compreenderem o que estava acontecendo, sucumbiram diante daqueles emissários celestiais, que não julgavam a ninguém, mas apenas cumpriam a máxima de Jesus: "[...] Amarás ao Senhor teu Deus de todo teu coração, de toda tua alma, de todas as tuas forças e de todo teu entendimento, e ao teu próximo como a ti mesmo"[75].

Aos poucos, com respeito, os benfeitores recolheram aqueles corações e os retiraram daquele recinto para iniciar uma nova jornada de aprendizado, resgate e a difícil missão de buscarem em Jesus suas reformas interiores.

***

---

75 Nota do autor espiritual (Saul): Marcos, 12,29-30.

Neste ínterim, Thierry, em espírito, permaneceu naquele local com visível ódio impresso em seu semblante, percebendo que seu mundo mental começava a desabar lentamente.

Acompanhado de outros benfeitores espirituais, Almério irradiava uma corrente fluídica constante sobre o corpo de Lidiane, afrouxando os ligamentos entre o corpo e o espírito. Tempo depois, os aparelhos físicos anunciaram o óbito da mulher.

Em um trabalho complexo e constante, os benfeitores recolhiam os fluidos físicos. Almério aplicava sobre a recém-chegada os fluidos espirituais de seu mundo para promover uma ação curadora em seu perispírito, visando corrigi-lo, ação que era requerida naquele momento, e adequá-la à sua nova realidade.

Livre do corpo, Lidiane passou a ver os benfeitores e imediatamente identificou Thierry, que a envolveu por meio de fios energéticos, exercendo sobre ela um poderoso domínio. Sem deter a beleza física, mas apresentando um perispírito alterado pela força dos atos e pensamentos, ela correspondia-lhe com imensa afinidade.

Mesmo confusa, Lidiane irradiava um magnetismo de baixa frequência, exalando uma sensualidade ofensiva e tóxica. Tentando romper aquele cenário hostil, Max disse:

— Filha, que Jesus a envolva com seu amor. Estamos aqui para apoiá-la nesta nova trajetória. Você chegou ao nosso mundo, e a realidade atual não é mais aquela que experimentava no corpo físico. Para sua compreensão, você "morreu" e não pertence mais à Terra, tampouco o corpo que lhe foi alvo de dedicação por uma vida — tentando trazê-la para a nova realidade, chamou-lhe atenção para as deformidades que trazia em seu perispírito. — Veja seu "novo corpo". Você precisa de cuidados que não mais aqueles aos quais estava acostumada quando estava viva.

— Você está alucinado! Não há nada errado comigo. Continuo sendo uma mulher exuberantemente bela — respondeu Lidiane ensandecida.

— Infelizmente — interveio Max —, o que você vê não é a realidade atual...

Sentindo o peso sobre sua mente absorta por seus pensamentos conflituosos, Lidiane interrompeu:

— Ora, ora! Cheguei. E agora? Então, quer dizer que morri, mas continuo viva? Isso quer dizer que aqui há hospitais com especialidades em cirurgias plásticas? — olhando friamente para Saul, Lidiane disse: — Você deve ser o médico responsável por esses recém-formados. Preciso urgentemente terminar a intervenção plástica que começamos antes de eu chegar aqui. Apesar de não trazer nenhuma recomendação profissional sobre você, me resta apenas confiar em seu profissionalismo, afinal, diante desses iniciantes, me parece o mais experiente. Como já tenho uma programação de outras correções corpóreas, pretendo me recuperar rapidamente para que possamos agendar as demais.

Com sabedoria, Saul respondeu:

— Filha de Deus, você chegou aqui e nem sequer perguntou sobre seu marido Téo e seu filho Augusto — Saul apontou para o quarto, onde estava o corpo inerte de Lidiane, e apresentou o tocante cenário. Ele abriu-lhe a visão do hospital físico.

Ao lado de uma enfermeira, o médico responsável por aquele plantão na UTI determinava, naquele momento, o óbito de Lidiane e preenchia os prontuários. Por ser médico, Augusto obteve a permissão do amigo de profissão para acompanhar tudo.

Após terminar os protocolos burocráticos, o médico abraçou Augusto e retirou-se do quarto. Neste ínterim, Téo adentrou o recinto e, ao ver o filho, não hesitou em abraçá-lo com carinho:

— Espero que a mãe consiga ter um pouco de paz no coração e entender que a vida não se reserva apenas à matéria.

— Meu filho! — disse Téo emocionado —, no fundo de meu coração, eu sabia que a obsessão de sua mãe pela beleza e pelas intervenções cirúrgicas a fariam pagar algum tributo, afinal, eram escolhas difíceis. Saiba que amei sua mãe e, de tudo que possuo em minha vida, além das conquistas materiais, você é o que tenho de melhor.

— Pai, nunca entendi por que você fazia todos os desejos da mãe.

— Quando identifiquei essa obsessão em sua mãe, pedi que ela buscasse ajuda, mas tudo o que eu fazia era em vão. Você se converteu àquela religião, à doutrina espírita, e, apesar de conhecer seus preceitos, confiava que ela fosse tocada e conseguisse se libertar dessa enfermidade mental.

— Foi quando me formei e viajei para cuidar dos enfermos fora do Brasil... — interveio Augusto.

— Sim, meu filho, eu acompanhava cada passo seu, então, percebi que havia algo além da matéria. De forma anônima, decidi apoiar as instituições das quais você participava e que promoviam um grande movimento de caridade ao próximo. Nesse período, sua mãe descobriu e me intimou a passar as verbas das instituições para ela. Nessa fase, já eram visíveis os distúrbios mentais de Lidiane, no entanto, não sucumbi aos desejos dela e continuei com as doações, pois, sem saber explicar ao certo por que, sentia que aquele ato me fazia um bem indescritível. Ouso dizer que o maior necessitado era eu mesmo. Ali percebi a força de Deus, então, eu e sua mãe começamos a nos distanciar... Não me sentia mais marido de Lidiane, mas, sim, um pai que presencia a derrota de um filho que não conseguiu modificá-lo.

— Quando somos jovens, questionamos as atitudes de nossos pais. Hoje, mais maduro, entendo seus atos e também compreendo os motivos pelos quais me solicitava a leitura dos livros da doutrina espírita.

— Não frequento nenhuma instituição, mas encontrei nas leituras respostas precisas para o que eu vivia — disse Téo entre soluços.

Emocionado, Augusto, após secar as abundantes lágrimas, disse:

— Sempre o amei, meu pai, e quero que saiba que, mesmo querendo que nossas histórias fossem diferentes, o respeitei. Quando me dediquei à minha carreira profissional e à minha religião, encontrei todas as respostas de que precisava para entender nossa família.

Neste momento, as lágrimas dos dois homens marcavam suas faces. A veneranda dona Amanda aproximou-se de Augusto, que não percebeu a presença da mulher. Com carinho, ela intuía os pensamentos do rapaz. De repente, ele, emocionado, iniciou uma prece:

— Senhor, reconhecendo nossa pequenez diante de Sua grandiosidade, nós Lhe suplicamos: que nosso amor, Lidiane, que adentra sua nova morada, não tenha os excessos que lhe amoedaram a existência corpórea;

que, por meio de Sua bondade, entenda sua nova condição e não fuja das obrigações que sabemos que a vida após a morte nos impõe; que o coração dela seja abrandado por Sua misericórdia e não mantenha a rebeldia diante do Senhor; que ela consiga se libertar das paixões desenfreadas pela matéria, que a fizeram escrava de si mesmo; que ela não haja com indiferença quando o amor celestial lhe abraçar o coração; que aceite com gratidão o processo renovador do espírito e recorde sempre que o Nosso Senhor Jesus enche nossas vidas com esperança e recomeço; que pertencemos a uma família maior e que ninguém deixa a vida física, senão com o objetivo do crescimento espiritual dos filhos de Deus.

"Então, Senhor, que a morte física de minha mãe seja agora o início de sua transformação, sempre para melhor e para Deus..."

Logo após, Lidiane interveio friamente:

— Tolices! Quantas tolices e palavras sem valor! Téo, esse ignorante, resolveu abraçar uma postura angelical e, em vez de passar as doações financeiras para mim, resolveu doar aos pobres! — com ironia acompanhada de uma sonora gargalhada, ela prosseguiu: — Talvez, ele acredite que é um santo! Meu filho Augusto é um tolo. Quando escolheu cursar Medicina para trabalhar para os necessitados, fui contra. O que esse trabalho lhe traria de retorno financeiro? Com o tempo, aceitei e o forcei a se especializar em cirurgia plástica. Infelizmente, ele se negou e, para piorar, Augusto se transformou em um beato dessa tal doutrina espírita, em que só existem alucinados que acreditam em espíritos. Ensandecidos, simplesmente ensandecidos.

214

Percebendo que Lidiane permanecia irredutível, Saul, com o apoio de sua equipe e com amor, irradiava uma luz azulada sobre aquela filha de Deus. Tempo depois, ela entrou em profundo torpor.

Era visível o sofrimento de Lidiane, que, presa aos próprios pensamentos, mantinha um sono perturbado. Orientado por Saul, Almério preparava-a para retirá-la do recinto, quando Thierry vociferou:

— Malditos! O que estão fazendo comigo? Primeiro, retiraram meus divertimentos e agora querem tirar Lidiane de mim. Logo ela, que eu sempre dominei. Malditos...

Sem perda de tempo, Lidiane foi retirada daquele local por três benfeitores espirituais, que a direcionaram à ala psiquiátrica do hospital da Cidade de Jade, onde ela encontraria, dentro do tempo de Deus, amparo e recuperação à sua mente enfermiça.

***

Enquanto isso, Thierry, mesmo enfraquecido, não abria mão de sua posição de nobreza. Sem perceber a presença da veneranda Isabele-Nicole, ele, utilizando sua notável inteligência, mas revoltado com Saul, continuava vociferando:

— Desventurado! Quem você acha que é para tirá-las de mim? Você não me reconhece? Não sabe quem eu sou? Sou Thierry, um nobre influente da corte francesa do absolutista Luís XIV[76] — com a mente confusa,

---

76 Nota da Médium: "Luís XIV (Saint-Germain-en-Laye, 5 de setembro de 1638 – Versalhes, 1 de setembro de 1715), apelidado de 'o Grande' e 'Rei Sol', foi o Rei da França e Navarra de 1643 até à sua morte. Seu reinado de 72 anos é o mais longo de toda história do planeta; Nenhum outro monarca ocupou um trono por tanto tempo. Foi um dos líderes da crescente centralização de poder na era do absolutismo europeu". Disponível em: https://

Thierry sentia que suas forças se esvaíam e, mesmo com dificuldade, ele continuou: — Lidiane é minha predileta e um dos motivos da vingança que carrego em meu coração. Ela foi Luísa de La Vallière[77], uma das amantes mais importantes do Rei Sol. Desde então, estamos juntos.

— Caro, estamos aqui para ajudá-lo — disse Saul.

— Compreendo seu tamanho sofrimento e respeito seu profundo estado temporário de ignorância, mas agora Jesus intercedeu a seu favor.

— Cale-se, cale-se... Jesus intercedeu a meu favor? Ele nunca o fez! Por que o faria agora?

Com firmeza, mas com o coração amoroso, Ferdinando interveio:

— Caro amigo, devido à sua condição atual, você não consegue se lembrar dos fatos que rodeiam suas existências. Você foi o terceiro filho de uma nobre senhora chamada Isabele-Nicole, uma mulher forte que educou os filhos sob rígida disciplina educacional e valores religiosos — após um suspiro, Ferdinando continuou:

— Você foi um influente nobre na corte de Luís XIV na França e um renomado pensador que conhecia, entre outros, os conceitos sociais da época. Mesmo vivendo os diversos cenários daquele tempo no opulento palácio de Versalhes, localizado, na ocasião de sua construção, em uma aldeia rural, não demorou a manifestar seus pensamentos filosóficos de igualdade.

Com bondade, Bernard tomou a palavra:

---

pt.wikipedia.org/wiki/Lu%C3%ADs_XIV_de_Fran%C3%A7a. Acesso em: 11 out. 2019.

77   Nota da Médium: "Luísa Francisca de La Baume Le Blanc (Tours, 6 de agosto de 1644 – Paris, 7 de junho de 1710), foi uma famosa amante de Luís XIV de França". Disponível em: https://pt.wikipedia.org/wiki/Lu%C3%ADsa_de_La_Valli%C3%A8re. Acesso em: 11 out. 2019.

— Você era um brilhante pensador! Acredito que é chegada a hora de unir a inteligência aos valores morais e, sobretudo, tendo os princípios do Evangelho do Senhor no coração. Assim, tenho certeza de que brilhará mais do que nos dias pretéritos. Em terras francesas, não demorou para que seus surpreendentes escritos fossem espalhados em todo território, que, bem mais adiante, serviram, entre outros escritos, para que o movimento Iluminista surgisse na Europa durante o século XVIII. Ali nascia os novos princípios de *Liberté, Égalité, Fraternité*[78], base da Revolução Francesa.

— Cale-se, maldito! Eu ordeno! Cale-se! — gritava Thierry.

— Devido à sua presença constante no palácio do rei — interveio Saul —, Luísa de La Vallière, que, naquela oportunidade, estava enfadada da vida, infelizmente se apaixonou por você, e, então, iniciaram um romance sigiloso.

— Essa foi a razão de minha queda! — disse Thierry com arrogância. — Essa mulher, que foi Lidiane na última encarnação, foi fundamental para que eu me transformasse neste grande homem que sou.

Após uma breve pausa, Ferdinando disse:

— Naquela inesquecível primavera ainda na França do Rei Sol, você conheceu uma jovem camponesa chamada Emmanuelle-Dominique, filha de um simples lavrador. Naquela ocasião, quando vocês se encontraram pela primeira vez, ela estava ajudando o pai a vender uma espécie de batata. No momento em que seus olhos mergulharam no coração dela, parecia que você tinha encontrado, naquele instante, um sólido amor do passado.

---

78 Liberdade, Igualdade e Fraternidade.

"Em pouco tempo — continuou Ferdinando —, esse amor os aproximou, e os dois começaram a viver uma história sublime. Pacientemente, você a ensinou a ler e escrever, mas, para a segurança de Emmanuelle--Dominique, vocês mantiveram o romance em segredo. Pouco depois, para sua alegria, a moça ficou grávida e, tentando preservá-la, você escondeu o romance. Para isso, a afastou do vilarejo para que ninguém descobrisse. Os dias se seguiram, e nasceu uma bela menininha, a qual você chamou de Mabelle."

Após uma breve pausa, Bernard continuou:

— Neste ínterim, você decidiu romper com Luísa de La Vallière. Cheia de ódio e ciúme, ela, por meio de influências na alta nobreza, encomendou a morte de Emmanuelle-Dominique e da pequenina Mabelle, pois ela acreditava que, se as duas morressem, você voltaria aos braços dela.

— Cale-se! Eu ordeno que se cale! Não suporto viver duas vezes esse sofrimento e essas perdas — gritava Thierry entre lágrimas.

— Amigo — disse Ferdinando cheio de compaixão —, compreendo sua dor ao se deparar com a verdade, mas é necessário que prossigamos. Quando soube da morte de Emmanuelle-Dominique e de sua filhinha, você, revoltado, não quis manter o sigiloso romance com a amante do Rei. Foi ali que se iniciou a trajetória triste de perseguição e obsessão. Luísa de La Vallière, cheia de ódio e sem aceitar sua repulsa, o denunciou a Giulio Raimondo Mazzarino, Jules Mazarin, o primeiro-ministro da França naquela ocasião. Devido aos seus escritos terem sido classificados como uma ofensa ao absolutismo do Rei Sol, você foi sentenciado à guilhotina.

— Percebo que sabem muito sobre minha história — tentando recompor-se, mas com visível ódio no coração, Thierry salientou: — Desde então, fiz Luísa de La Vallière, conhecida hoje por Lidiane, pagar por tudo o que fez a mim, à minha Emmanuelle-Dominique e à doce Mabelle.

— O tempo seguiu impiedosamente — disse Saul —, e, já livre do corpo físico e vivendo em nosso mundo, o mundo dos espíritos, você, perdido e com o coração revoltado, não demorou a se unir àqueles espíritos inferiores que, durante o século XIX, lotavam os salões parisienses, enchendo de prazeres as tardes de uma sociedade visivelmente enfermiça e completamente alheia aos valores morais.

— Para mim — interrompeu Thierry —, foi muito proveitoso efetuar fenômenos para aquelas mentes inferiores, girando mesas, chapéus, e vendo alguns responderem questões cotidianas que aqueles miseráveis acreditavam ser milagres. Divertia-me quando perguntas vulgares eram lançadas e as respostas, sem fundamentos, eram transmitidas pelos efeitos físicos proporcionados por nós.

"Aqueles franceses ignorantes acreditavam que as mesas falavam e tinham vida própria — após uma breve pausa para uma sonora gargalhada, Thierry prosseguiu: — Na verdade, éramos nós que fazíamos, sob meu comando e de outros mais, esses espíritos se manifestarem. Fazíamos o magnetismo ser confundido com magia vulgar. Era hilário ver homens e mulheres se curvarem diante de um simples fenômeno.

"Naquela ocasião — continuou Thierry —, pude perceber que de nada servia tudo o que desenvolvi no campo da filosofia. Foi uma perda de tempo que valeu minha vida e de meus amores. Tudo em que acreditei como um homem das ideias e das letras foi um desperdício para a humanidade decadente, que não valorizava o conhecimento, *choisir de vivre dans le vide de leur propre ignorance*[79]."

— Pois bem — disse Saul —, este cenário não existe mais, agora você está sendo direcionado para encontrar o caminho da libertação. Hippolyte-Léon Denizard Rivail, conhecido como Allan Kardec, desvendou estes fenômenos e codificou a 'Doutrina Espírita'. 'Doutrina' esta que libertou as mentes da ignorância por meio do estudo, da ciência, da filosofia e do trabalho no bem, entre outros atributos.

— Ora, não subestime minha inteligência — vociferou Thierry —. Sei quem é este mísero que retirou meu divertimento e de muitos outros. Ouso dizer que me retirou a oportunidade de minha vingança. Depois da corte de Luís XIV — o Rei Sol, as mesas girantes eram o entretenimento mais prazeroso que experimentei. Lidar com a ignorância daquela sociedade decadente era um bálsamo para mim. Entretanto, Allan Kardec acabou com tudo. Confesso que, naquela oportunidade, de onde eu estava, no mundo dos 'mortos', o observava e sua inteligência era, para mim, uma matéria para estudo, pois conseguiu nos compilar por meio de muito conhecimento e muita disciplina.

— Filho de Deus — disse Saul —. O tempo passou, e agora é momento de abandonar estes pensamentos e os sentimentos de vingança e perseguição.

---

79 Optam por viver no vazio da própria ignorância.

— Não me diga o que fazer — interveio Thierry. — Utilizei minha inteligência como deveria. Entretanto, naquela oportunidade, Allan Kardec sentiu o peso de meu tributo. Foi quando o persegui sem piedade. Organizei aquelas mentes que queriam sua derrota, então nos unimos para que ele parasse com seus estudos científicos. Organizamos um grupo de obsessores para que os médiuns sucumbissem às paixões terrenas, enfermidades, entre outros desvios morais. Também era prazeroso assistir o tal codificador Allan Kardec suplicar proteção aos céus, em meio a tantas tempestades que provocávamos.

— Tudo que você fez para interromper o progresso da 'Doutrina Espírita' foi em vão — afirmou Saul.

Com ódio, Thierry lançou-se de punho cerrado em direção a Saul tentando golpeá-lo. Saul recebia aqueles insultos com compreensão e com firmeza intensificava os fluidos magnéticos sobre Thierry, fazendo-o cair sobre os joelhos.

— Percebo que você é forte, mas não vai me deter — disse Thierry a Saul buscando forças para continuar. — Houve um dia que, sem compreender, fui atraído por meio de um forte magnetismo à casa de um homem chamado Fortier (o magnetizador), onde estavam reunidos os médiuns, Allan Kardec e sua esposa Amélie-Gabrielle Boudet, a qual, naquela ocasião, tive o primeiro contato. O então erudito Allan Kardec tentou me disciplinar e, segundo ele, me libertar para uma nova realidade chamada *'tempo da razão'*. Disse que precisaria de mim, de meus conhecimentos e de minha inteligência, pois Jesus Cristo havia convocado muitos e também havia me escolhido. Tolices, apenas tolices.

— Pode nos falar mais sobre o que seria o 'tempo da razão'? — perguntou Max.

— De acordo com o Allan Kardec, seria o tempo onde os homens, entre outras coisas, mas com o apoio da doutrina espírita, ampliariam o conhecimento e seus estudos proveria: uma investigação científica, encontrariam a libertação de suas mentes, o entendimento e explicações aos fatos sobre a criação e a evolução, explicando ainda os fenômenos produzidos por nós espíritos desencarnados, na maestria do nosso conhecimento sobre os fluidos; no âmbito filosófico, o qual eu era conhecedor, ele precisaria de meus préstimos, mas que eu precisava me libertar das correntes inferiores que me prendiam ao passado, pois era chegado o tempo das análises das questões de natureza humana e moral, que atravessaram os séculos, serem conhecidas; e quanto as questões religiosas os tempos seriam de praticar as máximas de Jesus Cristo, ou seja, a prática da bondade e amor ao próximo.

— O que lhe foi dito não lhe parece racional? — interveio Ferdinando. — Jesus compreende a temporária inferioridade dos filhos de Deus e oferece nova oportunidade de recomeçar. Você pode abandonar o passado e aproveitar para servir ao Senhor não como um espírito inferior, mas com conhecimento e amor ao próximo, sobre a difusão da doutrina espírita.

— Não me venham com este discurso novamente — disse Thierry com ódio. — Muitos já tentaram me converter. Até o próprio Allan Kardec, em vida corpórea e depois da morte, tentou, mas não teve êxito. Além do mais, sou contra tudo o que ele fez. Meu caro, *la connaissance est le remède contre l'ignorance et il a donné ce remède à tous ceux qui croient en la "doctrine spirite"*[80].

— Por Deus, se estivesse em trabalho em nome de Jesus, tanto poderia fazer para a evolução da humanidade — interrompeu Max, maravilhado com o raciocínio de Thierry.

— Durante o tempo em que me dediquei à iluminar as mentes, acreditava-me como um luminar sobre a Terra — disse Thierry abatido. — De que me valeu tanta inteligência para ser sentenciado daquela maneira? Quando Allan Kardec morreu, não tardei a influenciar negativamente sua esposa Amélie-Gabrielle Boudet, pois, no período de 1869 a 1883, ela assumiu a gestão do espiritismo. Tenho de reconhecer que essa mulher agiu bravamente e não se cansou de lutar em favor do grande legado deixado pelo marido. Naquela ocasião, devido a um princípio de incêndio — obviamente motivado por mim e por outros espíritos —, Madame Amélie-Gabrielle perdeu parte dos escritos deixados por Kardec, entretanto, fomos vencidos, pois ela corajosamente consolidou os escritos restantes em mais um livro a ser distribuído. Era a tal *Obras Póstumas*.

Mesmo abatido e exausto, Thierry tentou alterar o rumo da conversação e despedir-se para se livrar daqueles benfeitores espirituais:

— Caros, agora que conversamos neste encontro temporário, preciso partir, pois muito tenho que fazer. Tenho de continuar a influenciar médiuns, que são tão suscetíveis ao nosso magnetismo. Além disso, carregam pouco conhecimento sobre os fluidos espirituais,

---

80 O conhecimento é a cura para a ignorância e ele deu este remédio a todos que acreditam na doutrina espírita.

e a fé que professam é tão vulnerável como um sopro de vento.

Neste momento, benevolentes emissários do Senhor apresentaram-se, irradiando uma luz alva e celestial, quando a veneranda Isabele-Nicole, entre um resplandecente clarão, disse:

— Filho, meu filho amado, há quanto tempo aguardo este momento? Aqui, muitos corações se reúnem em torno de você para que possa iniciar uma nova jornada. Ouvi cada palavra que você disse e mesmo assim não ousaria abandoná-lo. Repouse sua mente cansada em meu coração e abrace a oportunidade de recomeço...

Ao ver a mãe, Thierry novamente caiu de joelhos, apresentando visível emoção.

— Minha mãe, aquela que me concebeu em tempos que não voltam mais... agora sou filho de minhas escolhas, pois, quando fui decapitado, creia que minha mente e meu coração ficaram na Terra. Agora, sou um alguém sem destino ou futuro.

Neste exato momento, Ferdinando e Bernard seguraram as mãos alvas de Emmanuelle-Dominique e aproximaram-na de Thierry, que, ao vê-la, não conteve as lágrimas convulsionadas e emocionadas.

— Como podem fazer isso comigo? — perguntou Thierry em convulsionadas lágrimas.

Carinhosamente, Emmanuelle-Dominique abraçou-o amorosamente e disse:

— Meu amado, o tempo avançou sem piedade, mas ainda me recordo dos dias que vivemos. Já vivemos outras vidas juntos. Creia que, no dia em que fui sentenciada à morte sem um motivo aparente, Saul me acolheu com intensa compaixão quando aqui cheguei. Por esse tempo, tentamos encontrar um caminho para tocar seu coração. Allan Kardec, aquele que você tanto perseguiu, também foi para nós importante figura para nossa evolução no passado.

— Aquela maldita Luísa de La Vallière, a Lidiane, arrancou-a de meus braços e arrancou nossa pequenina Mabelle de mim — disse Thierry em lágrimas.

— Nossa Mabelle nasceu tempos depois, quando o senhor Allan Kardec codificava a doutrina espírita. Ela foi, entre outros, uma importante médium que o apoiou nas transcrições dos espíritos por meio da psicografia e psicofonia, para que o senhor Kardec pudesse compor seus estudos científicos, filosóficos e religiosos. Naquela reunião que você descreveu com tantos detalhes na casa de Fortier, Mabelle era a médium a qual serviu de veículo para que você se manifestasse diante do senhor Kardec e dos demais presentes.

"Aguardávamos que você encontrasse a libertação e voltasse para o caminho que nos foi designado — continuou Emmanuelle-Dominique expandindo-se em amor.

— Você nasceria após a morte do senhor Allan Kardec para que a doutrina espírita fosse difundida com seu apoio e conhecimento filosófico. Ficaria em suas mãos a tarefa de distribuir os livros, as sementes que seriam lançadas nos corações dos filhos de Deus no tríplice aspecto do espiritismo: ciência, filosofia e religião. Entretanto, a dor do passado foi maior. Entre as sombras, sua visão ficou turva, mas confiávamos no Senhor que chegaria o momento de sua libertação e de um novo começo.

— Vocês falam de recomeço — disse Thierry —, mas trago o espírito marcado por minhas escolhas.

Sinto-me vencido diante de tamanha demonstração de amor. Como seguir, se sou devedor? Como seguir, se ainda carrego as marcas em meu coração? Qual será a missão de um homem que teve inteligência, mas não conseguiu levar o Senhor no coração?

Com a autorização dos benfeitores presentes, Emmanuelle-Dominique, buscando inspiração superior, recitou, após um profundo suspiro, o seguinte item de *O Evangelho Segundo o Espiritismo*:

"Não vos ensoberbais do que sabeis, porquanto esse saber tem limites muito estreitos no mundo em que habitais. Suponhamos sejais sumidades em inteligência neste planeta: nenhum direito tendes de envaidecer-vos. Se Deus, em seus desígnios, vos fez nascer num meio onde pudestes desenvolver a vossa inteligência, é que quer a utilizeis para o bem de todos; é uma missão que vos dá, pondo-vos nas mãos o instrumento com que podeis desenvolver, por vossa vez, as inteligências retardatárias e conduzi-las a ele. A natureza do instrumento não está a indicar a que utilização deve prestar-se? A enxada que o jardineiro entrega a seu ajudante não mostra a este último que lhe cumpre cavar a terra? Que diríeis, se esse ajudante, em vez de trabalhar, erguesse a enxada para ferir o seu patrão? Diríeis que é horrível e que ele merece expulso. Pois bem: não se dá o mesmo com aquele que se serve da sua inteligência para destruir a ideia de Deus e da Providência entre seus irmãos? Não levanta ele contra o seu senhor a enxada que lhe foi confiada para arrotear o terreno? Tem ele direito ao salário prometido? Não merece, ao contrário, ser expulso do jardim? Sê-lo--á, não duvideis, e atravessará existências miseráveis e

cheias de humilhações, até que se curve diante dAquele a quem tudo deve.

"A inteligência é rica de méritos para o futuro, mas, sob a condição de ser bem empregada. Se todos os homens que a possuem dela se servissem de conformidade com a vontade de Deus, fácil seria, para os Espíritos, a tarefa de fazer que a Humanidade avance. Infelizmente, muitos a tornam instrumento de orgulho e de perdição contra si mesmos. O homem abusa da inteligência como de todas as suas outras faculdades e, no entanto, não lhe faltam ensinamentos que o advirtam de que uma poderosa mão pode retirar o que lhe concedeu."[81]

O ambiente estava envolvido por uma luz superior, enquanto Thierry recebia os cuidados necessários para ser transferido para a Cidade de Jade. Terminara a trajetória de sofrimento de Thierry por ter se afastado de Deus. Ele iniciava ali um novo caminho rumo à sua redenção. Para isso, os benfeitores presentes o auxiliariam em sua nova jornada, sem julgamentos quanto ao passado, somente vislumbrando um novo amanhã abençoado por Jesus Cristo.

Enquanto todos os presentes estavam envolvidos pela forte emoção e alegria pelo êxito do trabalho ter sido concluído, em nome de Jesus, com imensa bondade e maestria, Ferdinando expandiu-se em luz, elevou o pensamento ao Senhor e encerrou essa história em oração:

— *Senhor, estenda, por mais uma vez, suas mãos iluminadas para que possamos sentir o alívio de sua bênção; mostre-nos a maneira de aproveitarmos nossas*

---

81 Nota do autor espiritual (Saul): KARDEC, Allan. **O Evangelho Segundo o Espiritismo**. Capítulo 7, item 13.

existências, corrigindo os erros e aprendendo paciente-mente a construir um reino de amor e paz.

"Chegue até nós, mas nos ajude a não impedir Sua chegada com inseguranças, insatisfações ou lamenta-ções que possam destruir o reencontro cristão com a luz de Deus, que sustenta nossas vidas.

"Integre-nos às equipes divinas, sem que adotemos hábitos externos que alimentem o convencionalismo ter-reno ou os benefícios próprios em templos materiais.

"Firme-nos na fé, sem carregarmos parcialidades, valorizando e ampliando os conceitos divinos em nossas mentes e em nossos corações;

"Alargue-nos os reservatórios de amor puro dos nos-sos corações para percebermos a feliz oportunidade de auxiliar ao próximo sem nos acomodar em situações que nos favoreçam.

"Conhecedor de todas as nossas deficiências e fa-lhas, Senhor, nós Lhe suplicamos amparo e força para vencermos a difícil tarefa da renovação.

'Conceituados na verdadeira reforma íntima, confir-maremos seguramente em oração: Senhor, hoje somos melhores que ontem, porque permanecemos Consigo.'"[82]

Reflexão

"Amai, pois, a vossa alma, porém, cuidai igualmente do vosso corpo, instrumento daquela. Desatender as ne-cessidades que a própria Natureza indica, é desatender a lei de Deus. Não castigueis o corpo pelas faltas que o vosso livre-arbítrio o induziu a cometer e pelas quais é

---

82 Nota da Médium: esta oração (*Melhores que Ontem*) foi publicada no livro *A Verdade está em Você*, ditado pelo espírito Ferdinando e psicografado por Gilvanize Balbino.

ele tão responsável quanto o cavalo mal dirigido, pelos acidentes que causa. Sereis, porventura, mais perfeitos se, martirizando o corpo, não vos tornardes menos egoístas, nem menos orgulhosos e mais caritativos para com o vosso próximo? Não, a perfeição não está nisso: está toda nas reformas por que fizerdes passar o vosso Espírito. Dobrai-o, submetei-o, humilhai-o, mortificai-o: esse o meio de o tornardes dócil à vontade de Deus e o único de alcançardes a perfeição.

Jorge, Espírito Protetor. (Paris, 1863.)"[83]

---

83 KARDEC, Allan. **O Evangelho Segundo o Espiritismo**. Capítulo 17, item 11.

"Fizeste-me a conhecer os caminhos da vida:
encher-me-ás de alegria na tua presença."

Atos dos Apóstolos 2,28

CAPÍTULO 15

Reflexão sobre a perda de entes queridos

"A perda dos entes que nos são caros não constitui para nós legítima causa de dor, tanto mais legítima quanto é irreparável e independente da nossa vontade?

'Essa causa de dor atinge assim o rico, como o pobre: representa uma prova, ou expiação, e comum é a lei. Tendes, porém, uma consolação em poderdes comunicar-vos com os vossos amigos pelos meios que vos estão ao alcance, enquanto não dispondes de outros mais diretos e mais acessíveis aos vossos sentidos.'"[84]

Caro leitor, o tema desencarnação merece estudo, reflexão, vigilância e prece, portanto, para finalizarmos este trabalho em oração, deixo para você a primeira linha para que possa completar as demais com seus sentimentos mais profundos de resignação, esperança, coragem e fé:

---

84 KARDEC, Allan. **O Livro dos Espíritos**. Parte 4 – Das esperanças e con-solações. Capítulo 1, questão 934.

Senhor...

_____

_____

_____

_____

_____

_____

_____

_____

_____

Assim seja!

232

GALERIA DOS PERSONAGENS

Capítulo 1 – Difícil libertação do apego

Nome do personagem	Descrição
Saul	Benfeitor espiritual da Cidade de Jade.
Almério	Membro da equipe de benfeitores espirituais da Cidade de Jade, que é liderada por Saul.
Felipe	Membro da equipe de benfeitores espirituais da Cidade de Jade, que é liderada por Saul.
Dulce	Mãe de Antônio e nobre trabalhadora de outra morada espiritual.
Lino	Trabalhador espiritual. Atuava como residente na ala hospitalar para apoiar os benfeitores que por ali passavam para recolher os assistidos.
Antônio	Personagem-foco do recolhimento no mundo espiritual. Executivo muito abastado que estava em um leito na UTI.
Lana	Esposa de Antônio.
Renata	Filha mais nova de Antônio e Lana.

Capítulo 2 – A chegada de um espírita

Nome do personagem	Descrição
Ferdinando	Benfeitor espiritual da Cidade de Jade.
Saul	Benfeitor espiritual da Cidade de Jade.
Felipe	Membro da equipe de benfeitores espirituais da Cidade de Jade, que é liderada por Saul.
Francisco	Membro da equipe de benfeitores espirituais da Cidade de Jade, que é liderada por Saul.
Paulo	Membro da equipe de benfeitores espirituais da Cidade de Jade, que é liderada por Saul.
Virgínio	Benfeitor e dirigente espiritual da instituição presidida por João.
João	Personagem-foco do recolhimento no mundo espiritual. Dedicou muitos anos de sua encarnação à doutrina espírita. Foi presidente de uma instituição e importante divulgador do espiritismo.
José	Pai de João. Já desencarnado.

Capítulo 3 – Do estado de coma para um recomeço na vida terrena

Nome do personagem	Descrição
Ferdinando	Benfeitor espiritual da Cidade de Jade.
Saul	Benfeitor espiritual da Cidade de Jade.
Almério	Membro da equipe de benfeitores espirituais da Cidade de Jade, que é liderada por Saul.
Felipe	Membro da equipe de benfeitores espirituais da Cidade de Jade, que é liderada por Saul.

Francisco	Membro da equipe de benfeitores espirituais da Cidade de Jade, que é liderada por Saul.
Dona Lúcia	Benfeitora espiritual e mãe de Abel.
Abel	Personagem-foco do recolhimento no mundo espiritual. Dedicou muitos anos de sua encarnação ao trabalho com gado em Belo Horizonte.
Virgínia	Esposa de Abel.
Antenor	Filho de Abel e Virgínia (primogênito).
Olívio	Filho de Abel e Virgínia (filho do meio).
Lucas	Filho de Abel e Virgínia (caçula).

Capítulo 4 – O acidente de moto: momento de resgate do passado

Nome do personagem	Descrição
Ferdinando	Benfeitor espiritual da Cidade de Jade.
Saul	Benfeitor espiritual da Cidade de Jade.
Almério	Membro da equipe de benfeitores espirituais da Cidade de Jade, que é liderada por Saul.
Felipe	Membro da equipe de benfeitores espirituais da Cidade de Jade, que é liderada por Saul.
Arlindo	Benfeitor espiritual.
Márcio	Personagem-foco do recolhimento no mundo espiritual. Motoqueiro acidentado.
Cássia	Namorada de Márcio.
Augustine	Esposa de Márcio na encarnação anterior. Teve dois filhos com ele.
Justine	Amante de Márcio na encarnação anterior.
Magna	Mãe de Márcio.

Capítulo 5 – Mediunidade, conduta e ética

Nome do personagem	Descrição
Saul	Benfeitor espiritual da Cidade de Jade.
Felipe	Membro da equipe de benfeitores espirituais da Cidade de Jade, que é liderada por Saul.
Francisco	Membro da equipe de benfeitores espirituais da Cidade de Jade, que é liderada por Saul.
Rúbia	Benfeitora espiritual.
Marcos	Personagem-foco do recolhimento no mundo espiritual. Médium.

Capítulo 6 – A chegada do executivo

Nome do personagem	Descrição
Saul	Benfeitor espiritual da Cidade de Jade.
Almério	Membro da equipe de benfeitores espirituais da Cidade de Jade, que é liderada por Saul.
Josué	Membro da equipe de benfeitores espirituais da Cidade de Jade, que é liderada por Saul.
Sibério	Benfeitor espiritual.
Mário	Personagem-foco do recolhimento no mundo espiritual. Executivo conhecido e bem-sucedido.

Capítulo 7 – Passado dogmático, reajuste no presente

Nome do personagem	Descrição
Ferdinando	Benfeitor espiritual da Cidade de Jade.

Saul	Benfeitor espiritual da Cidade de Jade.
Almério	Membro da equipe de benfeitores espirituais da Cidade de Jade, que é liderada por Saul.
Josué	Membro da equipe de benfeitores espirituais da Cidade de Jade, que é liderada por Saul.
Amílcar	Benfeitor espiritual.
Eva	Personagem-foco do recolhimento no mundo espiritual. Mãe de Agnes e Ludmila, esposa de João.
João	Esposo de Eva e pai de Agnes e Ludmila.
Agnes	Filha mais velha de Eva e João.
Ludmila	Filha mais nova de Eva e João.
Diogo	Pai de Eva. Já desencarnado.
Caroline	Amante de João.
Duília	Encarnação de Caroline no norte de Portugal.

Capítulo 8 – Até breve, meu filho...

Nome do personagem	Descrição
Ferdinando	Benfeitor espiritual da Cidade de Jade.
Saul	Benfeitor espiritual da Cidade de Jade.
Josué	Membro da equipe de benfeitores espirituais da Cidade de Jade, que é liderada por Saul.
Lázaro	Benfeitor espiritual.
Benício	Personagem-foco do recolhimento no mundo espiritual. Filho de Amanda e Vitório.
Dona Luísa	Mãe de Vitório, avó de Benício e adepta da doutrina espírita.

Capítulo 9 – Mãezinha, por que você partiu?

Nome do personagem	Descrição
Saul	Benfeitor espiritual da Cidade de Jade.
Almério	Membro da equipe de benfeitores espirituais da Cidade de Jade, que é liderada por Saul.
Cassiano	Benfeitor espiritual.
Alita	Personagem-foco do recolhimento no mundo espiritual. Esposa de Samuel (desencarnado) e mãe de Miguel e Deisiane.
Samuel	Esposo (desencarnado) de Alita e pai de Miguel e Deisiane.
Deisiane	Filha de Alita e Samuel (desencarnado).
Miguel	Filho de Alita e Samuel (desencarnado).

Capítulo 10 – Frágil escolha, grande tributo

Nome do personagem	Descrição
Ferdinando	Benfeitor espiritual da Cidade de Jade.
Saul	Benfeitor espiritual da Cidade de Jade.
Almério	Membro da equipe de benfeitores espirituais da Cidade de Jade, que é liderada por Saul.
Osório	Benfeitor espiritual.
Norma	Personagem-foco do recolhimento no mundo espiritual. Filha de Vilma e Andrade.
Vilma	Mãe de Norma.
Andrade	Pai de Norma.
José	Avô paterno de Norma (desencarnado).
Gutierrez	Obsessor de Norma.

Capítulo 11 – Um simples despertar

Nome do personagem	Descrição
Ferdinando	Benfeitor espiritual da Cidade de Jade.
Saul	Benfeitor espiritual da Cidade de Jade.
Almério	Membro da equipe de benfeitores espirituais da Cidade de Jade, que é liderada por Saul.
Tomáz	Benfeitor espiritual.
Branca	Personagem-foco do recolhimento no mundo espiritual. Esposa de Vieira.
Vieira	Esposo de Branca.
Maria da Anunciação	Benfeitora espiritual.

Capítulo 12 – Do arrependimento à consciência para a libertação

Nome do personagem	Descrição
Ferdinando	Benfeitor espiritual da Cidade de Jade.
Saul	Benfeitor espiritual da Cidade de Jade.
Almério	Membro da equipe de benfeitores espirituais da Cidade de Jade liderada por Saul.
Josué	Membro da equipe de benfeitores espirituais da Cidade de Jade liderada por Saul.
Timóteo	Benfeitor espiritual.
Sampaio	Personagem-foco do recolhimento no mundo espiritual. Médico.
Benjamin	Irmão de Sampaio.

Maria	Mãe de Sampaio e Benjamin.
Joaquim	Pai de Sampaio e Benjamin.
Rebeca	Esposa de Sampaio.
Clarice	Benevolente espírito que apoia Sampaio em sua chegada ao mundo espiritual.
Etienne	Médico na França por volta do ano 1860 (século XIX). Encarnação de Sampaio.
Violetta	Camponesa na França por volta do ano 1860 (século XIX). Encarnação de Clarice.
Eudes	Filho de Etienne e Violetta na França por volta do ano 1860 (século XIX).
Catherine	Amante de Ethienne na França por volta do ano 1860 (século XIX).

Capítulo 13 – Difícil apego, luta e libertação

Nome do personagem	Descrição
Ferdinando	Benfeitor espiritual da Cidade de Jade.
Saul	Benfeitor espiritual da Cidade de Jade.
Almério	Membro da equipe de benfeitores espirituais da Cidade de Jade, que é liderada por Saul.
Alfredo	Benfeitor espiritual.
Iago	Personagem-foco do recolhimento no mundo espiritual. Esposo de Laís.
Laís	Esposa de Iago.
Davi	Filho de Iago e Laís.
Alzira	Mãe de Laís.

Capítulo 14 – Filhos do Tempo. Novo começo

Nome do personagem	Descrição
Ferdinando	Benfeitor espiritual da Cidade de Jade.
Saul	Benfeitor espiritual da Cidade de Jade.
Bernard	Benfeitor espiritual da Cidade de Jade.
Almério	Benfeitor espiritual da Cidade de Jade.
Max	Benfeitor espiritual.
Lidiane	Personagem-foco do recolhimento no mundo espiritual. Mãe de Augusto.
Téo	Esposo de Lidiane e pai de Augusto.
Augusto	Filho de Lidiane.
Isabele-Nicole	Mãe de Thierry.
Thierry	Pensador francês, espírito que participou das mesas girantes e obsessor de Lidiane.
Emmanuelle-Dominique	Jovem francesa e amor de Thierry.
Mabelle	Filha de Thierry e Emmanuelle-Dominique.
Fortier	Magnetizador que viveu na França em 1854 e amigo de Allan Kardec.
Allan Kardec	Hippolyte-Léon Denizard Rivail (Lyon, 3 de outubro de 1804–Paris, 31 de março de 1869). Professor e codificador da doutrina espírita.
Amélie-Gabrielle Boudet	Esposa de Allan Kardec.

ENCARTE

Amigos, para facilitar o entendimento das citações dos autores espirituais Ferdinando e Saul, deixamos, na íntegra, a Parte II – Do mundo espírita ou mundo dos Espíritos. Capítulo III – Da Volta do Espírito, Extinta a Vida Corpórea, à Vida Espiritual (perguntas **149 até 165**) de *O Livro dos Espíritos*; Parte I – Capítulo II – Temor da Morte (itens **1 até 10**) e Parte II – Exemplos – A Passagem (**itens 1 até 15**) do livro *O Céu e o Inferno*, as quais foram utilizadas, entre outras obras de Allan Kardec, para fundamentar os assuntos contidos neste livro.

Também há um resumo sobre a Cidade de Jade citada durante os relatos dos personagens dessas histórias, assim como um resumo sobre o Evangelho no Lar.

Espero contribuir carinhosamente para seus estudos e despertar o interesse de ler a codificação de Allan Kardec, tão importante para sedimentar os conceitos sobre a vida após a morte.

Abraço!
Gilvanize Balbino

O Livro dos Espíritos

Allan Kardec

Parte II – Do mundo espírita ou mundo dos espíritos. Capítulo III – **Da Volta do Espírito, Extinta a Vida Corpórea, à Vida Espiritual**

A alma após a morte; sua individualidade. Vida eterna.

149. *Que sucede à alma no instante da morte?*

"Volta a ser Espírito, isto é, volve ao mundo dos Espíritos, donde se apartara momentaneamente."

150. *A alma, após a morte, conserva a sua individualidade?*

"Sim; jamais a perde. Que seria ela, se não a conservasse?"

a) Como comprova a alma a sua individualidade, uma vez que não tem mais corpo material?

"Continua a ter um fluido que lhe é próprio, haurido na atmosfera do seu planeta, e que guarda a aparência de sua última encarnação: seu perispírito."

b) A alma nada leva consigo deste mundo?

"Nada, a não ser a lembrança e o desejo de ir para um mundo melhor, lembrança cheia de doçura ou de amargor, conforme o uso que ela fez da vida. Quanto mais pura for, melhor compreenderá a futilidade do que deixa na Terra."

151. *Que pensar da opinião dos que dizem que após a morte a alma retorna ao todo universal?*

"O conjunto dos Espíritos não forma um todo? Não constitui um mundo completo? Quando estás numa assembleia, és parte integrante dela; mas, não obstante, conservas sempre a tua individualidade."

152. *Que prova podemos ter da individualidade da alma depois da morte?*

"Não tendes essa prova nas comunicações que recebeis? Se não fôsseis cegos, veríeis; se não fôsseis surdos, ouviríeis; pois que muito amiúde uma voz vos fala, reveladora da existência de um ser que está fora de vós."

Os que pensam que, pela morte, a alma reingressa no todo universal estão em erro, se supõem que, semelhante à gota d'água que cai no oceano, ela perde ali a sua individualidade. Estão certos, se por *todo universal* entendem o conjunto dos seres incorpóreos, conjunto de que cada alma ou Espírito é um elemento.

Se as almas se confundissem num amálgama só teriam as qualidades do conjunto, nada as distinguiria uma das outras. Careceriam de inteligência e de qualidades pessoais quando, ao contrário, em todas as comunicações, denotam ter consciência do seu *eu* e uma vontade própria. A diversidade infinita que apresentam, sob todos os aspectos, é a consequência mesma de constituírem individualidades diversas. Se, após a morte, só houvesse o que se chama o grande Todo, a absorver todas as individualidades, esse Todo seria uniforme e, então, as comunicações que se recebessem do mundo invisível seriam idênticas. Desde que, porém, lá se nos deparam seres bons e maus, sábios e ignorantes, felizes e desgraçados; que lá os há de todos os caracteres: alegres e tristes, levianos e ponderados, etc., patente se faz que eles são seres distintos. A individualidade ainda mais evidente se torna quando esses seres provam a sua identidade por sinais incontestáveis, particularidades pessoais verificáveis, referentes às suas vidas terrestres. Também não pode ser posta em dúvida quando se fazem visíveis nas aparições. A individualidade da alma nos era ensinada em teoria, como artigo de fé. O Espiritismo a torna manifesta e, de certo modo, material.

153. *Em que sentido se deve entender a vida eterna?*

"A vida do Espírito é que é eterna; a do corpo é transitória e passageira. Quando o corpo morre, a alma retoma a vida eterna."

a) Não seria mais exato chamar vida eterna à dos Espíritos puros, dos que, tendo atingido a perfeição, não estão sujeitos a sofrer mais prova alguma?

"Essa é antes a felicidade eterna. Mas isto constitui uma questão de palavras. Chamai as coisas como quiserdes, contanto que vos entendais."

Separação da alma e do corpo

154. *É dolorosa a separação da alma e do corpo?*

"Não; o corpo muitas vezes sofre mais durante a vida do que no momento da morte; a alma nenhuma parte toma nisso. Os sofrimentos que algumas vezes se experimentam no instante da morte são *um gozo* para o *Espírito*, que vê chegar o termo do seu exílio."

Na morte natural, a que sobrevém pelo esgotamento dos órgãos, em consequência da idade, o homem deixa a vida sem o perceber: é uma lâmpada que se apaga por falta de óleo.

155. *Como se opera a separação da alma e do corpo?*

"Rotos os laços que a retinham, ela se desprende."

a) A separação se dá instantaneamente por brusca transição? Haverá alguma linha de demarcação nitidamente traçada entre a vida e a morte?

"Não; a alma se desprende gradualmente, não se escapa como um pássaro cativo a que se restitua subitamente a liberdade. Aqueles dois estados se tocam e confundem, de sorte que o Espírito se solta pouco a pouco dos laços que o prendiam. Estes laços se desatam, não se quebram."

Durante a vida, o Espírito se acha preso ao corpo pelo seu envoltório semimaterial ou perispírito. A morte é a destruição do corpo somente, não a desse outro envoltório, que do corpo se separa quando cessa neste a vida orgânica. A observação demonstra que, no instante da morte, o desprendimento do perispírito não se completa subitamente; que, ao contrário, se opera gradualmente e com uma lentidão muito variável conforme os indivíduos. Em uns é bastante rápido, podendo dizer-se que o momento da morte é mais ou menos o da libertação. Em outros, naqueles sobretudo cuja vida toda *material* e *sensual*, o desprendimento é muito menos rápido, durando algumas vezes dias, semanas e até meses, o que não implica existir, no corpo, a menor vitalidade, nem a possibilidade de volver à vida, mas uma simples afinidade com o Espírito, afinidade que guarda sempre proporção com a preponderância que, durante a vida, o Espírito deu à matéria. É, com efeito, racional conceber-se que, quanto mais o Espírito se haja identificado com a matéria, tanto mais penoso lhe seja separar-se dela; ao passo que a atividade intelectual e moral, a elevação dos pensamentos operam um começo de desprendimento, mesmo durante a vida do corpo, de modo que, em chegando a morte, ele é quase instantâneo. Tal o resultado dos estudos feitos em todos os indivíduos que se têm podido observar por ocasião da morte. Essas observações ainda provam que a afinidade que, em certos indivíduos, persiste entre a alma e o corpo, é, às vezes, muito penosa, porquanto o Espírito pode experimentar o horror da decomposição. Este caso, porém, é excepcional e peculiar a certos gêneros de vida e a certos gêneros de morte. Verifica-se com alguns suicidas.

156. *A separação definitiva da alma e do corpo pode ocorrer antes da cessação completa da vida orgânica?*

"Na agonia, a alma, algumas vezes, já deixou o corpo; nada mais há que a vida orgânica. O homem já não tem consciência de si mesmo; entretanto, ainda lhe resta um sopro de vida orgânica. O corpo é a máquina que o coração põe em movimento. Existe enquanto o coração faz circular nas veias o sangue, para o que não necessita da alma."

157. *No momento da morte, a alma sente, alguma vez, qualquer aspiração ou êxtase que lhe faça entrever o mundo onde vai entrar?*

"Muitas vezes a alma sente que se desfazem os laços que a prendem ao corpo. Emprega então todos os esforços para desfazê-los inteiramente. Já em parte desprendida da matéria, vê o futuro desdobrar-se diante de si e goza, por antecipação, do estado de Espírito."

158. *O exemplo da lagarta que, primeiro, anda de rastos pela terra, depois se encerra na sua crisálida em estado de morte aparente, para enfim renascer com uma existência brilhante, pode dar-nos ideia da vida terrestre, do túmulo e, finalmente, da nossa nova existência?*

"Uma ideia em ponto menor. A imagem é boa; todavia, cumpre não seja tomada ao pé da letra, como frequentemente vos sucede."

159. *Que sensação experimenta a alma no momento em que reconhece estar no mundo dos Espíritos?*

"Depende. Se praticasse o mal, impelido pelo desejo de o praticar, no primeiro momento te sentirás envergonhado de o haver praticado. Com a alma do justo as coisas se passam de modo bem diferente. Ela se sente como que aliviada de grande peso, pois que não teme nenhum olhar perscrutador."

160. *O Espírito se encontra imediatamente com os que conheceu na Terra e que morreram antes dele?*

"Sim, conforme a afeição que lhes votava e a que eles lhe consagravam. Muitas vezes aqueles seus conhecidos o vêm receber à entrada do mundo dos Espíritos e *o ajudam a desligar-se das faixas da matéria*. Encontra-se também com muitos dos que conheceu e perdeu de vista durante a sua vida terrena. Vê os que estão na erraticidade, e vai visitar os que se encontram encarnados."

161. *Em caso de morte violenta e acidental, quando os órgãos ainda se não enfraqueceram em consequência da idade ou das moléstias, a separação da alma e a cessação da vida ocorrem simultaneamente?*

"Geralmente assim é; mas em todos os casos muito breve é o instante que medeia entre uma e outra."

162. *Após a decapitação, por exemplo, conserva o homem por alguns instantes a consciência de si mesmo?*

"Não raro a conserva durante alguns minutos, até que a vida orgânica se tenha extinguido completamente. Mas frequentemente a apreensão da morte lhe faz perder aquela consciência antes do momento do suplício."

Trata-se aqui da consciência que o supliciado pode ter de si mesmo, como homem e por intermédio dos órgãos, e não como Espírito. Se não perdeu essa consciência antes do suplício, pode conservá-la por alguns breves instantes. Ela cessa necessariamente com a vida orgânica do cérebro, o que não quer dizer que o perispírito esteja inteiramente separado do corpo. Ao contrário: em todos os casos de morte violenta, quando a morte não resulta da extinção gradual das forças vitais, mais *tenazes* são os laços que prendem o corpo ao perispírito e, portanto, mais lento o desprendimento completo.

Perturbação espiritual

163. *A alma tem consciência de si mesma imediatamente depois de deixar o corpo?*

"Imediatamente não é bem o termo. A alma passa algum tempo em estado de perturbação."

164. *A perturbação que se segue à separação da alma e do corpo é do mesmo grau e da mesma duração para todos os Espíritos?*

"Não; depende da elevação de cada um. Aquele que já está purificado se reconhece quase imediatamente, pois que já se libertou da matéria durante a vida do corpo, enquanto que o homem carnal, aquele cuja consciência ainda não está pura, guarda por muito mais tempo a impressão da matéria."

165. *O conhecimento do Espiritismo exerce alguma influência sobre a duração, mais ou menos longa, da perturbação?*

"Influência muito grande, por que o Espírito já antecipadamente compreendia a sua situação. Mas a prática do bem e a consciência pura são o que maior influência exercem."

Por ocasião da morte, tudo, a princípio, é confuso. De algum tempo precisa a alma se reconhecer. Ela se acha como que aturdida, no estado de uma pessoa que despertou de profundo sono e procura orientar-se sobre a sua situação. A lucidez das ideias e a memória do passado lhe voltam, à medida que se apaga a influência da matéria que ela acaba de abandonar, e à medida que se dissipa a espécie de névoa que lhe obscurece os pensamentos.

Muito variável é o tempo que dura a perturbação que se segue à morte. Pode ser de algumas horas, como também de muitos meses e até de muitos anos. Aqueles que, desde quando ainda viviam na Terra, se identificaram com o estado futuro que os aguardava, são os em quem menos longa ela é, porque esses compreendem imediatamente a posição em que se encontram.

Essa perturbação apresenta circunstâncias especiais, de acordo com os caracteres dos indivíduos e, principalmente, com o gênero de morte. Nos casos de morte violenta, por suicídio, suplício, acidente, apoplexia, ferimentos etc., o Espírito fica surpreendido, espantado e não acredita estar morto. Obstinadamente sustenta que não o está. No entanto, vê o seu próprio corpo, reconhece que esse corpo é seu, mas não compreende que se ache separado dele. Acerca-se das pessoas a quem estima, fala-lhes e não percebe por que elas não o ouvem. Semelhante ilusão se prolonga até ao completo desprendimento do perispírito. Só então o Espírito se reconhece e compreende que não pertence mais ao número dos vivos. Este fenômeno se explica facilmente.

Surpreendido de improviso pela morte, o Espírito fica atordoado com a brusca mudança que nele se operou; considera ainda a morte como sinônimo de destruição, de aniquilamento. Ora, porque pensa, vê, ouve, tem a sensação de não estar morto. Mais lhe aumenta a ilusão o fato de se ver com um corpo semelhante, na forma, ao precedente, mas cuja natureza etérea ainda não teve tempo de estudar. Julga-o sólido e compacto como o primeiro e, quando se lhe chama a atenção para esse ponto, admira-se de não poder palpá-lo. Esse fenômeno é análogo ao que ocorre com alguns sonâmbulos inexperientes, que não creem dormir. É que têm sono por sinônimo de suspensão das faculdades. Ora, como pensam livremente e veem, julgam naturalmente que não dormem. Certos Espíritos revelam essa particularidade ainda que a morte não lhes tenha sobrevindo inopinadamente. Todavia, sempre mais generalizada se apresenta entre os que, embora doentes, não pensavam em morrer. Observa-se então o singular espetáculo de um Espírito assistir ao seu próprio enterramento como se fora o de um estranho, falando desse ato como de coisa que lhe não diz respeito, até ao momento em que compreende a verdade.

A perturbação que se segue à morte nada tem de penosa para o homem de bem; é calma, semelhante em tudo à que acompanha um tranquilo despertar. Para aquele cuja consciência ainda não está pura, a perturbação é cheia de ansiedade e de angústias, que aumentam à proporção que ele se compenetra da sua situação.

Nos casos de morte coletiva, tem sido observado que os que perecem ao mesmo tempo nem sempre se reveem imediatamente. No estado de perturbação que se segue à morte, cada um vai para seu lado, ou só se preocupa com os que lhe interessam.

O Céu e o Inferno
ou
A Justiça Divina Segundo o Espiritismo
Allan Kardec

Parte I – Capítulo II – **Temor da Morte** – itens 1 a 10

O temor da morte

1. O homem, seja qual for a escala de sua posição social, desde selvagem tem o sentimento inato do futuro; diz-lhe a intuição que a morte não é a última fase da existência e que aqueles cuja perda lamentamos não estão irremissivelmente perdidos.

A crença da imortalidade é intuitiva e muito mais generalizada do que a do nada. Entretanto, a maior parte dos que nele creem apresentam-se possuídos de grande amor às coisas terrenas e temerosos da morte!

Causas do temor da morte

O instinto de conservação

2. Este temor é um efeito da sabedoria da Providência e uma consequência do instinto de conservação comum a todos os viventes. Ele é necessário enquanto não se está suficientemente esclarecido sobre as condições da vida futura, como contrapeso à tendência que, sem esse freio, nos levaria a deixar prematuramente a vida e a negligenciar o trabalho terreno que deve servir ao nosso próprio adiantamento.

Assim é que, nos povos primitivos, o futuro é uma vaga intuição, mais tarde tornada simples esperança e, finalmente, uma certeza apenas atenuada por secreto apego à vida corporal.

Falta de compreensão da vida futura

3. À proporção que o homem compreende melhor a vida futura, o temor da morte diminui; uma vez esclarecida a sua missão terrena, aguarda-lhe o fim calma, resignada e serenamente. A certeza da vida futura dá-lhe outro curso às ideias, outro fito ao trabalho; antes dela nada que se não prenda ao presente; depois dela tudo pelo futuro sem desprezo do presente, porque sabe que aquele depende da boa ou da má direção deste.

A certeza de reencontrar seus amigos depois da morte, de reatar as relações que tivera na Terra, de não perder um só fruto do seu trabalho, de engrandecer-se incessantemente em inteligência, perfeição, dá-lhe paciência para esperar e coragem para suportar as fadigas transitórias da vida terrestre. A solidariedade entre vivos e mortos faz-lhe compreender a que deve existir na Terra, onde a fraternidade e a caridade têm desde então um fim e uma razão de ser, no presente como no futuro.

Noções imprecisas e insuficientes da vida espiritual

4. Para libertar-se do temor da morte é mister poder encará-la sob o seu verdadeiro ponto de vista, isto é, ter penetrado pelo pensamento no mundo espiritual, fazendo dele uma ideia tão exata quanto possível, o que denota da parte do Espírito encarnado um tal ou qual desenvolvimento e aptidão para desprender-se da matéria.

No Espírito atrasado, a vida material prevalece sobre a espiritual. Apegando-se às aparências, o homem não distingue a vida além do corpo, embora esteja na alma a vida real. Aniquilado aquele, tudo se lhe afigura perdido, desesperador.

Se, ao contrário, concentrarmos o pensamento, não no corpo, mas na alma, fonte da vida, ser real a tudo sobrevivente, lastimaremos menos a perda do corpo, antes fonte de misérias e dores. Para isso, porém, necessita o Espírito de uma força só adquirível na madureza.

O temor da morte decorre, portanto, da noção insuficiente da vida futura, embora denote também a necessidade de viver e o receio da destruição total; igualmente o estimula secreto anseio pela sobrevivência da alma, velado ainda pela incerteza.

Esse temor decresce, à proporção que a certeza aumenta, e desaparece quando esta é completa.

Eis aí o lado providencial da questão. Ao homem não suficientemente esclarecido, cuja razão mal pudesse suportar a perspectiva muito positiva e sedutora de um futuro melhor, prudente seria não o deslumbrar com tal ideia, desde que por ela pudesse negligenciar o presente, necessário ao seu adiantamento material e intelectual.

5. Este estado de coisas é entretido e prolongado por causas puramente humanas, que o progresso fará desaparecer. A primeira é a feição com que se insinua a vida futura, feição que poderia contentar as inteligências pouco desenvolvidas, mas que não conseguiria satisfazer a razão esclarecida dos pensadores refletidos. Assim, dizem estes: "Desde que nos apresentam como verdades absolutas princípios contestados pela lógica e pelos dados positivos da Ciência, é que eles não são verdades." Daí, a incredulidade de uns e a crença dúbia de um grande número.

A vida futura é-lhes uma ideia vaga, antes uma probabilidade do que certeza absoluta; acreditam, desejariam que assim fosse, mas apesar disso exclamam: "Se todavia assim não for! O presente é positivo, ocupemo-nos dele primeiro, que o futuro por sua vez virá."

E depois, acrescentam, definitivamente que é a alma? Um ponto, um átomo, uma faísca, uma chama? Como se sente, vê ou percebe? E que a alma não lhes parece uma realidade efetiva, mas uma abstração.

Os entes que lhes são caros, reduzidos ao estado de átomos no seu modo de pensar, estão perdidos, e não têm mais a seus olhos as qualidades pelas quais se lhes fizeram amados; não podem compreender o amor de uma faísca nem o que a ela possamos ter. Quanto a si mesmos, ficam mediocremente satisfeitos com a perspectiva de se transformarem em mônadas. Justifica-se assim a preferência ao positivismo da vida terrestre, que algo possui de mais substancial. É considerável o número dos dominados por este pensamento.

6. Outra causa de apego às coisas terrenas, mesmo nos que mais firmemente creem na vida futura, é a impressão do ensino que relativamente a ela se lhes há dado desde a infância. Convenhamos que o quadro pela religião esboçado, sobre o assunto, é nada sedutor e ainda menos consolatório.

De um lado, contorções de condenados a expiarem em torturas e chamas eternas os erros de uma vida efêmera e passageira. Os séculos sucedem-se aos séculos e não há para tais desgraçados sequer o lenitivo de uma esperança e, o que mais atroz é, não lhes aproveita o arrependimento. De outro lado, as almas combalidas e aflitas do purgatório aguardam a intercessão dos vivos que orarão ou farão orar por elas, sem nada fazerem de esforço próprio para progredirem.

Estas duas categorias compõem a maioria imensa da população de além-túmulo.

Acima delas, paira a limitada classe dos eleitos, gozando, por toda a eternidade, da beatitude contemplativa. Esta inutilidade eterna, preferível sem dúvida ao nada, não deixa de ser de uma fastidiosa monotonia. É por isso que se vê, nas figuras que retratam os bem-aventurados, figuras angélicas onde mais transparece o tédio que a verdadeira felicidade.

Este estado não satisfaz nem as aspirações nem a instintiva ideia de progresso, única que se afigura compatível com a felicidade absoluta. Custa crer que, só por haver recebido o batismo, o selvagem ignorante — de senso moral obtuso —, esteja ao mesmo nível do homem que atingiu, após longos anos de trabalho, o mais alto grau de ciência e moralidade práticas. Menos concebível ainda é que a criança falecida em tenra idade, antes de ter consciência de seus atos, goze dos mesmos privilégios somente por força de uma cerimônia na qual a sua vontade não teve parte alguma.

Estes raciocínios não deixam de preocupar os mais fervorosos crentes, por pouco que meditem.

7. Não dependendo a felicidade futura do trabalho progressivo na Terra, a facilidade com que se acredita adquirir essa felicidade, por meio de algumas práticas exteriores, e a possibilidade até de a comprar a dinheiro, sem regeneração de caráter e costumes, dão aos gozos do mundo o melhor valor.

Mais de um crente considera, em seu foro íntimo, que assegurado o seu futuro pelo preenchimento de certas fórmulas ou por dádivas póstumas, que de nada o privam, seria supérfluo impor-se sacrifícios ou quaisquer incômodos por outrem, uma vez que se consegue a salvação trabalhando cada qual por si.

Seguramente, nem todos pensam assim, havendo mesmo muitas e honrosas exceções; mas não se poderia contestar que assim pensa o maior número, sobretudo das massas pouco esclarecidas, e que a ideia que fazem das condições de felicidade no outro mundo não entretenha o apego aos bens deste, acoroçoando o egoísmo.

8. Acrescentemos ainda a circunstância de tudo nas usanças concorrer para lamentar a perda da vida terrestre e temer a passagem da Terra ao céu. A morte é rodeada de cerimônias lúgubres, mais próprias a infundirem terror do que a provocarem a esperança. Se descrevem a morte, é sempre com aspecto repelente e nunca como sono de transição; todos os seus emblemas lembram a destruição do corpo, mostrando-o hediondo e descarnado; nenhum simboliza a alma desembaraçando-se radiosa dos grilhões terrestres. A partida para esse mundo mais feliz só se faz acompanhar do lamento dos sobreviventes, como se imensa desgraça atingira os que partem; dizem-lhes eternos adeuses como se jamais devessem revê-los. Lastima-se por eles a perda dos gozos mundanos, como se não fossem encontrar maiores gozos no além-túmulo. Que desgraça, dizem, morrer tão jovem, rico e feliz, tendo a perspectiva de um futuro brilhante! A ideia de um futuro melhor apenas toca de leve o pensamento, porque não tem nele raízes. Tudo concorre, assim, para inspirar o terror da morte, em vez de infundir esperança.

Sem dúvida que muito tempo será preciso para o homem se desfazer desses preconceitos, o que não quer dizer que isso não suceda, à medida que a sua fé se for firmando, a ponto de conceber uma ideia mais sensata da vida espiritual.

9. Demais, a crença vulgar coloca as almas em regiões apenas acessíveis ao pensamento, onde se tornam de alguma sorte estranhas aos vivos; a própria Igreja põe entre umas e outras uma barreira insuperável, declarando rotas todas as relações e impossível qualquer comunicação. Se as almas estão no inferno, perdida é toda a esperança de as rever, a menos que lá se vá ter também; se estão entre os eleitos, vivem completamente absortas em contemplativa beatitude. Tudo isso interpõe entre mortos e vivos uma distância tal que faz supor eterna a separação, e é por isso que muitos preferem ter junto de si, embora sofrendo, os entes caros, antes que vê-los partir, ainda mesmo que para o céu.

E a alma que estiver no céu será realmente feliz vendo, por exemplo, arder eternamente seu filho, seu pai, sua mãe ou seus amigos?

Por que os espíritas não temem a morte

10. A Doutrina Espírita transforma completamente a perspectiva do futuro. A vida futura deixa de ser uma hipótese para ser realidade. O estado das almas depois da morte não é mais um sistema, porém o resultado da observação. Ergueu-se o véu; o mundo espiritual aparece-nos na plenitude de sua realidade prática; não foram os homens que o descobriram pelo esforço de uma concepção engenhosa, são os próprios habitantes desse mundo que nos vêm descrever a sua situação; aí os vemos em todos os graus da escala espiritual, em todas as rases da felicidade e da desgraça, assistindo, enfim, a todas as peripécias da vida de além-túmulo. Eis aí por que os espíritas encaram a morte calmamente e se revestem de serenidade nos seus últimos momentos sobre a Terra. Já não é só a esperança, mas a certeza que os conforta; sabem que a vida futura é a continuação da vida terrena em melhores condições e aguardam-na com a mesma confiança com que aguardariam o despontar do Sol após uma noite de tempestade. Os motivos dessa confiança decorrem, outrossim, dos fatos testemunhados e da concordância desses fatos com a lógica, com a justiça e bondade de Deus, correspondendo às íntimas aspirações da Humanidade.

Para os espíritas, a alma não é uma abstração; ela tem um corpo etéreo que a define ao pensamento, o que muito é para fixar as ideias sobre a sua individualidade, aptidões e percepções. A lembrança dos que nos são caros repousa sobre alguma coisa de real. Não se nos apresentam mais como chamas fugitivas que nada falam ao pensamento, porém sob uma forma concreta que antes no-los mostra como seres viventes. Além disso, em vez de perdidos nas profundezas do Espaço, estão ao redor de nós; o mundo corporal e o mundo espiritual identificam-se em perpétuas relações, assistindo-se mutuamente.

Não mais permissível sendo a dúvida sobre o futuro, desaparece o temor da morte; encara-se a sua aproximação a sangue-frio, como quem aguarda a libertação pela porta da vida e não do nada.

Parte II – Exemplos – Capítulo I –
A Passagem – itens 1 a 15

1. A certeza da vida futura não exclui as apreensões quanto à passagem desta para a outra vida. Há muita gente que teme não a morte, em si, mas o momento da transição. Sofremos ou não nessa passagem? Por isso se inquietam, e com razão uma vez que ninguém foge à lei fatal dessa transição. Podemos dispensar-nos de uma viagem neste mundo, menos essa. Ricos e pobres devem todos fazê-la, e, se for dolorosa a franquia, nem posição nem fortuna poderiam suavizá-la.

2. Vendo-se a calma de alguns moribundos e as convulsões terríveis de outros, pode-se previamente julgar que as sensações experimentadas nem sempre são as mesmas. Quem poderá no entanto esclarecer-nos a tal respeito? Quem nos descreverá o fenômeno fisiológico da separação entre a alma e o corpo? Quem nos contará as impressões desse instante supremo quando a Ciência e a Religião se calam? E calam-se porque lhes falta o conhecimento das leis que regem as relações do Espírito e da matéria, parando uma nos umbrais da vida espiritual e a outra nos da vida material. O Espiritismo é o traço de união entre as duas, e só ele pode dizer-nos como se opera a transição, quer pelas noções mais positivas da natureza da alma, quer pela descrição dos que deixaram este mundo. O conhecimento do laço fluídico que une a alma ao corpo é a chave desse e de muitos outros fenômenos.

3. A insensibilidade da matéria inerte é um fato, e só a alma experimenta sensações de dor e de prazer. Durante a vida, toda a desagregação material repercute na alma, que por este motivo recebe uma impressão mais ou menos dolorosa. É a alma e não o corpo quem sofre, pois este não é mais que instrumento da dor: — aquela é o paciente. Após a morte, separada a alma, o corpo pode ser impunemente mutilado que nada sentirá; aquela, por insulada, nada experimenta da destruição orgânica; a alma tem sensações próprias cuja fonte não reside na matéria tangível. O perispírito é o envoltório da alma e não se separa dela nem antes nem depois da morte. Ele não forma com ela mais que uma só entidade, e nem mesmo se pode conceber uma sem outro. Durante a vida o fluido perispirítico penetra o corpo em todas as suas partes e serve de veículo às sensações físicas da alma, do mesmo modo como esta, por seu intermédio, atua sobre o corpo e dirige-lhe os movimentos.

4. A extinção da vida orgânica acarreta a separação da alma em consequência do rompimento do laço fluidico que a une ao corpo, mas essa separação nunca é brusca; o fluido perispiritual só pouco a pouco se desprende de todos os órgãos, de sorte que a separação só é completa e absoluta quando não mais reste um átomo do perispírito ligado a uma molécula do corpo. *A sensação dolorosa da alma, por ocasião da morte, está na razão direta da soma dos pontos de contato existentes entre o corpo e o perispírito, e, por conseguinte, também da maior ou menor dificuldade que apresenta o rompimento.*

263

Não é preciso, portanto dizer que, conforme as circunstâncias, a morte pode ser mais ou menos penosa. Essas circunstâncias é que nos cumpre examinar.

5. Estabeleçamos em primeiro lugar, e como princípio, os quatro seguintes casos, que podemos reputar situações extremas dentro de cujos limites há uma infinidade de variantes: 1° Se no momento em que se extingue a vida orgânica o desprendimento do perispírito fosse completo, a alma nada sentiria absolutamente; 2° se nesse momento a coesão dos dois elementos estiver no auge de sua força, produz-se uma espécie de ruptura que reage dolorosamente sobre a alma; 3° se a coesão for fraca, a separação torna-se fácil e opera-se sem abalo; 4° se após a cessação completa da vida orgânica existirem ainda numerosos pontos de contato entre o corpo e o perispírito, a alma poderá ressentir-se dos efeitos da decomposição do corpo, até que o laço inteiramente se desfaça.

Daí resulta que o sofrimento, que acompanha a morte, está subordinado à força adesiva que une o corpo ao perispírito; que tudo o que puder atenuar essa força, e acelerar a rapidez do desprendimento, torna a passagem menos penosa; e, finalmente, que, se o desprendimento se operar sem dificuldade, a alma deixará de experimentar qualquer sentimento desagradável.

6. Na transição da vida corporal para a espiritual, produz-se ainda um outro fenômeno de importância capital — a perturbação. Nesse instante a alma experimenta um torpor que paralisa momentaneamente as suas faculdades, neutralizando, ao menos em parte, as sensações. É como se disséssemos um estado de catalepsia, de modo que a alma quase nunca testemunha conscientemente o derradeiro suspiro. Dizemos *quase nunca*, porque há casos em que a alma pode contemplar conscientemente o desprendimento, como em breve veremos. A perturbação pode, pois, ser considerada o estado normal no instante da morte e perdurar por tempo indeterminado, variando de algumas horas a alguns anos. À proporção que se liberta, a alma encontra-se numa situação comparável à de um homem que desperta de profundo sono; as ideias são confusas, vagas, incertas; a vista apenas distingue como que através de um nevoeiro, mas pouco a pouco se aclara, desperta-se-lhe a memória e o conhecimento de si mesma; bem diverso é, contudo, esse despertar; calmo, para uns, acorda-lhes sensações deliciosas; tétrico, aterrador e ansioso, para outros, é qual horrendo pesadelo.

7. O último alento quase nunca é doloroso, uma vez que ordinariamente ocorre em momento de inconsciência, mas a alma sofre antes dele a desagregação da matéria, nos estertores da agonia, e, depois, as angústias da perturbação. Demo-nos pressa em afirmar que esse estado não é geral, porquanto a intensidade e duração do sofrimento estão na razão direta da afinidade existente entre corpo e perispírito; assim, quanto maior for essa afinidade, tanto mais penosos e prolongados serão os esforços da alma para desprender-se; há pessoas nas quais a coesão é tão fraca que o desprendimento se opera por si mesmo, como que naturalmente; é como se um fruto maduro se desprendesse do seu caule, e é o caso das mortes calmas, de pacífico despertar.

8. A causa principal da maior ou menor facilidade de desprendimento é o estado moral da alma. A afinidade entre o corpo e o perispírito é proporcional ao apego à matéria, que atinge o seu máximo no homem cujas preocupações dizem respeito exclusiva e unicamente à vida e gozos materiais; ao contrário, nas almas puras, que antecipadamente se identificam com a vida espiritual, o apego é quase nulo. E desde que a lentidão e a dificuldade do desprendimento estão na razão do grau de pureza e desmaterialização da alma, de nós somente depende o tornar fácil ou penoso, agradável ou doloroso, esse desprendimento. Posto isto, quer como teoria, quer como resultado de observações, resta-nos examinar a influência do gênero de morte sobre as sensações da alma nos últimos transes.

9. Em se tratando de morte natural resultante da extinção das forças vitais por velhice ou doença, o desprendimento opera-se gradualmente; para o homem cuja alma se desmaterializou e cujos pensamentos se destacam das coisas terrenas, o desprendimento quase se completa antes da morte real, isto é, ao passo que o corpo ainda tem vida orgânica, já o Espírito penetra a vida espiritual, apenas ligado por elo tão frágil que se rompe com a última pancada do coração. Nesta contingência o Espírito pode ter já recuperado a sua lucidez, de molde a tornar-se testemunha consciente da extinção da vida do corpo, considerando-se feliz por tê-lo deixado; para esse a perturbação é quase nula, ou antes, não passa de ligeiro sono calmo, do qual desperta com indizível impressão de esperança e ventura.

No homem materializado e sensual, que mais viveu do corpo que do Espírito, e para o qual a vida espiritual nada significa, nem sequer lhe toca o pensamento, tudo contribui para *estreitar* os laços materiais, e, quando a morte se aproxima, o desprendimento, conquanto se opere gradualmente também, demanda contínuos esforços. As convulsões da agonia são indícios da luta do Espírito, que às vezes procura romper os elos resistentes, e outras se agarra ao corpo do qual uma força irresistível o arrebata com violência, molécula por molécula.

10. Quanto menos vê o Espírito além da vida corporal, tanto mais se lhe apega, e, assim, sente que ela lhe foge e quer retê-la; em vez de se abandonar ao movimento que o empolga, resiste com todas as forças e pode mesmo prolongar a luta por dias, semanas e meses inteiros. Certo, nesse momento o Espírito não possui toda a lucidez, visto como a perturbação de muito se antecipou à morte; mas nem por isso sofre menos, e o vácuo em que se acha, e a incerteza do que lhe sucederá, agravam-lhe as angústias. Dá-se por fim a morte, e nem por isso está tudo terminado; a perturbação continua, ele sente que vive, mas não define se material, se espiritualmente, luta, e luta ainda, até que as últimas ligações do perispírito se tenham de todo rompido. A morte pôs termo à moléstia efetiva, porém, não lhe sustou as consequências, e, enquanto existirem pontos de contato do perispírito com o corpo, o Espírito ressente-se e sofre com as suas impressões.

11. Quão diversa é a situação do Espírito desmaterializado, mesmo nas enfermidades mais cruéis! Sendo frágeis os laços fluidicos que o prendem ao corpo, rompem-se suavemente; depois, a confiança do futuro entrevisto em pensamento ou na realidade, como sucede algumas vezes, fá-lo encarar a morte qual redenção e as suas consequências como prova, advindo-lhe daí uma calma resignada, que lhe ameniza o sofrimento. Após a morte, rotos os laços, nem uma só reação dolorosa que o afete; o despertar é lépido, desembaraçado; por sensações únicas: o alívio, a alegria!

12. Na morte violenta as sensações não são precisamente as mesmas. Nenhuma desagregação inicial há começado previamente a separação do perispírito; a vida orgânica em plena exuberância de força é subitamente aniquilada. Nestas condições, o desprendimento só começa depois da morte e não pode completar-se rapidamente. O Espírito, colhido de improviso, fica como que aturdido e sente, e pensa, e acredita-se vivo, prolongando-se esta ilusão até que compreenda o seu estado. Este estado intermediário entre a vida corporal e a espiritual é dos mais interessantes para ser estudado, porque apresenta o espetáculo singular de um Espírito que julga material o seu corpo fluidico, experimentando ao mesmo tempo todas as sensações da vida orgânica. Há, além disso, dentro desse caso, uma série infinita de modalidades que variam segundo os conhecimentos e progressos morais do Espírito. Para aqueles cuja alma está purificada, a situação pouco dura, porque já possuem em si como que um desprendimento antecipado, cujo termo a morte mais súbita não faz senão apressar; outros há, para os quais a situação se prolonga por anos inteiros. É uma situação essa muito frequente até nos casos de morte comum, que nada tendo de penosa para Espíritos adiantados, se torna horrível para os atrasados. No suicida, principalmente, excede a toda expectativa. Preso ao corpo por todas as suas fibras, o perispírito faz repercutir na alma todas as sensações daquele com sofrimentos cruciantes.

13. O estado do Espírito por ocasião da morte pode ser assim resumido: Tanto maior é o sofrimento, quanto mais lento for o desprendimento do perispírito; a presteza deste desprendimento está na razão direta do adiantamento moral do Espírito; para o Espírito desmaterializado, de consciência pura, a morte é qual um sono breve, isento de agonia, e cujo despertar é suavíssimo.

14. Para que cada qual trabalhe na sua purificação, reprima as más tendências e domine as paixões, preciso se faz que *abdique das vantagens imediatas em prol do futuro*, visto como, para identificar-se com a vida espiritual, encaminhando para ela todas as aspirações e preferindo-a à vida terrena, não basta crer, mas compreender; devemos considerar essa vida debaixo de um ponto de vista que satisfaça ao mesmo tempo à razão, à lógica, ao bom senso e ao conceito em que temos a grandeza, a bondade e a justiça de Deus. Considerado deste ponto de vista, o Espiritismo, pela fé inabalável que proporciona, é, de quantas doutrinas filosóficas que conhecemos, a que exerce mais poderosa influência.

O espírita sério não se limita a crer, *ele crê porque compreende*, e compreende, porque raciocina; a vida futura é uma realidade que se desenrola incessantemente a seus olhos; uma realidade que ele toca e vê, por assim dizer, a cada passo e de modo que a dúvida não pode empolgá-lo, ou ter guarida em sua alma. A vida corporal, tão limitada, amesquinha-se diante da vida espiritual, da verdadeira vida. Que lhe importam os incidentes da jornada se ele compreende a causa e utilidade das vicissitudes humanas, quando suportadas com resignação? A alma elevasse-lhe nas relações com o mundo visível; os laços fluídicos que o ligam à matéria enfraquecem-se, operando-se por antecipação um desprendimento parcial que facilita a passagem para a outra vida. A perturbação consequente à transição pouco perdura, porque, uma vez franqueado o passo, para logo se reconhece, nada estranhando, antes compreendendo, a sua nova situação.

15. O Espiritismo não é seguramente indispensável a esse resultado; assim não tem ele a pretensão de assegurar, ele só, a salvação da alma, mas ele a facilita pelos conhecimentos que fornece, pelos sentimentos que inspira, como pelas disposições em que coloca o Espírito, fazendo-lhe compreender a necessidade de melhorar-se. Ele dá a mais, e a cada um, os meios de auxiliar o desprendimento doutros Espíritos ao deixarem o invólucro material, abreviando-lhes a perturbação pela evocação e pela prece. Pela prece sincera, que é uma magnetização espiritual, provoca-se a desagregação mais rápida do fluido perispiritual; pela evocação conduzida com sabedoria e prudência, com palavras de benevolências e conforto, combate-se o entorpecimento do Espírito, ajudando-o a reconhecer-se mais cedo, e, se é sofredor, incute-se-lhe o arrependimento — único meio de abreviar seus sofrimentos.[85]

---

85 Os exemplos que vamos transcrever mostram-nos os Espíritos nas diferentes fases de felicidade e infelicidade da vida espiritual. Não fomos procurá-los nas personagens mais ou menos ilustres da Antiguidade, cuja situação pudera ter mudado consideravelmente depois da existência que lhes conhecemos, e que por isso não oferecessem provas suficientes de autenticidade. Ao contrário, tomamos esses exemplos nas circunstâncias mais ordinárias da vida contemporânea, uma vez que assim pode cada qual encontrar mais similitudes e tirar, pela comparação, as mais proveitosas instruções. Quanto mais

A Cidade de Jade[86]

"Entre inúmeras outras colônias espirituais, uma em especial chamava a atenção; era a 'Cidade de Jade', criada por volta do ano 220 a.c. com o objetivo de acolher aqueles que haviam sido seguidores de Jesus Cristo e que foram eleitos para preparar sua vinda à Terra e, mais tarde, para aqueles que foram sentenciados aos suplícios das perseguições religiosas.

Esta cidade foi projetada, a princípio, como uma estação transitória que permitia que os emissários de mundos superiores, que reencarnariam com o propósito de preparar a vinda de Jesus, ali se climatizassem com a atmosfera da Terra.

Em torno de 170 d.C., deixou de ser apenas uma estação e se estabeleceu como uma Cidade, pois com

---

próxima de nós está a existência terrestre dos Espíritos — quer pela posição social, quer por laços de parentesco ou de meras relações — tanto mais nos interessamos por eles, tornando-se fácil averiguar-lhes a identidade. As posições vulgares são as mais comuns, as de maior número, podendo cada qual aplicá-las em si, de modo a tornarem-se úteis, ao passo que as posições excepcionais comovem menos, porque saem da esfera dos nossos hábitos. Não foram, pois, as sumidades que procuramos, e se nesses exemplos se encontram quaisquer personagens conhecidas, de obscuras se compõe o maior número. Acresce que nomes retumbantes nada adiantariam à instrução que visamos, podendo ainda ferir suscetibilidades. E nós não nos dirigimos nem aos curiosos, nem aos amadores de escândalos, mas tão somente aos que pretendem instruir-se. Esses exemplos poderiam ser multiplicados infinitamente, porém, forçados a limitar-lhes o número, fizemos escolha dos que pudessem melhor esclarecer o mundo espiritual e o seu estado, já pela situação dos Espíritos, já pelas explicações que estavam no caso de fornecer. A maior parte destes exemplos está inédita, e apenas alguns, poucos, foram já publicados na *Revista Espírita*. Destes, suprimimos supérfluas minúcias, conservando apenas o essencial ao fim que nos propusemos, ajustando-lhes as instruções complementares a que poderão dar lugar ulteriormente.

86   Nota da Médium: detalhes da Cidade de Jade foram relatados nos livros *Os Anjos de Jade* e *Um Amanhecer para Recomeçar* (espírito Saul), psicografados por Gilvanize Balbino, assim como *Só para Você* e *Construir um Novo Caminho*.

o avanço do Cristianismo muitos emissários de Jesus necessitavam retornar à Terra, então Jade foi importante para esse preparo e para que pudesse fornecer auxílio necessário a todos os envolvidos nesta grandiosa obra da qual o Cristo era responsável.

Foi reconhecida pelo seu incansável trabalho no período das perseguições aos cristãos por volta do ano 300 d.C., onde homens e mulheres por ordens de Jesus recebiam acolhida naquele pedaço do coração de Deus e depois eram transferidos para outras cidades muito mais evoluídas e desprendidas da Terra.

Em 1180 d.C., quando o planeta iniciava as primeiras empreitadas para a organização da 'Santa Inquisição', foi de grande importância no acolhimento de muitos inocentes que sentiram o peso das sentenças inquisitórias. Também foi nesta colônia que muitos enviados de Jesus prepararam suas reencarnações para conter o impiedoso mundo que se estabelecia na Terra, ordenado pelas tribunas católicas.

Está localizada no mesmo sistema solar constituído pelo sol e seu conjunto de corpos celestes do qual a Terra faz parte.

A Cidade de Jade está situada sobre a Europa, entre o leste de Espanha e o sul da França, entre o oeste da Itália e o norte do continente africano. No mundo espiritual está posicionada próxima a um 'campo de saída'[87] da crosta do umbral para uma camada mais sutil destinada às artes, culturas e à ciência.

---

87   Nota do Autor Espiritual (Saul): uma espécie de ponto de "intersecção" entre duas esferas do mundo espiritual.
Nota da Médium: "[...] são pontos nos quais duas esferas próximas se tocam." XAVIER, Francisco Cândido; CUNHA, Heigorina. **Cidade no Além**. 33ª ed. Editora IDE : São Paulo, 2007.

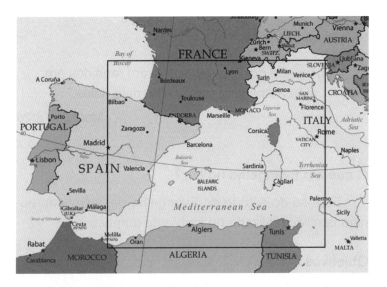

Jade está estruturada para receber e até propiciar as reencarnações necessárias. Seus núcleos são edifícios construídos por um material análogo às pedras da Terra, entre outras, mármore, turquesa, ágata azul, ametista, no colorido das turmalinas.

Nestes núcleos dividem-se as funções, entre outras, administrativas, artes, laboratórios, ciência, filosofia, música, reencarnação, instrução, atendimento aos recém-chegados por meio de auxílio hospitalar e oração.

De todos os locais especiais de Jade, dois chamam mais atenção: o jardim e sua praça central, onde uma vez ao dia todos se reúnem para orar pelos povos filhos de Deus."

O Evangelho no Lar[88]

"Pois onde dois ou três estiverem reunidos em meu nome, ali estou eu no meio deles."

Mateus, 18:20

O que é o Evangelho no Lar?

Trata-se do estudo do Evangelho de Jesus em reunião familiar, realizado no ambiente doméstico.

Objetivos:

- Unir as criaturas, proporcionando-lhes uma convivência de paz e tranquilidade.
- Higienizar o lar com nossos pensamentos e sentimentos elevados, permitindo que os mensageiros do bem nos auxiliem.
- Proporcionar no lar e fora dele o fortalecimento necessário para enfrentar dificuldades materiais e espirituais, mantendo ativos os princípios da oração e da vigilância ("Orai e Vigiai").
- Elevar o padrão vibratório dos familiares, a fim de que possam contribuir para a construção de um mundo melhor.

Orientações:

- Escolha uma hora e um dia da semana em que todos da família ou aqueles que desejarem participar possam estar presentes.

---

88 Nota da Médium: o sintético aqui apresentado sobre o Evangelho no Lar foi elaborado pelo Núcleo Espírita Lar de Henrique.

- A observação cuidadosa da hora e do dia estabelece um compromisso de pontualidade com a espiritualidade, garantindo a assistência espiritual.
- A duração da reunião pode ser de trinta minutos, aproximadamente, ou mais, dependendo de cada família.
- Não suspender a prática do Evangelho em função de visitas, passeios adiáveis ou acontecimentos fúteis.
- Providenciar uma jarra com água para fluidificação para ser servida no fim da reunião.
- No Evangelho no Lar não devem ocorrer manifestações mediúnicas. Sua finalidade básica é o estudo do Evangelho de Jesus para o aprendizado cristão, a fim de que seus participantes melhor se conduzam na jornada terrena. Os casos de mediunidade indisciplinada devem ser encaminhados a uma sociedade espírita idônea.

Roteiro:

1. Prece inicial

Pai-nosso ou uma prece simples e espontânea, valorizando os sentimentos e não as palavras, solicitando a direção divina para a reunião.

2. Leitura

Leitura em sequência de um trecho de *O Evangelho Segundo o Espiritismo*, iniciando na primeira página e incluindo prefácio, introdução e notas.

Leitura complementar de um livro espírita de mensagens.

3. Comentários

Devem ser breves e devem esclarecer e facilitar a compreensão dos ensinamentos e sua aplicação na vida diária.

4. Vibrações

Fazer vibrações é emitir sentimentos e pensamentos de amor, paz e harmonia, obedecendo a este roteiro básico e acrescentando as vibrações particulares, de acordo com as necessidades.

Em tranquila serenidade e confiantes no divino amigo Jesus, vibremos:

Pela paz na Terra, pelos dirigentes de todos os países, pelo nosso Brasil, pelos nossos governantes, pelos doentes do corpo e da alma, pelas crianças, pelos velhinhos, pela juventude, pela expansão do Evangelho, pela confraternização entre as religiões, pelo nosso local e pelos companheiros de trabalho, pelos nossos vizinhos, pelos nossos amigos e inimigos, pelo nosso lar, pelos nossos familiares e por nós mesmos. Graças a Deus!

5. Prece final

Pai-nosso ou uma prece espontânea de agradecimento, solicitando a fluidificação da água e convidando os amigos espirituais à reunião da semana seguinte.

Índice bíblico[89]

Agradecimento

Allan Kardec – O Livro dos Espíritos – Parte I – Capítulo 1 – Questão 1.

Allan Kardec – Obras Póstumas – A Minha Primeira Incitação no Espiritismo.

Breve relato

Filipenses 4,9.

Romanos 12,2.

Gálatas 5,14.

Reencontro

João 3,31-33.

Capítulo 1

1 Pedro 4,7.

Allan Kardec – O Livro dos Espíritos – Parte II – Capítulo 3 – Questão 149.

Allan Kardec – O Evangelho Segundo o Espiritismo – Capítulo 5.

Allan Kardec – O Evangelho Segundo o Espiritismo – Capítulo 5 – Item 9.

Capítulo 2

2 Coríntios 11,13.

---

89 Nota da médium: os textos bíblicos foram extraídos de *A Bíblia de Jerusalém*, nova edição revista e ampliada. Paulus, São Paulo, 2002. As abreviaturas utilizadas nas citações seguem as propostas na mesma obra.

Allan Kardec – O Livro dos Espíritos – Parte II –
Capítulo 3 – Questão 150.

Allan Kardec – O Evangelho Segundo o Espiritismo –
Capítulo 21.

Allan Kardec – O Evangelho Segundo o Espiritismo –
Capítulo 11 – Item 13.

Capítulo 3

João 15,12.

Allan Kardec – O Livro dos Espíritos – Parte II –
Capítulo 3 – Questão 151.

Allan Kardec – O Evangelho Segundo o Espiritismo –
Capítulo 8 – Item 19.

Allan Kardec – O Céu e o Inferno – Parte II – Capítulo 1.

Allan Kardec – O Evangelho Segundo o Espiritismo –
Introdução – Item 9.

Capítulo 4

1 Timóteo 2,5.

Allan Kardec – O Livro dos Espíritos – Parte II –
Capítulo 3 – Questão 152.

Allan Kardec – O Evangelho Segundo o Espiritismo –
Capítulo 17 – Item 3.

Capítulo 5

1 Tessalonicenses 2,13.

Allan Kardec – O Livro dos Espíritos – Parte II –
Capítulo 3 – Questão 153.

Allan Kardec – O Evangelho Segundo o Espiritismo –
Capítulo 19 – Item 10.

Allan Kardec – O Evangelho Segundo o Espiritismo –
Capítulo 26 – Itens, 1, 2, 8, 9 e 10.

Capítulo 6

Efésios 6,1-4.

Allan Kardec – O Livro dos Espíritos – Parte II –
Capítulo 3 – Questão 154.

Allan Kardec – O Livro dos Espíritos – Parte I –
Capítulo 1 – Questão 1.

Allan Kardec – O Evangelho Segundo o Espiritismo –
Capítulo 5 – Item 4.

Capítulo 7

Romanos 2,6-7.

Allan Kardec – O Livro dos Espíritos – Parte II –
Capítulo 3 – Questão 155.

Allan Kardec – O Evangelho Segundo o Espiritismo –
Capítulo 2 – Item 5.

Mateus, 18:21-22.

Allan Kardec – O Evangelho Segundo o Espiritismo –
Capítulo 16 – Item 7.

Capítulo 8

Mateus 5,8.

Allan Kardec – O Livro dos Espíritos – Parte II –
Capítulo 3 – Questão 156.

Allan Kardec – O Livro dos Espíritos – Parte II –
Capítulo 7 – Questão 392.

Allan Kardec – O Evangelho Segundo o Espiritismo –
Capítulo 3 – Item 10.

Capítulo 9

1 Tessalonicenses 4,13

Allan Kardec – O Livro dos Espíritos – Parte II – Capítulo 3 – Questão 157.

Allan Kardec – Obras Póstumas – Profissão de Fé Espírita Raciocinada – Item 7.

Allan Kardec – O Livro dos Espíritos – Parte II – Capítulo 7 – Questão 392.

Allan Kardec – O Evangelho Segundo o Espiritismo – Capítulo 11 – Item 10.

Capítulo 10

Marcos 1,2-3.

Allan Kardec – O Livro dos Espíritos – Parte II – Capítulo 3 – Questão 158.

Allan Kardec – O Evangelho Segundo o Espiritismo – Capítulo 25 – Item 2.

Allan Kardec – O Livro dos Espíritos – Parte III – Capítulo 12 – Questão 917.

Capítulo 11

Marcos, 7,6-7.

Allan Kardec – O Livro dos Espíritos – Parte II – Capítulo 3 – Questão 159.

Allan Kardec – O Evangelho Segundo o Espiritismo – Capítulo 17 – Item 8.

Allan Kardec – O Evangelho Segundo o Espiritismo – Capítulo 27 – Item 6.

Capítulo 12

Mateus 22,9-10.

Allan Kardec – O Livro dos Espíritos – Parte II – Capítulo 3 – Questão 160.

Marcos, 12:33.

Allan Kardec – O Céu e o Inferno – Capítulo VI – Doutrina das Penas Eternas – Origem da doutrina das penas eternas – Itens 5, 6 e 7.

Allan Kardec – O Evangelho Segundo o Espiritismo – Capítulo 28 – Item 9.

Capítulo 13

Marcos 9,33-35.

Allan Kardec – O Livro dos Espíritos – Parte II – Capítulo 3 – Questões 161 e 162.

Allan Kardec – A gênese – Capítulo 1 – Caráter da Revelação Espírita – Itens 31, 32 e 33.

Allan Kardec – O Evangelho Segundo o Espiritismo – Capítulo 5 – Item 21.

Capítulo 14

Romanos 8,6.

Allan Kardec – O Livro dos Espíritos – Parte II – Capítulo 3 – Questões 163, 164 e 165.

Marcos, 12,29-30.

Allan Kardec – A Gênese – Capítulo XIV – Item 7.

Allan Kardec – O Evangelho Segundo o Espiritismo – Capítulo 7 – Item 13.

Allan Kardec – O Evangelho Segundo o Espiritismo – Capítulo 17 – Item 11.

Capítulo 15

Atos dos Apóstolos 2,28.

Allan Kardec – O Livro dos Espíritos – Parte IV – Capítulo 1 – Questão 934.

Encarte

Allan Kardec – O Livro dos Espíritos – Parte II – Do mundo espírita ou mundo dos Espíritos – Capítulo III – Da Volta do Espírito, Extinta a Vida Corpórea, à Vida Espiritual (de 149 até 155).

Allan Kardec – O Céu e o Inferno – Parte II – Exemplos – A Passagem.

Mateus, 18:20.

GRANDES SUCESSOS DE
ZIBIA GASPARETTO

Com 19 milhões de títulos vendidos, a autora
tem contribuído para o fortalecimento da literatura
espiritualista no mercado editorial e para a popularização da
espiritualidade. Conheça os sucessos da escritora.

Romances
pelo espírito Lucius

A força da vida

A verdade de cada um

A vida sabe o que faz

Ela confiou na vida

Entre o amor e a guerra

Esmeralda

Espinhos do tempo

Laços eternos

Nada é por acaso

Ninguém é de ninguém

O advogado de Deus

O amanhã a Deus pertence

O amor venceu

O encontro inesperado

O fio do destino

O poder da escolha

O matuto

O morro das ilusões

Onde está Teresa?

Pelas portas do coração

Quando a vida escolhe

Quando chega a hora

Quando é preciso voltar

Se abrindo pra vida

Sem medo de viver

Só o amor consegue

Somos todos inocentes

Tudo tem seu preço

Tudo valeu a pena

Um amor de verdade

Vencendo o passado

Sucessos
Editora Vida & Consciência

Amadeu Ribeiro

A herança
A visita da verdade
Juntos na eternidade
Laços de amor
O amor não tem limites
O amor nunca diz adeus

O preço da conquista
Reencontros
Segredos que a vida oculta vol.1
A beleza e seus mistérios vol.2
Amores escondidos vol. 3
Seguindo em frente vol. 4

Amarilis de Oliveira

Além da razão (pelo espírito Maria Amélia)
Do outro lado da porta (pelo espírito Elizabeth)
Nem tudo que reluz é ouro (pelo espírito Carlos Augusto dos Anjos)
Nunca é pra sempre (pelo espírito Carlos Alberto Guerreiro)

Ana Cristina Vargas
pelos espíritos Layla e José Antônio

A morte é uma farsa
Almas de aço
Código vermelho
Em busca de uma nova vida
Em tempos de liberdade
Encontrando a paz
Escravo da ilusão

Ídolos de barro
Intensa como o mar
Loucuras da alma
O bispo
O quarto crescente
Sinfonia da alma

Carlos Torres

A mão amiga
Passageiros da eternidade
Querido Joseph (pelos espírito Jon)
Uma razão para viver

Cristina Cimminiello

A voz do coração (pelo espírito Lauro)
Além da espera (pelo espírito Lauro)
As joias de Rovena (pelo espírito Amira)
O segredo do anjo de pedra (pelo espírito Amadeu)

Eduardo França

A escolha
A força do perdão
Do fundo do coração
Enfim, a felicidade
Um canto de liberdade
Vestindo a verdade
Vidas entrelaçadas

Floriano Serra

A grande mudança
A outra face
Amar é para sempre
Almas gêmeas
Ninguém tira o que é seu
Nunca é tarde
O mistério do reencontro
Quando menos se espera...

Gilvanize Balbino

Cheguei. E agora? (pelos espíritos Ferdinando e Bernard)
De volta pra vida (pelo espírito Saul)
Horizonte das cotovias (pelo espírito Ferdinando)
O homem que viveu demais (pelo espírito Pedro)
O símbolo da vida (pelos espíritos Ferdinando e Bernard)
Salmos de redenção (pelo espírito Ferdinando)

Jeaney Calabria

Uma nova chance (pelo espírito Benedito)

Juliano Fagundes
Nos bastidores da alma (pelo espírito Célia)
O símbolo da felicidade (pelo espírito Aires)

Lucimara Gallicia
pelo espírito Moacyr

Ao encontro do destino
Sem medo do amanhã

Márcio Fiorillo
pelo espírito Madalena
Lições do coração
Nas esquinas da vida

Maurício de Castro
Caminhos cruzados (pelo espírito Hermes)
O jogo da vida (pelo espírito Saulo)

Meire Campezzi Marques
pelo espírito Thomas

A felicidade é uma escolha
Cada um é o que é
Na vida ninguém perde
Uma promessa além da vida

Priscila Toratti
Despertei por você

Rose Elizabeth Mello
Como esquecer
Desafiando o destino
Livres para recomeçar
Os amores de uma vida
Verdadeiros Laços

Sâmada Hesse
pelo espírito Margot
Revelando o passado

Sérgio Chimatti
pelo espírito Anele
Lado a lado
Os protegidos
Um amor de quatro patas

Stephane Loureiro
Resgate de outras vidas

Thiago Trindade
pelo espírito Joaquim
As portas do tempo
Com os olhos da alma

**Conheça mais sobre espiritualidade
com outros sucessos.**

 vidaeconsciencia.com.br /vidaeconsciencia  @vidaeconsciencia

Rua das Oiticicas, 75 — SP
55 11 2613-4777

contato@vidaeconsciencia.com.br
www.vidaeconsciencia.com.br